関西学院大学研究叢書　第206編

リベルタン文学とフランス革命

リベルタン文学はフランス革命に影響を与えたか?

関谷 一彦

関西学院大学出版会

リベルタン文学とフランス革命

リベルタン文学はフランス革命に影響を与えたか？

目次

序論

もし「ポルノ本」が政権を倒したとしたら？　「ミシェル・ウエルベックの小説でもあるまいし、そんなことあるはずがない」と読者は思うだろうか。ポルノ本が安倍政権あるいはマクロン政権を倒す、面白い話だが現実には確かに難しいだろう。しかし、ひょっとしたらポルノ本がフランス革命を導いたかもしれないと言ったらどうだろうか？　「いやあ、やはりそんな眉唾な話は信じられない」と多くの読者は思うだろうか。では、十八世紀フランスではポルノ本がよく読まれていたという話はどうだろうか？　歴史学者のロバート・ダーントンは『禁じられたベストセラー』のなかで、「フランス人は十八世紀に何を読んでいたか」を問い、ポルノ本がベストセラーのひとつだったことを明らかにした。[1]しかも、その問いの基になっているのは「何がフランス革命を引き起こしたのか」という「フランス革命の起源」の問題である。

しかしながら、ポルノ本がベストセラーのひとつになっていたからと言って、それが直接フランス革命に結びつくわけではない。読書体験が、ただちに革命家を作り出すわけではないからだ。しかもポルノ本ということになれば、さらにいかがわしさが増すことだろう。ただし「ポルノ本」は、十八世紀フランスと現在とではその概念がすっかり違っていた。いやむしろ十八世紀フランスには、われわれが思い描くような「ポルノ本」の概念はなかったと言ってもいい。現在のような「性的興奮をもたらす目的でエロティックな行為を書物、絵画、彫刻、写真、映画などの形で表現したもの」（『ブリタニカ国際大百科事典』）を意味する「ポルノグラフィ」の概念が定着するのは、一八三〇年代から四〇年代だと言われている。[2] では、十八世紀フランスで「性的行為を表現した書きものや絵」はなかったのだろうか？　そんなことはない。ダーントンがベストセラーのひとつと指摘したように、むしろ活況を呈した図書ジャンルであった。それは、江戸時代に日本の浮世絵師たちが春画に手を染めたように、十八世紀フランスの作家たち、ディドロもヴォルテールも当時の「ポルノ本」に手を染めたことからもわかる。では、こうした「ポルノ本」は当時何と呼ばれていたのだろうか？

それが、本書で取り扱う「リベルタン文学」および「リベルタン版画」である。しかし「リベルタン文学」は、読者の性欲を掻き立てることを目的とした現在の「ポルノ本」とは違い、社会諷刺や哲学的な議論を含んでいる作品が多い。「リベルタン文学」をどのように定義するかは後ほど述べることにして、十八世紀フランス社会で流行し、よく読まれた「リベルタン文学」がフランス革命に影響を与えたかどうかという問いは、歴史学のなかではまともに議論されてきたテーマであり、それほど唐突で、奇を衒ったものでないことは読者も納得していただけるのではないかと思う。

リベルタン文学はフランス革命に何らかの影響を与えたか？　与えたとするならどのような影響なのか？　この疑問に答えること、それが本書の課題である。問いは簡単、単純であるが、答えを導き出すのはそれほど簡単ではない。とりわけ、リベルタン文学を読めば読むほど、疑問が疑問を生み出す深い闇の中に陥ってしまう。しかし、「影響を与えた」という結論が得られるにしろ、「影響を与えなかった」という結論に至るにしろ、重要なのはその過程であって、深い闇の方なのだ。

勘のいい読者ならすでに気づいておられるだろうが、ダーントンの疑問と同様に、本書の疑問も「フランス革命の起源」の問題と結びついている。ダニエル・モルネが、『フランス革命の知的起源』のなかで、「革命の準備という点において、知性（思想）が正確にいかなる役割を演じたのか」[3]と問い、フランス革命の起源を知性、つまり啓蒙思想に見出した。その後、ダーントンが「フランス人は十八世紀に何を読んでいたか」を問題にしたが、先にも述べたように、この疑問の先にある大きな問題も「フランス革命の起源」の問題である。われわれが本書で問題にするのは「リベルタン文学」と「リベルタン版画」であるが、その先にはやはり「フランス革命の起源」の問題が広がっている。モルネが『フランス革命の知的起源』を出版したのは一九三三年であるが、この古典的な問いは今もまだ魅力的である。

では、なぜ「リベルタン文学」を取り上げるのか？　それは十八世紀フランスでよく読まれ、流行したからである。さまざまな作品が出版され（その多くは非合法であるが）、こっそりとあるいは公然と読まれ、流通していく。なぜリベルタン文学が印刷され、よく読まれ、受け入れられたのか？　残念ながら、十八世紀にリベルタン文学が流行した原因についての研究はあまりない。それは、これまでリベルタン文学があまり評価されてこなかったからである。性を描く、猥褻な、読むに値しない文学とみなされてきたからである。しかし、現在ではリベルタン文学がプレイヤッド版でも読め、その環境は変わりつつある。リベルタン文学を正当に評価し、しかもその内容からフランス革命への影響を考えることは重要なテーマだとわれわれは考えている。それでは、われわれが疑問の深い闇と呼ぶものはどのようなものなのか？　まずはこうした疑問点を明らかにしておくことが必要だろう。

最初の疑問は、リベルタン文学とは何なのかという点である。これはなかなかややこしい問題を含んでいる。リベルタン文学を定義するには、「リベルタン」という語源にまで遡らなければならない。また、リベルタン文学の境界線をはっきりとさせなければならない。エロティックな文学とどう違うのか？　ポルノグラフィックな文学とどう違うのか？　言葉の歴史的な意味を振り返りながら、リベルタン文学を定義してみたい。また、その中に「政治的中傷パンフレット」を含めるのかどうかも問題になってくる。それは、リベルタン文学の境界線を決めるうえでも重要である。

では、こうした曖昧さをもつリベルタン文学の特徴とはどのようなものだろうか？　リベルタン文学という一つのジャンルに括ることができ、それぞれの作品に共通する特徴とはどのようなものだろうか？　それは、定義とも関連しているが、「リベルタン」という意味の歴史的な概念形成に注目しなければならない。とりわけ、十七世紀では「リベルタン」は「自由思想家」を意味していたのに、十八世紀に入ると「放蕩者」の意味で使われるようになった変化に着目すべきだろう。

それでは、なぜ「リベルタン」の意味は、「自由思想家」から「放蕩者」へと変化したのだろうか？　なぜ「思想の問題」あるいは「宗教の問題」から「モラルの問題」へと進んだのだろうか？　また、「放蕩者」への変化は「モラルの逸脱」が問題になるが、なぜ「モラルの逸脱」は「性のモラルの逸脱」なのだろうか？　なぜ「性」が問題になるのだろうか？

リベルタン文学は「性」と結びついた文学である。ラゾヴスキーは「リベルタン」という語がもつ「反逆性」に注目しているが、リベルタン文学は確かに取り締まりとの争いでもあった。しかし、「性」そのものは果たして反逆的だろうか？　「性」は隠すべきものであり、非日常的なものであるけれど、なぜ文学の中で暗示的にしろ、公然とであるにしろ、十八世紀フランスで描かれるようになったのだろうか？　また、十八世紀フランスは批判の矛先をキリスト教に向けたが、キリスト教モラルからの逸脱として「性的モラル」を取り上げたのはなぜなのだろうか？　なぜ「性」がクローズアップされたのだろうか？

　いったい「性」のなかに批判的な要素があるだろうか？　あるいは「性」そのもののなかに危険な要素があるのだろうか？　「性」を露骨に描いた「リベルタン文学」は厳しい取り締まりの対象であったことを、十八世紀の警察調書は明らかにしている。いったいなぜ権力は「性」を取り締まろうとするのだろうか？　リベルタン文学が「反逆的」であったのは、処罰の対象であったからなのか？　それとも「性」自体に批判精神があるのだろうか？　「性」は単なる批判の道具だったのだろうか？　「リベルタン文学」は批判の道具として「性」を有効な手段としてみなしたのだろうか？

　現在でも人を批判するのに「性」を用いることがよくある。マスコミが飛びつくのは「不倫」のネタである。マリー＝アントワネットを攻撃するのに、彼女を「色情狂」に仕立て上げたが、「性」は時空を超えた攻撃手段としてあらゆる文化に共通なのだろうか？

　十八世紀の「読者」についても、多くの疑問が次から次へと湧き出てくる。素朴だが重要な疑問、それはフランス革命前にリベルタン文学がよく読まれたのはなぜなのかという疑問である。いったい何が読者の関心を惹きつけたのだろうか？　そして、読者はリベルタン文学から何を読み取り、何を内面化したのだろうか？　読者の内面化とフランス革命は結びつきがあるのだろうか？

　こうした疑問はダーントンの疑問と結びついている。ダーントンは「哲学書」がフランス革命を準備したと言うけれど、それでは「哲学書」の読者はフランス革命にどのようにかかわっていったのだろうか？　本を読んだからといって誰もが革命家になるわけではないが、読み取ったものは消えてなくなるわけでもない。モルネの研究が示しているように、蓄積され、拡散され、それがフランス革命に繋がったのだろうか？

本書では、こうしたさまざまな疑問について考えてみたい。とりわけ、リベルタン文学における「性」と「哲学」の結びつき、またなぜ「性と哲学」に「批判」が結びつくのか、さらには「性と哲学」が一体となったリベルタン文学は、なぜ十八世紀フランスに流行したのかなどを明らかにしたい。疑問の闇に光を当てて、「リベルタン文学」が果たした役割を少しでも明らかにすることが本書の目的である。

それでは本書の構成を簡単に見ておこう。第1章では何がフランス革命を引き起こしたのかという「フランス革命の起源」の問題を、歴史家たちの議論を振り返りながら簡単に見てみる。第2章ではリベルタン文学とは何かを考える。まずは「リベルタン」という語の語源、また意味の変遷を辿ることによって、「リベルタン文学」を定義してみたい。そして「リベルタン文学」が生まれた背景を概観する。第3章では「リベルタン文学の始まり」をクレビヨン・フィスの『ソファ』とディドロの『不謹慎な宝石たち』を中心に見てみる。第4章はおそらく十八世紀の読者がもっとも猥褻な作品と考えていた『カルトゥジオ会修道院の門番であるドン・B＊＊＊の物語』、第5章ではリベルタン文学の中でももっともよく読まれたと思われる『女哲学者テレーズ』を取り上げる。第6章はマリー＝アントワネットを攻撃した「政治的中傷パンフレット」に焦点を当てる。第7章はフランス革命中に書かれたパンフレット「フランス人よ、共和主義者になりたければあと一息だ」を含むサドの『閨房哲学』の思想の流れに焦点を当てる。第8章ではこれまであまり紹介されてこなかった「リベルタン版画」を見てみたい。とりわけ同時代に日本で発達した「春画」と比較しながら見てみたい。さらに、第9章ではこれまでの分析を踏まえて、われわれが最初に提起した疑問をまとめて取り上げたいと思う。結論では本書のタイトルである「リベルタン文学はフランス革命に影響を与えたか？」に答えたいと思う。

まずは歴史学で議論になった「フランス革命の起源」の問題を、次章で考えてみたい。しかし、われわれは一七八九年以前のみを対象にするのではない。リベルタン文学が与えた影響について、革命中まで含めて考えたいと思う。「中傷パンフレット」は革命中がピークであるし、リベルタン文学においてもっとも重要なサドの諸作品も革命中に出版されているからだ。そういう意味では、本書は「フランス革命の起源」の問題と深く繋がっているにしても、一七八九年以前だけを対象にした歴史学とは一線を画している。こうしたことを踏まえて、まずは「フランス革命の起源」の問題から見てみよう。

●注●

（1）Robert Darnton, *The Forbidden Best-Sellers of Pre-Revolutionary France*, Fontana Press, 1997（邦訳、ロバート・ダーントン著、近藤朱蔵訳『禁じられたベストセラー』新曜社、二〇〇五）。なお、訳文はいちいち断らないが、適宜修正を加えた。以下同様。

（2）Lynn Hunt, *The Invention of Pornography: Obscenity and the Origins of Modernity, 1500-1800*, edited by Lynn Hunt, Zone Books, 1993（邦訳、リン・ハント著、正岡和恵／末廣幹／吉原ゆかり訳『ポルノグラフィの発明――猥褻と近代の起源、一五〇〇年から一八〇〇年へ』ありな書房、二〇〇二）。とりわけ「序章」を参照のこと。

（3）Daniel Mornet, *Les Origines intellectuelles de la Révolution française (1715-1787)*, Librairie Armand Colin, 1933, p. 2（邦訳、ダニエル・モルネ著、坂田太郎／山田九朗他訳『フランス革命の知的起源（上）』勁草書房、一九六九、二頁）。

第1章 「フランス革命の起源」の問題

「革命の起源」の問題は、古くて新しい問題である。モルネが『フランス革命の知的起源』を出版したのは一九三三年であるが、ダーントンが再提起し、シャルチエの『フランス革命の文化的起源』に問題意識は引き継がれている。われわれの視点は、歴史家の視点とは異なる文学的なアプローチであるが、問題意識は共有している。その中でもダーントンの研究はさまざまな示唆を与えてくれる。

ダーントンは、『革命前夜の地下出版』や『禁じられたベストセラー』のなかで、十八世紀にフランス人は何を読んでいたのかを調査して、フランス革命の起源の問題にアプローチしようとした。彼は、スイスにあるヌシャーテル印刷協会（Société typographique de Neuchâtel）の遺された資料、また警察文書、バスティーユ文書、書籍商組合文書などの書籍取引の管理と取り締まりに関する莫大なパリの古記録を渉猟する。[1] 彼が調査するのは、「哲学書」と当時呼ばれていた非合法出版物（発禁本）である。ここには文字どおりの哲学書もあれば、猥褻本、あるいはこれらが混じり合ったリベルタン文学も含まれていた。そして、ダーントンが出した結論は、「哲学書」は、世界を転覆させることを大声で求め、一七八九年を準備したというものであった。[2]

つまり、「哲学書」はフランス革命を準備する役割を果たしたという結論を導くことになる。
　こうしたダーントンの結論に対して、ロジェ・シャルチエは『フランス革命の文化的起源』のなかで、ダーントンの研究成果を評価しつつも、「哲学書」のベストセラーを探すよりもそれが読者にどのように読まれたのか（appropriation）の方が重要だと指摘する。[3] 彼が強調するのは、読みの多様性である。シャルチエはまた、「哲学書」がフランス革命を準備したというよりは、「哲学書」を受け入れる準備が整っていたからこそ広く読まれたと主張する。つまり、「哲学書」の結果フランス革命が起こったのではなく、フランス革命を導いた君主や王政や旧来の秩序に対する人心の離反は、哲学書の成功の条件として理解されるべきだと言う。そしてシャルチエは、啓蒙思想がフランス革命を導いたという考えに疑問を呈して、フランス革命が啓蒙思想を創り出し、「発明し」、定義づけたと論理を逆転させる。[4] こうしたシャルチエの批判に対してダーントンは、「シャルチエは日常的行為・私的行為のレベルを重視しながらも、それがどのように革命的行動へと転化するのかを明らかにしていない」と逆に批判する。[5]
　われわれが対象とするリベルタン文学とフランス革命について、『禁じられたベストセラー』で、リベルタン文学の『女哲学者テレーズ』を取り上げているダーントンなら、おそらくこうした「地下文学」こそ、人心の離反を生みだし、革命を準備したに違いないと言うであろう。それに対してシャルチエなら、こうした問題設定こそ問題で、政治文化の変容こそを問題にすべきだと言うだろうか。まずは、最初に「フランス革命」の起源の問題を提起したダニエル・モルネから見てみよう。

一　ダニエル・モルネ

「フランス革命の起源」の問題を考える際に、まず読まなくてはならない本がある。それが、モルネの『フランス革命の知的起源』である。[6]モルネは、本書で、知性が革命の準備にどのような役割を果たしたのかを、膨大な資料を渉猟しながら調査している。そしてたどり着いた結論は、「フランス革命を決定したのは、部分的には、思想である」[7]というものだった。モルネは、まずは宗教に敵対する精神、そして不信心の哲学、さらにその後を追うようにして広まった政治的不安に、フランス革命の起源についての流れを読み取っている。しかし、この政治的不安が急速に革命を引き起こすためには、知性が不可欠であり、「知性こそがもろもろの帰結を引き出し組織したのであり、しだいに三部会を要求するようになったのである。そしてその三部会から、もとより知性はそんなことになろうとはつゆ思っていなかったのであるが、革命が勃発することになったのである」[8]と本書を締めくくっている。要するに、啓蒙思想がなければ、フランス革命はこれほど急速には起こらなかったというのがモルネの結論である。[9]

モルネは革命の起源を三つに分けている。一つ目は貧窮と飢餓の革命で、無秩序か血なまぐさい弾圧に終わるもの、二つ目はインテリの大胆な少数派が権力を握り、大衆を引きずり支配するもの、三つ目は見識のあるかなり幅の広い少数派が思想を抱きながら合法的に権力に到達するものである。[10]モルネによると、フランス革命は三つ目にあたる。フランス革命の本質的な原因は、人々が物質的に貧窮であったがゆえに、そしてその貧窮という事実を反省したがゆえに、その改革を政治的変革に求めた結果であるという。モルネは本書の目的を、「革命の準備という点において、知性の役割が正確にはどのようなものであったかを追求しようとすること」[11]であると述べて、著作家の思想が世論にどのような影響を与えたのかを探求しようとする。先ほど、「貧窮という事実を反省したがゆえに」と書いたが、モルネにとって「反省」という語は重要である。というのも、「反省」にこそ、知性の役割が見出せるからだ。したがって、モルネは思想の伝播がどのように行われたかを問題にする。

彼はまた、著作時期を考慮しながら、この伝播の研究を三つの時期に区切って検討している。一つ目は、一七一五年から一七四七年で、一七四八年から一七五〇年にかけてモンテスキュー、ビュフォン、ディドロ、ルソーなどの初期作品が出版されたことによる区切り、二つ目は一七四八年から一七七〇年頃で、一七七〇年頃は思想の表現活動が完了し（ヴォルテールやドルバックの論争的著作の出版）、思想の一般的な伝播が始まることによる区切り、三つ目は一七七〇年頃から一七八七年で、一七八八年以降は思想よりも行動が中心となることによる区切りである。

モルネはこうした伝播研究を慎重にしかも誠実に行ったと言える。それは、モルネによるテーヌ批判にしっかりと読み取れる。テーヌを筆頭とするこれまでの研究に対して、「革命以前に、もっともマヤカシであるがゆえにもっとも恐るべき革命的精神が、形成されたことになる」[12]と「革命的精神」が虚構であると言って批判し、テーヌ自身の言葉を借用しながら、「事実は皆無。あるのはただ抽象的な観念ばかり。自然、理性、人民、暴君、自由についての警句の羅列だけである。ふくらまされて、無益に空中でぶつかり合う風船玉のようなものがあるだけなのである」[13]と痛烈に批判して、最後には「テーヌの論証は――そしてまた多かれ少なかれ、革命の知的起源に関するあらゆる研究の論証も――価値あるものとは思えない」[14]と一蹴する。確かにモルネの研究姿勢にはコツコツと資料を積み上げていく誠実さがある。また、資料を集めるだけでなく、資料に語らせるという実証的方法は、予断や偏見、誤謬を排除するという点では有効な手段であり、説得力がある。モルネも自覚しているように、こうした方法に基づく研究が彼のあとに続くことによって、あるときはモルネの主張をより強固にし、またあるときは修正するであろう。[15]

しかしながら、こうしたモルネの研究に問題がないわけではない。彼が調査によって明らかにしようとしているのは数量に基づく研究であって、数量的研究は指標にはなるが、それによってすべてが説明できるわけではないからだ。シャルチエが批判するのがまさにこの点であり、十八世紀の言説がどのようにして受容され、消化吸収され、発信されていったかという中身の問題、いわば質的研究もそれに加えることが必要である。[16]また、モルネはフランス革命の知的起源を探求するあまり、知的でない部分には目を向けようとはしない。彼はダルジャンスについて、一節を割いてまで言及しているが、本論で取り扱う、ダルジャンスの作品と思われる『女哲学者テレーズ』には決して触れない。作品名を挙げているだけである。[17]哲学書の伝播には最大限の注意が払われているが、現在ではリベルタン文学と位置づけられる非道徳的な猥褻作品は、モルネの研究からは抜け落ちている。しかし、当時はこうした猥褻な地下文書は「哲学書」に分類されていたことを考えれば、その伝播は「フランス革命の知的起源」に含めるべきだったのではないか。こうした批判から、「フランス革命の起源」を考えたのがダーントンである。

二　ロバート・ダーントン

ダーントンはモルネがフランス革命の知的起源の出発点とした「フランス人は十八世紀に何を読んでいたか」という問いを引き継ぎながらも、モルネが調査対象から除外した非合法文学に着目する。モルネは知的起源を探求するあまり、知的でないと思われるリベルタン文学には目を向けようとはしなかったが、ダーントンは「十八世紀のフランスの読者にとって、非合法文学こそ実際上の現代文学だった」[18]と述べて、調査対象を非合法文学に限定している。その資料体はスイスのヌシャーテル市図書館が所蔵するヌシャーテル印刷協会に遺された古文書の山である。ヌシャーテル印刷協会は、一七六九年から一七八九年までの二〇年間、フランス王国内に偽版や禁書を密輸ルートにのせて送り込むための印刷工房であった。[19]ダーントンは、この間の営業活動にわたる資料と出会い、それを読み解くことで、十八世紀のフランス人が何を読んでいたのかを明らかにしようとした。彼はこの研究の意義を四つ挙げている。一つ目は、書物の歴史を考えることで、文学を文化システムの一部として研究できるということ。忘れられたベストセラーの詳細な分析によって、「テクストの研究がいかに専門分野としての書物の歴史の核心に位置するのかを示したい」と述べて、テクスト分析の重要性を指摘する。二つ目は、「書物の歴史がどのようにコミュニケーション史というより広大な分野に通じているか」を示そうとすることである。文学をコミュニケーションのシステムとしてのみ理解することに疑問がないわけではないが、書物以外の媒体と影響を与え合いながら、アンシアン・レジームの安定性を脅かしたのではないかという仮説は理解できる。三つ目は、イデオロギーと世論の形成との繋がりである。禁書は世論に関する情報を多く含んでいると禁書調査の重要性を指摘している。そして四つ目は、政治史とフランス革命の起源である。禁書には政治的な狙いと政治一般についての見解が含まれており、また禁書は現実そのものに形を与え、出来事の成り行きを決定する助けとなったと、禁書調査の意義を強調している。[20]

このようなダーントンの研究に対して、シャルチエはいくつかの疑問を提起している。たとえば注文書において告発文学の比重が増していることが、一七八〇年代における人々の精神の急進化を表すものと言えるのか、「高尚な啓蒙思想」と「どん底の文芸」（ダーントンの言葉では「どぶ川のルソー」）との対置は意味がなく、禁じられているという点では同じ読まれ方をされているのではないか、形式や主題の融通無碍な往来があったために、「哲学書」カタログにある書物を同一視するようになったのではないか、禁じられた書物を革命勃発の火種とみなしていいのだろうか、などなどである。[21] とりわけ「禁じられた書物を革命勃発の火種」とみなす起源の問題について、告発文が大量に流布したことによって王政の表象を非神聖化し、革命的亀裂の温床となった真の「イデオロギー的浸食作用」を生みだしたという考えに、シャルチエは批判を加える。そして彼の結論は、「無礼きわまるパンフレット文学の大量の流布と、王政のイメージの崩壊とのあいだに関係があったにしても、それはおそらく、直接的なものでも必然的なものでもなかった」[22]というものだ。では、ダーントンを批判するシャルチエは、フランス革命の起源をどのように考えているのだろうか。

三　ロジェ・シャルチエ

シャルチエは「フランス革命を決定したのは、部分的には、思想である」という啓蒙書を重視するモルネの考えと、「禁じられた書物を革命勃発の火種」とみなすダーントンの考えに対して、どちらの考えにも批判的である。彼は王や王政から人心が離れたことを「哲学的著作」の文句なしの成功結果だと考えるのは危険な発想であるとまで言っている。彼の論拠は、君主からの人心離反は知的営為の結果とは限らず、さまざまな日常の実践、無意識に行われる身振り、決まり文句となった言葉などの直接的なものを通じて、始まったこともありえるというもので、すでに人心離反が完成していたから「哲学書」が受け入れられたというものである。また、テクストの読みは多様であって、「哲学書」の読みが一元的ではない多様な理解を生みだすというものだ。そこから、フランス革命こそが啓蒙思想を、そして問題の書物を創り出し、その逆ではないという考えに至る。彼が重要視するのは、「哲学書」の秩序転覆的な内容ではなく、むしろ、まったく新しい読書の仕方である。[23]

シャルチエはまた、超越性を完全に失った王権に対する関係を変容させる象徴的・感情的離脱は、「哲学書」によって引き起こされたのではなく、王政の始原神話の浸食、王のシンボルの非神聖視、王の身体に対してとられる距離は、「すでに存在する」一群の表象をなしているのであって、これらの表象のゆえに、一七七〇年代と一七八〇年代の秩序破壊的な文学の徹底的な告発が受け入れられる状態にあったことを、翻訳の際に付け加えられた「あとがき」のなかでも強調している。[24]

こうした問題は、簡単にまとめると、フランス革命は「哲学書」の結果か条件かの問題になる。しかしながら、結果か条件かはそれほど重要な問題だろうか。「哲学書」がフランス革命を直接的に引き起こしたのではないにしても、完全に否定する論拠を提示することはなかなか難しいのではないか。一七七〇年代と一七八〇年代に「哲学書」を受け入れる条件が整っていたことはなぜなのか？　この変化を説明する必要があるが、それは啓蒙思想が先か、革命が先かという迷路に迷い込むだけのように思われる。

シャルチエは先に述べたテクストをどのように内面化するかという「アプロプリアシオン」を重視するが、ダーントンもその重要性は認めたうえで、当時の文化の枠組みによって規定されるテクストの読み方があると考えている。確かに、読書行為は個人的なものでありその読みは多様であるが、われわれの読みが「今、ここの文化」に規定されるように、十八世紀の読みも当時の文化に規定されると考えるのは当然のことである。

ではシャルチエは、フランス革命の起源の問題をどのように考えているのだろうか？　彼はまず「起源」の探求は幻想だと言う。「雑多でばらばらな一群の事実や観念を、ある出来事の『原因』や『起源』だと主張することが正当なのであろうか」[25]と疑問を提起し、無関係で異質で非連続な思想や行動を統一するために「起源」を見出していると批判する。こうしたシャルチエの考えの背景にあるのは、フーコーの起源の概念についての批判である。つまり、歴史の流れは線状であると考え、いつまでも終わることのない始原の探求を正当化することは、全体性、連続性、因果性という古典的な概念に取りつかれた分析へのフーコーの批判を継承している。確かにシャルチエが言うように、「歴史学の伝統は、特異な出来事を、理想的な連続性のなかに解消しようとするが、《現実の》歴史は、出来事を、そのもっとも独自で鋭い形で再現する」[26]ことであるだろう。それは、歴史学が出来事をまとめたり、流れを読み取ったり、原因を見出すことに意味があるのではなく、あるがまま再現することに意味を見出すとシャルチエが考えていることに由来する。それゆえにモルネの『フランス革命の知的起源』というタイトルは、シャルチエによって『フランス革命の文化的起源』に本のタイトルが変更されることになる。このタイトルの命名が、いかにシャルチエがモルネを意識しているかをよく物語っている。ではこの変更の意図はどこにあるのだろうか？

シャルチエはこの変更の意図を、実践は、それを基礎づけたり、正当化する言説から演繹されるという考えと、社会的な作動のあり方の潜在的な意味は、明示的なイデオロギーの用語で翻訳することが可能であるという二つの考えに疑問を投げかけるためであると説明している。[27] つまり、思想（言説）が行為（実践）を生みだすという考えとその行為を何らかのイデオロギーで説明することに異議を唱え、言説（競合的な言説）と実践（非連続的な実践）の不調和のなかに見出すべきだという。それが、「文化的起源」への移行の意図というわけだ。シャルチエの論理はなかなかわかりにくいが、彼が問題にしようとするのは、歴史の動き、運動である。しかしながら、啓蒙思想が無垢な人間を闘う人間に変え、こうした人がしだいに増えたことによって革命が生まれたというような動きではない。彼が注目するのは、多様な啓蒙思想がどのように受容されるのか（アプロプリアシオン）、そしてその受容が実践を生みだすダイナミックな運動なのである。

こうした歴史学の議論を踏まえて、われわれが問題にするのはテクストに内在する世界である。テクストの内部にフランス革命に影響を与える要素があるのかどうかを考えること、読者の関心、読者の読みを考えること、それは文学的なアプローチでリベルタン文学とフランス革命の関係を考えることでもあるだろう。

まずは少々厄介な問題から手を付けたいと思う。それは、「リベルタン文学とは何か」という「リベルタン文学」の定義の問題である。

● 注 ●

（1）Robert Darnton, *The Literary Underground of the Old Regime*, Harvard University Press, 1982, p. vi & *The Forbidden Best-Sellers of Pre-Revolutionary France*, Fontana Press, 1997, p. xxi（邦訳、ダーントン『革命前夜の地下出版』岩波書店、二〇〇〇、vii頁およびダーントン『禁じられたベストセラー』一四頁）。

（2）Darnton, *The Literary Underground of the Old Regime*, p. 208（邦訳、ダーントン『革命前夜の地下出版』二六九頁）。

（3）フランス語の「アプロプリアシオン «appropriation»」には、これまで訳者によって、さまざまな訳語が与えられてきた。シャルチエのキー概念であるだけに、「我有化」、「摂取＝利用」、「読者による自己流読み取り」など、訳者によりさまざまな思い入れを込めて訳されてきた。わかりやすく言うならば、読書行為を通して、読者がテクストをどのように読み取り、自分のなかで内面化していくかということである。

（4）ロジェ・シャルチエ著、松浦義弘訳『フランス革命の文化的起源』岩波書店、一九九九、三四八頁。

（5）ダーントン『革命前夜の地下出版』三四〇頁。

（6）Daniel Mornet, *Les Origines intellectuelles de la Révolution française*（*1715-1787*）, Librairie Armand Colin, 1933（邦訳、ダニエル・モルネ著、坂田太郎／山田九朗他訳『フランス革命の知的起源（上・下）』勁草書房、一九六九・一九七一）。

（7）*Ibid.*, p. 3（邦訳、同上書　上、五頁）。

（8）*Ibid.*, p. 477（邦訳、同上書　下、六九五頁）。

（9）モルネは啓蒙思想の役割について次のように述べている。「大哲学者たちが、未知の国の存在をはじめて知らせたのではない。ただ彼らは、未知の国を遍歴するのに、多くの旅行者がいくつにも分かれていて道に迷う無数の小路の代わりに、その旅をより真っすぐで確実なものにする便利な魅力ある大道を教えたのである」（*ibid.*, p. 476（邦訳、同上書　下、六九四頁））。

（10）*Ibid.*, pp. 1-2（邦訳、同上書　上、一頁）。
（11）*Ibid.*, p. 2（邦訳、同上書　上、二頁）。
（12）*Ibid.*, p. 469（邦訳、同上書　下、六八四頁）。
（13）*Ibid.*, p. 470（邦訳、同上書　下、六八四頁）。
（14）*Ibid.*, p. 470（邦訳、同上書　下、六八五頁）。
（15）*Ibid.*, p. 3（邦訳、同上書　上、四頁）。
（16）Roger Chartier, *Les origines culturelles de la Révolution française*, Éditions du Seuil, 1990, p. 35（邦訳、シャルチエ、前掲書、二九頁）。
（17）Mornet, *op. cit.*, pp. 34-35, p. 120 et p. 132（邦訳、前掲書　上、四六—四八、一七一および一九〇頁）。
（18）Darnton, *The Forbidden Best-Sellers of Pre-Revolutionary France*, p. xix（邦訳、『禁じられたベストセラー』一二頁）。
（19）Darnton, *The Forbidden Best-Sellers of Pre-Revolutionary France*, p. xxi（邦訳、一四頁）および *The Literary Underground of the Old Regime*, p. 6（邦訳、『革命前夜の地下出版』vi—vii頁および三三三—三三四頁）を参照。
（20）Darnton, *The Forbidden Best-Sellers of Pre-Revolutionary France*, pp. xxi-xxiii（邦訳、『禁じられたベストセラー』一五—一七頁）を参照。
（21）Chartier, *op. cit.*, chap. IV（邦訳、シャルチエ、前掲書、第四章）を参照。
（22）*Ibid.*, p. 121（邦訳、同上書、一二五頁）。
（23）このあたりのシャルチエの論理は、*ibid.*, chap. IV（邦訳、同上書、第四章）を参照。
（24）邦訳、同上書、三五三頁。
（25）Chartier, *op. cit.*, p. 15（邦訳、同上書、七頁）。
（26）*Ibid.*, p. 16（邦訳、八頁）。
（27）*Ibid.*, p. 34（邦訳、二七—二八頁）。

第2章 リベルタン文学とは何か？

一 「リベルタン」という語の変遷

リベルタン文学を考えるうえで重要なのは「リベルタン（libertin）」という語がもつ意味である。この語は時間の流れとともに大きく変化しているので、その変遷をまず見ておこう。「リベルタン」の語源は何なのだろうか？　また、その語源はどのような意味をもっていたのだろうか？

「リベルタン」の語源は、ローマ時代の「解放奴隷の子」を意味する形容詞«libertinus»に由来することが知られている。解放奴隷（libertus）は完全な自由を享受できなかったのに対し、その子は完全に自由になりえたこと（liber）に由来している。(1)このような語源をもつ「リベルタン」はその後大きく意味を変えていくが、その語彙の変遷は面白い歴史を物語っている。十六世紀には、おそらく『使徒行伝』の誤った解釈によって、ユダヤ教のセクトのメンバーを指すようになった。そこからこの語は、一五二五年頃フランス北部やオランダで創られた異端の宗派セクトや、ジュネーブのカルヴァン勢力に対抗して創られた政治・宗教的なセクトに属するものを指すようになる。その後リベルタンの意味はさらに広がり、宗教から逸脱した者、つまり「自由思想家」を蔑視する意味で用いられるようになる。十六世紀ではモンテーニュが、十七世紀ではコルネイユが、下層階級の者を軽蔑して「リベルタン」と述べている。(2) 十七世紀に入るとその意味はより変化して、思弁よりも実践を重んじるエピキュリアン（快楽主義者）に向けて「リベルタン」という語が用いられ、不信心から放蕩へと意味を変えていく。また、この語は十八世紀に入ると文学にも用いられるようになるが、その定義は漠然としている。(3)

レイが指摘しているように、リベルタン文学というジャンルについてはやや複雑である。ジャン＝フランソワ・ペランとフィリップ・スチュワートが監修した論文集『十八世紀におけるリベルタンというジャンルについて』の中で、ジャン＝クリストフ・アブラモヴィッシは論文「リベルティナージュの多孔的境界」の冒頭で、「リベルタンというジャンルの存在についてははっきりと言って否定的である」といきなり述べている。(4) リベルタン文学の境界線を明らかにできない理由は、いったん定義しようとすると議論が百出して収拾できないことにある。クレビヨン・フィスの艶雅な社交界の登場人物を描いた作品から、性を露骨に描写したサドのテクストまでの作品群を前にして、どのように定義すればいいのか、どのように境界線を引けばいいのか途方に暮れてしまう。この論文集でも三分の一が「リベルタン」というジャンルについての定義に充てられている。

二　リベルタン文学の定義

ではわれわれはリベルタン文学をどのように定義するのか？　煩瑣な定義の議論をよりわかりやすくするために、われわれは「リベルタン」という語の意味の変遷に注目したい。十七世紀のリベルタンの訳語として形容詞では「自由思想の」、また名詞では「自由思想家」が使われるが、ここでいう「自由」とはキリスト教のスコラ哲学からの逸脱と深くかかわっている。十七世紀の終わりから十八世紀になると、「リベルタン」という語には「放縦な」、「放蕩な」、「卑猥な」という意味の形容詞、および「放縦な者」、「放埒な者」、「放蕩者」という名詞が付加される。キリスト教思想の逸脱から、キリスト教の道徳規範にとらわれない者へ、そして道徳規範の逸脱から性的モラルの逸脱へと変化し、「放蕩者」の意味になる。こうした変化からは、「リベルタン」という語にしだいに性的な意味が加わっていくことがわかる。

とりわけ「解放奴隷の子」を語源にもつ「リベルタン」が、十七世紀の新たな思想の流れのなかで、「自由思想家（esprit fort）」の思想に向けて用いられたことが重要である。「リベルタン思想」は、神を中心としたキリスト教のスコラ哲学にとらわれない、自由な発想でこの世界を読みとろうとした哲学である。しかし、「リベルタン思想」と言っても決して一括りにできるようなものではなく、たとえば十七世紀のフランスでは、キリスト教に対して批判的であってもその距離はさまざまであり、神を認めるものからその存在を疑うものまで幅広い。どちらかと言えば十七世紀においては、非合理な宗教の批判者であったリベルタンたちは神の存在を認めており、十八世紀の無神論者たちとは一線を画している。デカルトと論争したガッサンディも神の存在を疑ってはいない。しかしキリスト教批判の距離はさまざまであっても、共通しているのは当時のキリスト教が作り上げたこの世界の理解に異論を唱えたことであろう。神の存在についての理解は哲学者によって違いはあっても、キリスト教の教義に疑問を抱き、批判精神を醸成するという共通点が彼らにはみられる。それが「放蕩者（débauche）」に意味を変える中でリベルタン文学は生まれたものと考えられる。したがって、この意味の変遷がなぜ起こったのか、またこの変遷が意味するものを考えることで、リベルタン文学が誕生した背景を知ることができ、リベルタン文学とは何なのかを明らかにできるであろう。

先にも述べたが、リベルタン文学は「性」と結びついた文学である。「性」についての表現が暗示的であろうと、明示的であろうと、リベルタン文学の中心には「性」がある。では、こうした「性」と結びつく文学はこれまでなかったのだろうか？

「性」を描くという文学的伝統はヨーロッパではルネッサンスに遡る。ルネッサンスの時期に、ピエトロ・アレティーノの『淫らなるソネット集』や『ラジオナメンティ』を始めとして、十七世紀にはサドの『閨房哲学』の原型とも言われる『娘たちの学校』や『女たちの学園』に継承される。十八世紀になると暗示的に、あるいは直截に性を描く作品が増えていき、クレビヨン・フィスやラクロの作品、さらには『カルトゥジオ会修道院の門番であるドン・B***の物語』や『女哲学者テレーズ』などへと続いていく。[5] したがって、リベルタン文学はこうした伝統のなかに位置づけられる。

また、リベルタン文学が共有するのは、「リベルタン」という語が含みもつ「反逆性」、「逸脱」である。「リベルタン」という語の意味は、キリスト教が作り上げたスコラ的な既成の秩序を逸脱した、反キリスト教的、反宗教的な意味から、既成秩序であるキリスト教モラルから逸脱した、非道徳的、反逆的な意味に変わるが、「反逆性」、「逸脱」は共通のものである。ラゾヴスキーも「リベルタンとは根本的に放埒な（規則を逸脱した）行いをする者である」[6]と述べて、この語がもつ「反逆性」に注目している。

したがって、リベルタン文学とは、「性を内包した、反逆的な文学」と定義できる。この定義は非常に大まかではあるが、十八世紀フランスに、とりわけクレビヨン・フィスの作品を端緒として生まれ、サドによって終結する文学の流れに対して、その雑多性、よく言えば多様性を考慮するなら、こうした大まかな定義を採用するのが賢明だと思われる。ではなぜリベルタン文学は、十八世紀フランスに生まれたのだろうか？　クレビヨン・フィスはなぜ物語に性を導入したのだろうか？　また、ヴォルテールもディドロも競うように性を作品のなかに取り入れたのはなぜなのだろうか？　その読者は、どのような人々であったのだろうか？　読者はリベルタン文学に何を求めたのだろうか？　リベルタン文学は読者を変えたのだろうか？

これらの疑問を考える前に、まずは「リベルタン」という語が「放蕩者」という意味を含意するようになった時代背景を簡単に見ておくことにしよう。

三　リベルタン文学が開花する背景

「啓蒙の世紀」あるいは「哲学の世紀」と呼ばれる十八世紀フランスは、「理性の世紀」であると同時に「快楽の世紀」でもあった。一見すると、「理性」と「快楽」は相容れないが、現在からみると十八世紀フランスはこの両方の特徴を見事に、しかも極端に兼ね備えているようにみえる。現在でも、リセ（高校）の「最終学年」において哲学が必修科目であるフランスの教育システムにみられるように、「哲学」はフランスにおいて身近で、日常的な学問であり、世界とは何か、人間とは何か、自分とは何かを考えさせる。「哲学」は古代ギリシアから続く学問であり、十八世紀フランスに限ったものではないが、哲学的思考が広範囲に、深く浸透していったのが「啓蒙の世紀」だったと言える。その一端は、『百科全書』の「人間知識の系統図」のなかで、「哲学」が占める重要性をみればよくわかる。しかし、その一方で、十八世紀フランスが「快楽の世紀」であったことはあまり強調されてこなかった。その理由は、リベルタン文学の評価と重なるところがある。リベルタン文学には、「性」をテーマにした猥褻で、研究対象に値しないという評価があったが（いや過去形ではなく、「性」に対する考え方は変わりつつあるが今なお偏見が残されている）、「快楽の世紀」という表現そのものがこれまでは使われてこなかった。本書では、強調され過ぎた「哲学の世紀」とバランスを取るためにもあえて「快楽の世紀」を強調したい。

　では、「快楽の世紀」はどういう点にみられるのだろうか？　十八世紀フランスの時代精神、その雰囲気をよく表しているのが、摂政時代（一七一五―一七二三）のアントワーヌ・ヴァトー、ルイ十五世時代（一七二三―一七七四）のフランソワ・ブシェ、さらにはルイ十六世時代（一七七四―一七九二）まで制作を続けたジャン＝オノレ・フラゴナールの絵画である。ヴァトーは「雅な宴（fêtes galantes）」の画家として知られているが、彼の多様な作品の中心は『シテール島の巡礼』にみられるように、男女の恋を主題として描いたものである。高階秀爾は「ヴァトーほどこの時代の雰囲気と感受性を、どこか哀愁をたたえた森のなかの洗練された愛の戯れや、夢のような頼りなさと懐かしさに満ちた幸福なひと時の思い出を、比類ない筆遣いで描き出した画家はほかにはいない」[7]と述べて、十八世紀のもっとも卓越した、魅力的な画家のひとりとして絶賛している。われわれがここで注目するのは、「時代の雰囲気」が「愛の戯れ」に注目するようになった点である。「雅な宴」の「雅な（galant）」という形容詞は、『リシュレの辞典』（一七五九）によると、「利発な、美しい、心地よい、陽気な、魅力的な、恋している」の意味であり、«galanterie»という名詞は「甘い言葉、愛の口説き、物事を礼儀正しくしかも心地よく言うあるいは行う方法」という意味で、とりわけ愛に結びつく語である。こうした「雅な」雰囲気を、より明確に表現したのがブシェである。十八世紀末になって、ブシェの芸術に対する蔑称として用いられた「ロココ（rococo）」という言葉は、十八世紀を表す芸術様式として今ではすっかり定着しているが、その意味は「装飾過多で軽薄で無内容で不道徳」[8]というものであった。その評価が正当であるかどうかは別にして、当時の雰囲気をブシェの作品がよく伝えていることは確かである。ゴンクール兄弟によって「ひとつの世紀の趣味を代表し、それを表現し、体現し、肉化した人物の一人」[9]といわれたブシェは、宮廷美術を代表する芸術家であり、『水浴のディアナ』や『マリー＝ルイーズ・オミュルフィ』にみられるように、とりわけ女性の肉体を美しく、明るい、洗練されたタッチで描き出した。ブシェが裸体画を描いたこともこの時代の特徴をよく表しているが、時代の雰囲気を的確に表現している«galant»という語に注目しながら、図24（一九五頁）のブシェの『身繕い』という作品を見ていただきたい。この作品の解釈も載せておいたのでぜひ絵を見ながら読んでいただきたい。

フラゴナールは、美術史から見ると新古典派風の筆遣いであるかもしれないが、ブシェに学んで恋愛遊戯を描いた。日本でもよく知られた『ぶらんこ』や『閂』（図2、一七〇頁）にみられるような性愛に結びついたテーマは、十八世紀後半に至るまで連綿と続いた時代の特徴であったと言える。

こうした時代の特徴は、もちろん絵画のみにみられるものではない。胸を大きく開けたファッションにもみられるし、いやむしろわれわれが分析の対象とするリベルタン文学こそが、こうした時代背景によって生み出され、より十八世紀フランス社会のなかに浸透していった。とりわけ一七四〇年代にリベルタン文学の流行がみられる。『心と精神の迷い』（一七三六）、『カルトゥジオ会修道院の門番であるドン・B***の物語』（一七四一）、『ソファ』（一七四二）、『女哲学者テレーズ』（一七四八）、『不謹慎な宝石たち』（一七四八）、『オルレアンの乙女』（一七五二）などが書かれ、クレビヨン・フィスやラクロからディドロやヴォルテールに至るまで、リベルタン文学を書いた。こうした流行のなかでも、クレビヨン・フィスが果たした役割は重要である。次章では、彼の代表作である『ソファ』とディドロの『不謹慎な宝石たち』を見てみることにしよう。

●注●

（1）Patrick Wald Lasowski, *Le grand dérèglement*, Éditions Gallimard, 2008, p. 15.
（2）Patrick Wald Lasowski, «Préface», *Romanciers libertins du XVIIIe siècle*, Bibliothèque de la Pléiade, t. I, 2000, p. X.
（3）Cf. Alain Rey, *Dictionnaire historique de la langue française*, Dictionnaires Le Robert, 1992.
（4）Jean-Christophe Abramovici, «Les frontières poreuses du libertinage», *Du genre libertin au XVIIIe siècle*, Éditions Desjonquères, 2004, p. 21.
（5）性を描く文学的歴史については、リン・ハントの『ポルノグラフィの発明』に詳しい。とりわけ序章、第1章、第2章、第9章を参照のこと。Cf. Lynn Hunt, *The Invention of Pornography: Obscenity and the Origins of Modernity, 1500-1800*（邦訳、ハント『ポルノグラフィの発明――猥褻と近代の起源、一五〇〇年から一八〇〇年へ』）。
（6）Wald Lasowski, *Le grand dérèglement*, p. 25.

（7）高階秀爾『フランス絵画史――ルネッサンスから世紀末まで』講談社学術文庫、一九九〇、一一七頁。
（8）飯塚信雄『ロココの時代――官能の十八世紀』新潮選書、一九八六、二六頁。
（9）引用は高階秀爾、前掲書、一四七頁から。

第3章 リベルタン文学の始まり

リベルタン文学がいつ始まったのかを明確にすることは難しい問題である。それは、フランス革命がいつ始まったのかという歴史的時間が明確な問題ではないからだ。しかし、リベルタン文学の先駆けとして名前が挙がるのは、クレビヨン・フィスである。その後、多くの作品がクレビヨン・フィスを意識して書かれたからだ。では、クレビヨン・フィスの作品とはどのようなものだろうか？　クレビヨン・フィスの主な作品としては、『空気の精』（一七三〇）、『心と精神の迷い』（一七三六）、『ソファ』（一七四二）、『炉端の戯れ』（一七六三）などが挙げられるが、ここでは彼の代表作である『ソファ』を見てみたい。

一　クレビヨン・フィスの『ソファ』

物語は「数世紀前の、インドの話」として始まる。(1)　イスラム教徒であるシャー・バハムというインドの諸国を支配する王は、退屈な日々を過ごしている。彼は無学であるが、物語が大好きで、ありとあらゆる物語に通じている。退屈に飽きて、シャー・バハムは廷臣に籤（くじ）を引かせ、当たった者に物語を語らせることにする。籤に当たったのは、アマンゼイという若者で、彼は輪廻を信じるバラモン教徒で、以前は「ソファ」であった。登場人物が「ソファ」であるというのは、荒唐無稽な設定ではあるが、異国や異文化、さらには地球以外から登場人物を作り出して当時の十八世紀フランスを語るという物語は、モンテスキューの『ペルシア人の手紙』やヴォルテールの『ミクロメガス』などのように、十八世紀にはよくみられた物語手法である。アマンゼイの霊魂は、ソファからソファに移ってもよい許しをバラモン教によって与えられ、秘密の場所に入って、人の秘密をこっそりと見聞きすることができる。そのソファの見聞きしたことが物語として、王と王妃に語られるというわけだが、主題は「貞潔な女性（femme vertueuse）」がいるかどうかであり、国王シャー・バハムの関心がその点にあるというだけでなく、読者の関心もその点に惹きつけられる物語構造になっている。では貞淑な女性は『ソファ』のなかにいるのだろうか？

　貞潔な女性は、第四章に登場する「若くて美しい」無名の女性だけであり、しかもアマンゼイはその女性に退屈して、彼女のソファから離れてしまう。アマンゼイの関心をそそるのは、欲望に負けてしまう人物であるからだ。ではなぜ「欲望に負けてしまう人物」にアマンゼイは惹かれるのだろうか？　アマンゼイだけではなく、登場人物の国王も、さらにはわれわれ読者の関心までも、「貞潔な女性」よりも「欲望に負けてしまう人物」に惹かれてしまう。その理由は、「隠されるべき性」が描かれているからだろう。「秘密の場所に入って、人の秘密をこっそりと見聞きする」という主題のなかで、「性」は読者の関心を惹く主題であるからだ。先ほど、「われわれ読者」と書いたけれども、現在の読者と十八世紀の読者とでは、テクストの読解はおそらく同じではないだろう。しかし、「性的スキャンダル」を好む「性への関心」は十八世紀も現在も同じ傾向がある。

では『ソファ』では「性」がどのように描かれているのだろうか？　ここには、現在のポルノグラフィの要素はまったくと言っていいほどない。「性」は曖昧に、暗示的に、優雅に描かれていて、性行為の露骨な表現は見当たらない。お互いに愛し合っているフェニムとズュルマが欲望に負ける場面の描写を見てみよう。

> フェニムは、自分にとってこうまで目新しいことに圧倒されたのか、あるいはそのとき貞操の重荷に疲れを感じたのか、少なくとも一度は抵抗することがせめてもの作法であることも忘れ、日ごろほとんど抵抗しない女たちよりももっと素早く身を任せてしまいました。[2]
>
> フェニムの胸もとが少し開けていました。彼女はズュルマがそこに目を注いでいるのに気づき、胸もとを合わせようとしました。
>
> ――ああ、残酷な人だ、とズュルマは言いました。
>
> この叫び声を聞いただけでフェニムの手は止まりました。彼女は、ズュルマに許しても悪く思われるはずがない軽い好意で彼を楽しませようとして、髪を直すような仕草をしました。ズュルマの目は、彼女が許してくれたものの上にしばらく惹きつけられ、情欲の炎を燃やさずにはいられませんでした。[3]

この後フェニムとズュルマの話はどうなったかというと、二人とも恋の情欲に心をかき乱されるが、フェニムは自分の情欲にも、ズュルマの情欲にも打ち克って突然勝負事をしようと言い出す。しかし、勝負事にも気が乗らず、恋に涙する二人は互いに見つめ合い、涙を流し、愛を言葉にして伝えるが、自分の情欲をどのように表現してよいかわからない。つまり、性的行為に至るきっかけが見出せない。そんな二人の心の動きをクレビヨン・フィスは長々と描き出す。そして最後にはフェニムがそのきっかけを作り出す。

> フェニムはズュルマをあまりにもよく知っていましたので、彼が愛撫の手をやめたわけを見誤りはしませんでした。なおもズュルマを優しさ溢れるまなざしで見ていましたが、とうとう胸に騒ぐ甘い思いに堪えかねて、彼に身を投げました。その激しさは、どんなに強い言葉でも、どんなに激しい空想でもけっして表すことのできないものでした。(4)

恋物語ならハッピーエンドとしてここで終わるだろう。しかし、クレビヨン・フィスはなぜ性行為を避けてきたのかを二人に語らせている。

> 私の心はすぐにあなたのものと決まりました。でも私の理性が、長い間、私の感情に反対したのでした。(5)

フェニムがここで述べている理性は、「自尊心」と「名誉」のことであり、「世の慣わし」に従って生きることが、彼女にとってもっとも重要なことである。それは、「見かけ」の重要性であり、「見かけ」さえよければ他人に尊敬され、名誉をえることができるというわけだ。(6)「貞潔な女性」とみなされることこそが、貞潔とは何かを考えるよりも生きていくうえでは重要であった。この点において、『ソファ』は一七四〇年頃の上流階級の意識を非常によく物語っている作品であるだろう。
また、第八章と第九章に登場する四十歳近い独身女のアルマイドとバラモン教の学校長のモクレスとの恋物語も、『ソファ』のなかでは重要な位置を占める。その理由は、二人の会話が「性」をテーマとしながら、その議論が哲学的に展開されるからである。フェニムとズュルマ同様に、二人は愛し合っているが、性的行為に至るきっかけを見出せずにいる。モクレスは気持ちをはっきりとアルマイドに伝えれば、彼女に嫌われ、自分の誇りに傷がつくことを恐れ、詭弁を用いようとする。

あなた［アルマイド］にしても私［モクレス］にしても、自分たちを徳高い人間と信じております。しかし、先ほどお話したように、私たちは美徳がどういうものであるかを実際には知りません。その点については、あなたも疑われないでしょう。そもそも美徳とはどういう点にあるのでしょうか？　感覚をもっとも楽しませるものを完全に断つ点にあります。何が感覚を一番楽しませることか、誰が知ることができるでしょう？　一切を味わい尽くした者だけです。快楽を味わうことのみが、快楽を知ることを学べるとすれば、快楽を経験したことがない者は、快楽を知りません。快楽を知らない者はいったい何を犠牲にできましょうか？　何もありません、幻だけです。知らないものに抱く欲望は、幻と呼ぶほかないじゃないですか？　もしまた定説のごとく、犠牲の困難さのみが犠牲のすべての価値を定めるものとすれば、幻しか犠牲にしない人間にどんな人徳があるでしょうか？　それに引き換え、快楽に身をゆだね、快楽を味わった後、その快楽を捨て、自分を犠牲とする、これこそが偉大で、唯一で、真実の美徳なのです！　現在のあなたも私も、そのような美徳をもっていると誇ることはできないのです。(7)

モクレスは自分の言葉が詭弁であることをしっかりと認識している。彼の目的はただ一つ、アルマイドと肉体的に結ばれることである。すでに両腕にアルマイドを抱き締めたモクレスは、「私たちが一見美徳を損なうように思える行為を決行するのも、美徳のより大きな探求のひとつであることは疑う余地がありません」(8)と述べて、自分の行為を正当化する。何という見事な論理だろうか！　しかし、その後狂乱から目を覚ましたモクレスは、後悔に苛まれてその翌日厳格きわまる修行に出かけてしまう。そして、アルマイドも彼と同じ道を数日後には辿ることになる。アマンゼイの話を聞いていた国王と王妃によって、この話のなかでいったい誰が悪者かが問題になるが、その答えは示されない。

では「貞潔な女性」を探す主題はどのような意味をもっているのだろうか？　なぜこうした物語の枠組みが考えられたのだろうか？　「貞潔な女性」を描く意味は、こうした物語が当時の読者の関心を惹くテーマであるからだろう。なぜ関心を惹くのだろうか？　この問題を考える前に、同様のテーマを描いたディドロの『不謹慎な宝石たち』を見ておくことにしよう。

二　ディドロの『不謹慎な宝石たち』

『不謹慎な宝石たち』のテーマも、「貞潔な女性」を探し求める物語である。『ソファ』と違うのは、ソファが語るのではなく、女性器が語る点だ。「女性器」が語る物語の設定そのものが、『ソファ』に比べると読者には猥褻さとともに滑稽さを生み出したことだろう。『不謹慎な宝石たち』の「ジマに」と題された献辞(9)や第一章で、当時のリベルタン小説に言及していることから、この作品の背後には当時のリベルタン小説があり、それがディドロに執筆の動機を与えたと考えられる。[10] では『不謹慎な宝石たち』とはどのような物語なのだろうか、簡単に概略だけ押さえておこう。

舞台はコンゴ王国で時代は世界起源一五〇〇〇〇〇〇〇三二〇〇〇〇一年というからふざけている。主人公の国王マンゴギュルは名君と評され、また美男だった。マンゴギュルには寵姫ミルゾザがいたが、四年を経過して二人の間には話すこともすることもなくなってしまい、倦怠期が訪れる。そこでミルゾザはマンゴギュルの退屈を紛らわせるために、仙人のキュキュファを呼び寄せることを提案する。呼び出されたキュキュファに対して、マンゴギュルは宮中の女たちの過去現在における情事をすべて知りたいという。キュキュファは最初その申し出を断るが、結局マンゴギュルに銀の指輪を与える。その指輪こそ、女たちに向けると自分たちの情事を語りだす魔法の指輪で、語りだすのは女性器というわけだ。「宝石（bijou）」には、男女の性器の意味があり、『不謹慎な宝石たち』という題名は、ここでは自分たちの情事を語りだす女性器を意味している。マンゴギュルはその指輪を使って、女たちの性の遍歴を暴いていくというのが物語の筋である。ミルゾザの懇願を受けて、彼女にだけは指輪を使わなかったマンゴギュルは、最後には彼女に指輪を向けるが、彼女が貞淑であることがわかりマンゴギュルが大喜びをするというのが結末である。

また『不謹慎な宝石たち』は「モデル小説（roman à clef）」と呼ばれ、当時の宮廷社会が諷刺されている。マンゴギュルは国王ルイ十五世、ミルゾザが寵姫ポンパドゥール夫人、コンゴはフランス、バンザがパリであることは当時の読者には自明であっただろう。それゆえに、過去のテクストを読むわれわれとは違った「現在性」があり、物語の面白さもまったく違ったものであっただろう。ディドロはこの作品の出版後にヴァンセンヌに投獄されることになるのだが、その理由は『盲人書簡』であり、『不謹慎な宝石たち』であると言われている。

物語は五十四章から成立し、そのうちの約三分の二は「指輪の試み」に関連した女性たちの淫らな性関係や寵臣セリムがヨーロッパ諸国や宮廷を舞台に繰り広げる好色談である。そして残りの約三分の一はいわば脱線部分で、そこでは当時の論争（デカルトとニュートン、ラモーとリュリ、古代派と近代派）やディドロの哲学や文学についての考えが映しだされている。しかし何といっても、全体を貫通しているのは宮廷社会の淫らな「性」関係に対する諷刺で、修道女たちの乱れた性や聖職者の猥褻さが鋭く諷刺されている。そのなかでも「旅する宝石」は、ディドロが献辞でそのことを認めているように、もっとも猥褻な章である。

『不謹慎な宝石たち』は全体が二巻に分かれ、第一巻に三十章、第二巻に二十一章、さらに追加された三章を含めて五十四章から成り立っている。その第二巻十四章にあたるこの章は、シプリアという名の娼婦が、ロンドン、ウィーン、ローマ、マドリッド、インド、そしてコンスタンチノープルと快楽の旅を続けるという物語である。ディドロは本章の猥褻な記述を、英語、ラテン語、イタリア語、スペイン語とフランス語の併用という形で、外国語を駆使して描いている。リュスタンはフォリオ版の注の中で、「旅する宝石」がフランスではこの版で初めてフランス語に翻訳されたと述べているので、一九八一年になるまで、フランス人でも四か国語に通じていなければ読めなかった。[11] ディドロ自身も本章の猥褻さを十分に認識していたからこそ、外国語で記述してカムフラージュしようとしているのであろう。では、われわれはこの偽装のヴェールを剥ぎ取ってみようではないか。ジャック・リュスタンによるフランス語訳を参照しながら、もっとも猥褻な箇所を取り出してみたい。

（英語）フランスを旅行中、一人のお金持ちの英国貴族が、私をロンドンへ連れて行ってくれました。ああ、なんて素晴らしい男だったことでしょう！　彼は昼間に六回、夜も同じ回数だけ私をびしょ濡れにしてくれました。彗星の尾のような彼の槍は、燃え滾る炎のように私を何度も突き刺しました〔……〕。

（ラテン語）彼は私を、オーストリアのウィーンに連れて行きました。そこは彼の故郷で、私は、まる三か月というもの、賓客として酒池肉林のもてなしを受けました。彼の睾丸はロレーヌ人のように皺クチャで萎びていて、陰茎はあまりにも長くて太かったために、私はその半分しか受け入れることができませんでした。しかし何度もやっているうちに、私の割れ目は引き裂かれ、無残にもぽっかりと口を開けてしまいました。あまりにも繰り返しやったために、鞘は巨大な剣を受け入れることができました〔……〕。

（イタリア語）この都は快楽の殿堂であり、また逸楽の住処です。しかし、ここでもまた、快いお尻が、もっとも美しい女陰よりもはるかに歓迎されているのは不愉快でした。これは私がこの国に着いて三日目に経験したことです。〔……〕二人の騎士が私たちを迎えて、密生した木立のなかへ連れて行きました。そこで二人はいきなり服を脱ぎすてて、これまで見たこともない隆々たる陽物を私たち〔シプリアと有名な娼婦〕に見せたのです。それぞれが自分の相手とやりました。さらに相手を取り換えて、口のなかや乳房の間で戯れたのです。最後には、一人の騎士が私のライバルの肛門を占領しましたが、その間に、もう一人の騎士が私に同じ仕事をしたのです〔……〕。

〔フランス語とスペイン語の混用〕〔……〕ここで過ごした夜はなんと楽しかったことでしょう！　ああ、なんという夜だったでしょう！　不幸な私！　ああ、あの楽しみを思い出すと、漏らしてしまいそうです……それどころか……ああ！　ああ！　気を失くしそうです……死んでしまいそうです……[12]

この章が猥褻であると批判をうけるのは、猥褻な語句が直接用いられているためであり、さらにはそれが性行為の記述であるためである。性的語句を用いて性行為を表現するのがポルノ小説の特徴であるとするなら、「旅する宝石」はまさしく現在のポルノ小説の要素を満たしている。しかし、外国語のヴェールを剥ぎ取ると、現在のポルノに慣れ親しんだ読者には、「性的欲望を掻き立てる」エクリチュールと思えるだろうか？ここには、十八世紀の読者と現在の読者とのエロティシズムに関する深い溝があるように思う。この点に関しては、リベルタン版画のところで詳しく考えてみたい。

しかし、「旅する宝石」をもっとも猥褻な箇所としてあまり強調し過ぎてはならない。むしろヴェールをかけなければならない点が重要である。「性」を描くことは危険をともなうことであったのだ。ディドロのエクリチュールは危険を偽装するために、こうした単純なヴェールから、コノテーションを使ったより複雑なヴェールを用いるところに魅力と面白さがあるだろう。『不謹慎な宝石たち』も、この章を除くと抑制されたタッチで描かれている。『ソファ』の主題を引き継ぎ、『ソファ』を意識して書かれたこの作品は、「性を内包した、反逆的な文学」であるリベルタン文学として位置づけられるにしても、『カルトゥジオ会修道院の門番であるドン・B＊＊＊の物語』や『女哲学者テレーズ』に比べると諷刺や批判の過激さは抑えられている。

三　偽善を暴こうとする意志

　では『ソファ』と『不謹慎な宝石たち』に共通する「貞潔な女性」を探す主題は、なぜ選ばれたのだろうか？　クレビヨン・フィスもディドロも、おそらくこの主題を「面白い」と思ったからだろう。当時、作者がどれほど読者を意識して物語を創っていたかは正確にはわからないが、読者を楽しませようとして、あるいは読者に読んでもらうことを意識して選ばれたテーマであったに違いない。また、読者にとっても面白いテーマではなかっただろうか。「貞潔な女性」を探す主題は、「貞潔ではない女性」を見出すから面白い。『ソファ』のなかで、ソファになったアマンゼイは貞潔な女性のもとからは素早く立ち去ってしまうが、事件がなければ面白くないのは当然のことだ。面白いのは、貞淑ぶっている女が、実は淑女ではないという話の方だからだ。仮面をかぶった偽善が暴かれる、隠されていたものが表に出てくる方が、話としてははるかに面白い。それは十八世紀であるからというよりも、現在にまで通じる、人間がもつ共通した面白さであるだろう。

　しかし、なぜ「貞潔」が問題になるのだろうか？　なぜ「性」の偽善が暴かれることをそれほど読者は面白いと思うのだろうか？　そこにはおそらく「性」がもつ隠すべきこと、人前で公にすべきでないことと関係している。十八世紀と現在では、「性」についての意識は大きく違っているところもあるだろうが、「性」は人前で、大声で話すことが憚れる、羞恥心とかかわる領域である点は共通しているだろう。このような「性」を次々と明らかにしていくこれらの物語は、うかがい知ることができない秘められた領域を知ることになり、その点が読者には面白いのではないか。

先にも書いたように『ソファ』も『不謹慎な宝石たち』も当時の雰囲気をよく伝えている物語である。その雰囲気とは、女性に貞潔を求める、モラルを強いる雰囲気である。こうした社会的枠組みのなかで、女性は「貞潔な女性」と思われたい、周囲から尊敬を集め、名誉をえたい願望を内面化していったのではないか。『ソファ』に登場する女たちが求めるのは「美徳」と「名誉」であるが、それは実体をともなわない見かけの「美徳」であり、「名誉」である。第二章で登場するファトメは町の誰からも尊敬されている「貞潔」な女性であるが、ソファを手に入れたのは猥褻本を見ながらオナニーをするためである。十八世紀では、オナニーは禁じられた行為であるから、当時の読者にはなかなかショッキングな場面であったかもしれない、あるいは笑いを誘う場面であったかもしれない。ソファでしか知りえないファトメの真実の姿が暴かれる。アマンゼイは「ファトメはうわべでは快楽を避けていました。しかし、それはより安全に快楽にふけるためでしかありませんでした」[13]と述べて、彼女の偽善を暴いている。そのためにファトメが情欲の相手にするのは、疑惑がかからぬ人物か、身分が低いために世の疑いにもかかからない人物たちである。

『ソファ』の第六章と第七章で登場するフェニムもまた、他人に尊敬され、貞操が堅いと思われることを一番に考え、自分の周囲からの評価を気にかけている。そのフェニムに関連して、アマンゼイは当時の女性を観察して、「一度も誘惑に負けたことはないと自慢する女は、貞操の堅さよりは、堅いと思い込ませた世評によって貞淑になるのです」[14]と述べている。

『ソファ』に描かれる女たちにとって重要なのは、「貞潔な女」と世間からみなされることであり、そのためにうわべを取り繕わねばならず、実際に「貞潔」であるかどうかは問題にならない。当時、表向きには

「性」は生殖のためのものであり、快楽のためのものではなかった。禁欲は美徳であり、周囲の尊敬を集め名誉を得ようとすれば、情欲を隠し、「貞淑な女」を演じる必要があった。そこには、自分が偽善を演じているという意識はなく、当時の慣習に従って生きようとする女性たちが描かれている。慣習は彼女たちにとって絶対的な価値であり、それを逸脱することは社会からはじき出されることである。その慣習を支えていたのは、宗教的な価値観であり、キリスト教モラルである。クレビヨン・フィスが描くのは、「見かけ」を取り繕う女たちであり、その偽善を読者は楽しむことになる。ディドロもこの偽善を告発するが、その議論はより過激で挑発的だ。

卑しい偽善者どもには私をほっといてほしいのです。荷鞍をはずした驢馬みたいに、ヤッてもらってもかまいません。ただ、私が「ヤル」という言葉を使うのは認めてもらいたいのです。行為はあなたにまかせますから、私には言葉をまかせてください。「殺す」とか、「盗む」とか、「裏切る」とかといった言葉は平気で口にするくせに、この言葉には口ごもるわけですね！　不純なことは言葉にすることが少なければ少ないほど、あなたの頭の中には残らないというわけですか？　生殖の行為はかくも自然で、かくも必要で、かくも正しいというのに、あなたはどうしてその記号を自分の会話から排除しようとしたり、自分の口や、眼や、耳がその記号で汚されることになるなどと考えるのですか？　使われることも、書かれることも、口にされることももっとも稀な表現が、もっともよく、もっとも広く知れわたっているというわけです。だってそうでしょう。「ヤル」という言葉は、「パン」という言葉と同じくらいなじみ深いものではありませんか？　この言葉は時代に関係なく、どんな方言にも見出され、ありとあらゆる言語のうちに数え切れないほどの類義語をもっています。声も形もなく、表現されることもないにもかかわらず、誰の心にも刻みこまれているというのに、それをもっとももよく実践する性が、それについてもっとも口をつぐむならわしなのです。(15)

『運命論者ジャックとその主人』のこの箇所は、ディドロがモンテーニュの『エセー』を踏まえて書いたものだが、「偽善」を痛烈に批判している。ディドロの攻撃対象は、ここでも慣習に対して疑問を抱かず、世の慣わしに縋り付きながら生きようとする者に向けられている。慣習を学ぶ者は、学んだ慣習を教える者にもなる。慣習は守ることが重要で、それが正しいか否かと問う必要がない。守られているか否かが問題であり、その本質は問題にならない。いわば「思考の停止」である。おそらくディドロの攻撃は、こうした「思考の停止」であり、慣習を疑うことを提起している。「私が『ヤル』という言葉を使うのは認めてもらいたい」という言葉は、自由な発話、自由な表現、自由な思考を認めてもらいたいというディドロ自身の言葉のように聞こえる。

しかし、「偽善」の告発は、なぜ「性的偽善」の告発なのだろうか？　批判が「性」を通して行われるのはなぜなのだろうか？　ここにリベルタン文学がもつ特徴がみられるが、「批判」と「性」については後ほど詳しく見ることにしたい。

われわれは『ソファ』と『不謹慎な宝石たち』を見てきたが、実はそれ以前に出版され、この出版に絡んで多くの人物がバスティーユ送りになった作品がある。それは、一七四一年に出版されたジェルヴェーズ・ド・ラトゥシュの『カルトゥジオ会修道院の門番であるドン・B***の物語』（以下『ドン・B***の物語』）であり、十八世紀でもっとも猥褻であると言われる作品である。

●注●

（1）『ソファ』は Claude-Prosper Jolyot de Crébillon（Crébillon fils）, *Le Sopha*, dans *Romanciers libertins du XVIIIe siècle*, Bibliothèque de la Pléiade, t. I, 2000, pp. 69-247（邦訳、クレビヨン・フィス著、伊吹武彦訳『ソファ』世界文学社、一九四九）を参照した。ただし、邦訳は十章から十九章までが省略された抄訳である。

（2）*Ibid.*, p. 110（邦訳、一二二頁、強調は関谷）。

（3）*Ibid.*, p. 113（邦訳、一三〇頁、強調は関谷）。

（4）*Ibid.*, p. 115（邦訳、一三六頁、強調は関谷）。

（5）*Ibid.*, p. 116（邦訳、一三九頁、強調は関谷）。

（6）フェニムは「自尊心」と「名誉」について次のように述べている。「今日私が喜んであなたに捧げます貞操は、長い間、あなたと闘いました。たった一度の過ちが、自分を尊敬する心地よい確信と、人から尊敬される幸福とを奪ってしまうと想像するだけで、絶望せずにはいられませんでした」（p. 116（邦訳、一四〇頁））。あるいはまた、「あなたは私を愛してくださっていたのに、私は他人に尊敬されることを考えていたのでした」（p. 117（邦訳、一四〇頁））。

（7）*Ibid.*, p. 134（邦訳、一八九―一九〇頁）。

（8）*Ibid.*, p. 136（邦訳、一九六頁）。

（9）献辞の形式になっているが、実際には読者に対する序文である。

（10）献辞と第一章にはクレビヨン・フィス以外にデュクロ、ヴォワズノン、パジョン、ラ・モルリエールなどのリベルタン小説の登場人物の名前が挙がっている。詳細は Diderot, *Œuvres complètes de Diderot*, t. III, Hermann, 1978, p. 32 & p. 35の注を参照のこと（以下ＤＰＶと略記）。また、ディドロが『不謹慎な宝石たち』を執筆した背景には、愛人のピュイジュー夫人がクレビヨン・フィスを褒めたたえたために、自尊心を刺激されたディドロはこの作品を二週間で書きあげたと言われている。

（11）Diderot, *Les Bijoux indiscrets*, Édition présentée, établie et annotée par Jacques Rustin, Éditions Gallimard, 1981, p. 360.

（12）Diderot, DPV, pp. 218-221.

（13）Crébillon, *op.cit.*, p. 84（邦訳、四五頁）。

（14）*Ibid.*, p. 10（邦訳、一二〇頁）。

（15）Diderot, DPV, t. XXIII, 1981, pp. 229－231（邦訳、ディドロ著、王寺賢太／田口卓臣訳『運命論者ジャックとその主人』白水社、二〇〇六、二五八―二六〇頁）。

第4章

『カルトゥジオ会修道院の門番であるドン・B***の物語』(1)

現存する『カルトゥジオ会修道院の門番であるドン・B***の物語』(以下『ドン・B***の物語』と略記)の初版本は、一七四一年一月に出版されたものであるが、当時の警察調書には、それよりも数か月前に印刷され、警察に押収、廃棄されたことをうかがわせる記述がある。本書では、作者の問題および出版の経緯については詳しく述べないが、関心のある読者は『国立図書館の発禁本』のユベール・ジュアンの「まえがき」およびプレイヤッド版のアラン・クレルヴァルの解説を参照していただきたい。(2) 作者、版画家、印刷屋VS警察の当時のせめぎ合いを垣間見ることができて面白い。

初版本が一七四一年一月あるいはその数か月前ということは、『ドン・B***の物語』はクレビヨン・フィスの『ソファ』以前に出版されている。しかしながら、出版当初から発禁本になり、警察の厳しい取り締まりもあって、入手するのが難しかったと予想される。その後一七四八年版、一七七一年版、一七七七年版、一七八六年版、一七八七年版などおよそ二〇の版が出版されて、地下市場で流通していくことになるが、再版年を見てみると初版出版後かなり時間が経った一七七〇年頃にもっともよく読まれたのではないかと推測される。(3) では『ドン・B＊＊＊の物語』はなぜよく読まれたのだろうか？　何が読者を惹きつけたのだろうか？

一　読者が惹きつけられた「性」の記述

おそらく読者がもっとも惹きつけられたのは「性」の記述だろう。十八世紀のリベルタン文学のなかでも、その過激な性描写は革命以前では『ドン・B＊＊＊の物語』がずば抜けている。性的欲望をヴェールにくるむことなく、直截的に、何の曖昧さもなく描き出している。「性」が物語の中心であり、隠すべきものを何の躊躇（ためら）いもなく、肯定的に語る作品はこれまでになかったと言ってよい。読者の誰もが体験する、性に目覚める肉体を写実的に描き出すエクリチュールに、読者はまず惹きつけられたに違いない。それがどのように描かれているのかを見る前に、簡単に物語内容を押さえておこう。

主人公はサテュルナンという若者であり、父は庭師のアンブロワーズ、母はトワネットという名であった。ただし、実際はケレスティヌス会修道院の神父様たちの淫蕩の賜物としてサテュルナンは生まれた。ある日偶然に、トワネットとポリカルプ神父が隣の部屋で性行為にふけるのを目撃したサテュルナンは性に目覚め、そのときから始まる性の冒険が回想という形式で語られる。彼がまずターゲットにするのは姉のシュザンヌであったが、姉はすでに修道院で性についての知識を得ており、修道女のモニックと同性愛を体験していた。姉の語りのなかで、モニックが修道院で体験した乱れた性の様子が語られる。姉によって性について啓蒙されたサテュルナンは、その後修道院に入れられ、男色を体験し、ありとあらゆる退廃を覚え、告解師として懺悔に来る女性たちを次から次に性の餌食とする。その後、サテュルナンは教会にいられなくなり、パリに出て、荒れた生活を送り、最終的には性病に罹り、この物語を書いたというわけだ。

物語のなかでも、もっとも猥褻な箇所として知られる場面を見てみよう。それは、トワネットと神父の性行為の場面を、隣の部屋からスュゾンが覗き、サテュルナンがスュゾンに攻撃を仕掛ける場面である。引用が長くなるが、『ドン・B***の物語』のなかでも、挿絵とともに読者がもっとも惹きつけられたと思われる箇所であるのでお許しいただきたい。

> 彼女［スュゾン］はその場を離れようとはしませんでした。そのとき僕［サテュルナン］は隣の手本がどこまで効果があるのか知りたくて、最初にスカートの下に手を入れてみました。彼女はあまり抵抗をする様子もなく、その手をゆっくりと押し返すだけで、太腿まで伸ばしても嫌がる気配はありませんでした。彼女は太腿を強く締め付けていましたが、隣の部屋のおかげで、その太腿がゆっくりと開くのがわかりました。神父とトワネットが与えたり、受け取ったりしたときのリズムに合わせながら、挟まれた僕の手は彼女の魅力的な太腿を登っていきました。ついに、僕は目的に達しました。そのときスュゾンは抵抗することもなく、僕の好きなようにさせてくれ、自ら脚を広げて、僕の手が自由に動けるようにしてくれました。僕はこの機会を利用して、敏感な部分に指をあて、その指をわずかに挿し込みました。彼女は敵がその場を奪ったと感じるや否や、震えました。その震えは、僕の指のほんのわずかな動きでも繰り返されました。「君は僕のものだ、スュゾン、摑（つか）まえたよ」と僕は言いました。僕はすぐに彼女のペチコートを後ろから捲りました。そして僕は見たのです。ああ！　想像できるなかでもっとも美しく、もっとも白く、

もっとも形が良く、もっとも引き締まった魅力的なかわいいお尻を見たのです。ありえない、僕がこれまで生きてきたなかで見たことがないお尻、僕が楽しんだどのお尻よりも見事なお尻、僕の大切なスュゾンのお尻に匹敵するものはどれ一つとしてありません！　顔色に勝る素晴らしい色をした神聖なお尻！　その素晴らしいお尻に僕は何度もキスをしました。僕があなたに払わなければならなかった敬意をそのときに払わなかったとしたらお許しください！　そうなのです、あなたは称賛に値するし、もっとも純粋な香に値します。しかし、あなたはあまりにも魅力的な隣人をもっていました。僕の趣味はまだ十分に洗練されておらず、あなたの本当の価値を知りませんでした。僕はその隣人を自分の情欲に相応しい唯一のものだと思っていたのです。魅力的なお尻！　あなたは僕をどれほど後悔させたことでしょう！　そうなのです、僕はあなたの記憶をいつまでも大切にとどめておくことでしょう！　僕の心のなかでは、あなたを祭壇に祭り上げました。僕は毎日自分の目が見えていなかったことで涙を流しています。

僕はこの崇拝すべき可愛いお尻の前で跪（ひざまず）いていました。そのお尻を抱き締め、ぎゅっと締め付け、わずかに開き、僕は恍惚状態になりました。しかしながら、スュゾンはそれ以外にも数えきれないほどの美しさをもっていて、それが僕の好奇心を刺激していました。僕はうっとりとなって立ち上がり、貪るような眼差しを二つの可愛い乳房に向けました。それらは、興奮によって固く、肉付きが良く、良い形をしていて、丸く膨らんでいました。その乳房は上に行ったり、下に行ったり、喘いだりとまるでこうした動きを止めるための手を求めているかのようでした。僕はそこに自分の手をもっていき、乳房を締め付けました。スュゾンは僕の欲情に抵抗することもなく身を任せていました。彼女を虜にしていたこの光景から彼女を引き離すことは不可能でした。僕はすっかり興奮していましたが、彼女は僕のじりじりした気持ちになかなか気づいてはくれませんでした。僕は欲望に燃えていました。その火を消すことができるのはオルガスムスだけでした。僕はスュゾンの体全体を見るために、彼女が全裸になる姿を見てみたいと思っていました。その体のさまざまな部分にキスをして、触れてみたかったのです。僕の欲望を満たせるのは、裸の彼女を見ることだけのように思われました。僕はやがてその反対を体験することになりました。僕はスュゾンの服を脱がせましたが、彼女は抵抗しませんでした。僕は裸になって、自分の欲望を満たすありとあらゆる手段を探しました。彼女を促すための力が僕にはありませんでした。キスを何度も何度も繰り返しましたが、愛のもっとも生き生きとした証（あかし）は、僕が感じていたもののはるか下にありました。僕はそこに入れようとしましたが、姿勢が邪魔をしていました。後ろから入れなければなりませんでした。彼女は両脚と太腿を広げていましたが、その入り口はあまりにも小さくて、うまく入れることは不可能でした。そこに指をあてて、引き抜いてみると、愛の液体ですっかり濡れていました。同じ原因が、僕にも同じ結果を生み出しました。僕は、この魅力的な場所で、つい今しがた指が行ったことと同じことをするために努力をしました。しかし、入れやすくなっていたにもかかわらず、相変わらず入りません。彼女があまりにも見入っていて、僕の幸せを妨げていることにいら立った僕は、「ねえ、スュゾン、彼らのことは放っておこう、こっちにおいでよ、僕のスュゾン、彼らと同じ喜びを味わおうよ」と言いました。彼女は僕に目を向けましたが、その目は興奮していました。僕は彼女を優しく抱きしめて、ベッドの上に運び、ひっくり返すと、彼女は太腿を開けました。僕の目は赤くなった小さな薔薇に釘づけになりました。その薔薇は今にも開花しようとしているようでした。前髪のような褐色の毛が、恥丘を覆い始めていました。どんなにうまい画家でもこれほど生き生きとした性器を描くことはできないでしょう。スュゾンは動かず、じりじりとしながら、より敏感で、満足を得られる僕の欲望の証を待っていました。僕は彼女にそれを与えようと努めました。僕のやり方は上に行きすぎたり、下に行きすぎたりとひじょうにまずいでした。努力が報いられず、僕はすっかり憔悴していました。すると彼女は自ら僕のものを入れたのです。ああ、そのときそれは本当の道にいることを感じました！　花々に覆われていると思っていた道に、見出すことになるとは思ってもいなかった苦悩によって、僕はまず立ち止まりました。スュゾンも同じように思っていました。しかしながら、僕たちはあきらめたりせず、スュゾンは道を広げる努力をしました。僕もそれ以上の努力をすると、彼女は助けてくれました。すでに僕は道の半ばまで達していました。スュゾンはうつろな目を僕に向け、その顔は火がついたようでした。彼女は時おりにしか息をせず、その体はほてり、僕は快楽の海を泳いでいました。しかし、僕はより大きな快楽を望んでいて、それを味わおうと急いでいました。ああ、何ということでしょう！　これほど甘美な瞬間が、どうしてもっとも残酷な不幸によって妨げられなければならないの

図1 「ドン・B*** の物語」

でしょうか?(4)

ここにはサテュルナンの行為が写実的に描かれている。また彼の欲望が、ヴェールを剥ぎ取られた、曖昧さのない言葉を使って、躊躇(ためら)いなく、露骨に描写されている。読者は場面を想像し、自分がサテュルナンと同化して、まるでサテュルナンであるかのようにしてテクストを読むことだろう。作者の意図が、「性欲を掻き立てること」にあったかどうかはわからないが、こうした記述方法は現在の「ポルノ本」と同じように、読者の想像力を刺激して性的欲望を掻き立てるエクリチュールである。「性」を描写するにあたって、クレビヨン・フィスとの明確な違いがここにはある。

しかし、十八世紀の読者がどのようにこのテクストを読んだのか、本当のところははっきりとしない。現在のわれわれとは非常に違った読みがなされていたかもしれない。ダーントンは、十八世紀の読者の精神世界が現在とは非常に違うことを認めたうえで、「読者の反応は確かに多様なものだったが、今より激しいものだった」(5)と述べている。当時の印刷物が読者に与えた影響は、さまざまな情報メディアをもつ現在と比べて、よりインパクトがあったことは間違いない。また、テクストは多様な読みが可能であるが、このことは読者が同じような読みをしたことを排除するものではない。十八世紀フランスという同じ時空で、同じ文化的枠組みのなかで生きた人々の読みは、多様とはいえ決して個人によってバラバラなものではなく、読みの共通の枠組みが存在していたと考える方がより説得的である。とりわけ「性」についての欲望を描いた『ドン・B***の物語』のこうした箇所は、読者に性的刺激を与えたはずだ。十八世紀の読者がどのように読んだかの一例は、『ラモーの甥』のなかで、ラモーが語る女が情欲に囚われてたえず『ドン・B***の物語』を想像する箇所や、『女哲学者テレーズ』のなかで、伯爵がテレーズにオナニーを禁じるために、『ドン・B＊＊＊の物語』を与える箇所からしっかりと読み取れるのである。[6] それがオナニーを目的とした「片手で読む本」として読まれようと否と、十八世紀の読者の関心が、これらの記述を見る限り、「性」的刺激にあったことは間違いない。

二　真実なのは「心の声」

あるいはまた、十八世紀の読者は次のような箇所に惹きつけられたかもしれない。修道女モニックが「女の貞潔」とは何かを考える場面である。

ところで耳に痛いこの貞潔というものは何なのでしょうか？　それは絵空事で、われわれ女を抑圧する、囚われの身を表す言葉です。この想像上の美徳を称賛することは、われわれにとって、赤ん坊を楽しませ、泣き止ませるガラガラのようなものなのです。[7]

「貞潔は絵空事でしかなく、女性を抑圧する、囚われの身を表す言葉」という考えは、禁欲を説くキリスト教モラルに対する過激な挑発である。モニックが真実として信じるのは自分の「心」だけである。「耳を傾けなければならないのは心の声だけよ。従わなければならないのは、心の忠告だけなのよ」[8]というわけだ。ではモニックは「心の声」を聴くためにどうするのだろうか？

ときどき私は部屋に閉じこもり、物思いに耽（ふけ）りました。それが、私の一番好きな友達の代わりとなったのです。こうした物思いで、私は何を見ていたのでしょうか？　女というものは、一人になると男のことしか考えなくなります。私は自分の心を探り、心が何を感じているのか説明を求めました。私は全裸になって、性的な喜びを感じながら自分の姿をよく見ました。そして、自分の体のありとあらゆる箇所を燃えるような眼差しで見つめました。私はじりじりとして、両脚を開き、ため息を漏らし、想像力が掻き立てられました。すると自分の前に一人の男が現れ、彼を抱きしめるために両手を広げると、私の性器は激しい火によって焦がされるようでした。しかし、そこに指を入れる勇気はありませんでした。自分の体を傷つけることを恐れていたからです。そこがうずうずと疼くのを感じて辛いでしたが、その疼きを鎮めようとは思いませんでした。時には負けそうになって、指をあてがったこともありますが、自分のやろうとしていることに怖気づき、その手を慌てて引っ込めました。手のひらをかぶせ、押し当ててもみました。最終的に、私は欲望に身を任せ、指を入れました。苦痛を忘れ、快楽しか感じませんでした。快楽があまりにも大きかったので、自分は死んでしまうのではないかと思いました。するとまた、もう一度やりたくなり、力が残っている限り私は同じことを何度も繰り返したのです。

　私は自分の発見に有頂天になりました。その発見は、私の精神に明かりを灯してくれました。つまり、私が思ったのは、指があれほど甘美な瞬間をもたらすのであれば、男たちは私が一人で行ったことを私たちと行うに違いなく、また私が指を入れたところに指に取って代わるものをもっているはずだということでした。というのも、それこそが快楽の真の道であることを疑いえないからでした。ここまで知ってしまうと、これほどまでの快楽を与えた代替物ではなく、男がもつ本物を見たいというこれまでにない激しい

欲望を感じました。(9)

モニックが心の声に見出したのは「性」的欲望である。彼女がその欲望を感じ取り、欲望を行為に移すその過程がここでは詳細に語られている。その目線は作者のものであるが、その背後にいる読者の目線でもあるだろう。ただし、それが現在のポルノ同様に男性に向けられたものなのかどうかはよくわからない。というのも、先ほど例に挙げた『ラモーの甥』や『女哲学者テレーズ』で『ドン・B***の物語』を読むのが女性であったからだ。女性が読むというのは男の創作であるが、真実は闇のなかにある。

しかし、われわれにとってより重要なのは、モニックのエロティックな肉体描写よりも、彼女がオナニーを見出す方法、見出すために用いる表現である。「心の声」だけを信じることは、すべてを疑問に付すことであり、これまで真実であると信じてきたことに疑いをもつことである。そして、快楽に至上の価値を見出し、オナニーを発見して有頂天になったモニックは、「その発見は、私の精神に明かり（lumière）を灯してくれました」と語る。プレイヤッド版のテクストを校訂したアラン・クレルヴァルはこの箇所に注をつけ、「知に対して盲目であるというこの唐突な文は、リベルタン小説の中で繰り返し現れるモチーフである。それは世界を実際に知る重要な瞬間である。主人公が経験の領域に入り込み、そこでは押しつけられたあらゆる真実を覆すために、感覚と理性がともに働いている」(10)と述べて、リベルタン小説に特有の表現であることを指摘している。さらに彼女は、「指の快楽」は「指に取って代わるもの」があることを類推し、それが「男性器」であることを見抜く。こうした思考の歩みをモニックは「ここまで知ってしまうと（à ce degré de lumières）」と述べて、与えられた真実ではなくて、自分で見出した真実を「光、明かり、知識、啓蒙（lumières）」と表現している。ここで重要なのは、自分で真実を見出すことである。

三　聖職者の性的欲望

また、読者が『ドン・B***の物語』のなかで惹きつけられたのは、聖職者たちが引き起こす数々の性的事件であろう。アンジェリック修道女が妊娠をするが、その相手はジェローム神父であること、院長は人工ペニスを愛用していること、またトワネットと寝るのはポリカルプ神父であること、こうした記述に読者の意識が反応しなかったとは考えにくい。そしてサテュルナン自身も、修道院で告解に来た女たちを餌食にする。禁欲を説く聖職者たちが、実はその裏で自らの性的欲望をさまざまな形で満たす記述は、読者に対して少なからず「教会の腐敗」のイメージを植え付けたことだろう。次章で扱う『女哲学者テレーズ』も、実在したカディエールとジラール神父が引き起こした実話をもとに物語は作られている。ディドロの『修道女』も、修道院内部の閉鎖空間で起こる非人間的な日常を描き出している。もちろんこれらの物語は虚構作品であるが、読者がテクストから読み取るのは、虚構であるか否かではなく、「教会の腐敗」、「聖職者の退廃」であるだろう。

この章の最初に引用した箇所は、『ドン・B***の物語』のなかでももっとも猥褻で滑稽な場面へと続く。サテュルナンがスュゾンをものにしようとしたときにベッドが崩壊して大きな音がしたので、トワネットが隣の部屋から駆けつけ、二人の行為を目の当たりにする。今度はトワネットがサテュルナンを隣の部屋に連れていき、彼の童貞を奪ってしまう。一方、サテュルナンの部屋では、トワネットが再び物音を聞いて駆けつけると、ポリカルプ神父がスュゾンを自分のものにしようとしているところであった。その修道士に対して、サテュルナンは「修道士というものは、その多くは放埒な者です」[11]と回想している。

結局この場面の後、トワネットは欲情しているポリカルプ神父の男性器を見ると、彼の罪を許し、壊れたベッドに倒れ込んでことを済ますのであるが、その一部始終をサテュルナンは隣の部屋の穴から覗き見ている。そして、語り手は読者に次のような問いかけをするのである。

この間、あなたは尋ねられるのではないでしょうか、サテュルナンはどうしていたのかと？　彼は、二人の戦士たちの気まぐれにも、抱擁にも参加できず、寝取られ男として穴から眺めるだけだったのでしょうか？　いい質問です。サテュルナンは裸で、トワネットの抱擁によってまだ火がついたままでした。彼はどうしたと思われますか？　彼はオナニーをして、自分が参加できず、トワネットの上にいる修道士を見て悔しがっていたのです。そしてこのならず者は、自分の母親がお尻を閉め、神父が絶頂に達したまさにその瞬間にいったのです。これが彼のしたことです。[12]

猥褻さとともに滑稽さをともなう描写である。「性」は羞恥心を生みだすが、笑いをも生みだす。春画が「笑い絵」と呼ばれたということを想起していただきたい。

こうした猥褻な場面を提示しながら、サテュルナンは読者に次のように呼びかける。

愛の熱狂をこれまで一度も感じたことがない冷ややかで、冷淡な読者なら、ここからどんなに学ぶことが多くあるだろうか！　読者のみなさん、学んでください、あなたの道徳に身を任せてみてください。僕はみなさんが自由に考えられるようにしておきます。ただし、一言だけ言いたいと思います。僕が勃起したのと同じくらい強く勃起することです。やることです、誰と？　悪魔とです。(13)

ここにはディドロの『運命論者ジャックとその主人』にみられる猥褻賛美と相通じる考えが読み取れる。「読者のみなさん、学んでください、あなたの道徳に身を任せてみてください。僕はみなさんが自由に考えられるようにしておきます」という呼びかけを、十八世紀の読者はいったいどのように受け取っただろうか？この箇所の結論は「やること」であり、しかもそれが「悪魔」とやることであると嘯(うそぶ)くテクストを前にして、どのような反応を示したであろうか？　キリスト教のモラルのなかで生き、慣習のなかで物事を考えていた当時の読者と現在のわれわれとでは、キリスト教のモラルにかかわるテクストの受容はおそらく大きく異なっているに違いない。神を中心としたキリスト教世界が創り出したモラルが、当時の多くの人々の内面に深く根を張り、人々の内面生活を支配していたと考えられるからである。

『ドン・B＊＊＊の物語』は、煽情的な「性描写」と過激な「教会批判」によって十八世紀のリベルタン文学のなかでは重要な位置を占めているが、それは単に記述内容だけではなく、そのエクリチュールにおいても重要な役割を果たしている。そのエクリチュールとは、まなざしを重視した「視覚のエクリチュール」とも呼ぶべきものだ。上記の引用文を見ても明らかなように、「性的行為」は視覚を通して語られ、まるで読者の目の前で行われるかのように描かれている。こうした写実的な描き方は「ポルノ本」の先駆けとなるものであり、明示的な影響を明らかにすることは難しいにしても、後世に与えた影響は小さくないと言えるだろう。十八世紀における「視覚の重要性」については、「版画」を扱う章で詳しく述べることにしたい。

面白いことに、本来は地下で闇取引される『ドン・B***の物語』が、宮廷にまで入り込んでいたことがわかっている。一七四六年に、ルイ十五世の娘たちの侍女が処罰された。その理由は、娘たちの監督不行き届きというものだった。というのも、国王の四番目の娘であるアデライドは、当時十四歳であったが、『ドン・B***の物語』を所有していたことがわかったからである。[14] 警察調書から読み取れる、作者、版画家、印刷屋を何とか割り出して、バスティーユ送りにしようとする警察の執念深い捜査にもかかわらず、この書は十八世紀の地下世界で何度も印刷され、闇で流通し、多くの読者に密かに読まれ続けていた。読者を惹きつける作品が傑作であるとするなら、この作品は十八世紀の傑作と言えるであろう。

『ドン・B***の物語』と並んで、十八世紀を通してよく読まれたリベルタン文学と言えば『女哲学者テレーズ』である。猥褻な記述に関しては、『ドン・B***の物語』には及ばないが、読者に対して疑問を提示するという点では、『ドン・B***の物語』以上のものがある。

● 注 ●

（1）「ドン・B***」の「ドン（Dom）」は修道者の称号であり、「B***」は「ブグル（Bougre）」を表し、男色を意味する。省略記号が用いられているが当時の読者には自明であった。

（2）Hubert Juin, «Préface», *Œuvres anonymes du XVIIIe siècle I, L'Enfer de la Bibliothèque Nationale 3*, Fayard, 1985, pp. 19-28; Alain Clerval, «Notice», *Romanciers libertins du XVIIIe siècle*, Bibliothèque de la Pléiade, t. I, 2000, pp. 1104-1110 et «Note sur les gravures» par Jean-Pierre Dubost, pp. 1121-1123.

（3）ダーントンの『禁じられたベストセラー』の資料のなかでも、一七六九年から一七八九年にかけてベストセラーのなかに登場する。Darnton, *The Forbidden Best-Sellers of Pre-Revolutionary France*, p. 64（邦訳、ダーントン『禁じられたベストセラー』九七頁）。

（4）Gervaise de Latouche, *Histoire de dom B***, Portier des chartreux, dans Romanciers libertins du XVIIIe siècle*, Bibliothèque de la Pléiade, t. I, 2000, pp. 384-387.

（5）Darnton, *op. cit.*, p. 217（邦訳、ダーントン、前掲書、二九八頁）。

（6）Diderot, DPV, t. XII, p. 120（邦訳、ディドロ著、本田喜代治／平岡昇訳『ラモーの甥』岩波文庫、一九六四、六六頁）および *Thérèse philosophe*, par Florence Lotterie, Flammarion, 2007, pp. 148（邦訳、拙訳『女哲学者テレーズ』人文書院、二〇一〇、一六六頁）を参照のこと。

（7）Latouche, *op. cit.*, p. 354.

（8）*Ibid.*

（9）*Ibid.*, pp. 355-356.

（10）*Ibid.*, p. 1124, note 11.　強調は関谷。

（11）*Ibid.*, pp. 390-391.

（12）*Ibid.*, p. 391.

（13）*Ibid.*, p. 390.

（14）Cf. *Dictionnaire des œuvres érotiques*, Mercure de France, 1971, p. 222.

第5章 『女哲学者テレーズ』

一　物語の概要とその周辺

『女哲学者テレーズ』（以下『テレーズ』）はどのようなテクストなのだろうか？[1] そのテーマはどのようなものなのだろうか？　性の描写と哲学的議論が交互に現れるこの作品は、十八世紀のベストセラーになるほど読者を惹きつけた。読者を惹きつけた理由を考えるために、まずは物語の概要とその周辺を詳しく見てみることにしよう。

『テレーズ』の構成は第一部と第二部に分かれていて、第二部はさらに「ボワ＝ロリエ夫人の物語」と「ボワ＝ロリエ夫人の話の終わりとテレーズの話の続き」に分かれている。第一部も章分けこそなされていないが、「ディラグ神父とエラディス嬢」の物語と「T神父とC夫人」の物語に大きく分けることができる。タイトルの副題が、フランス国立図書館所蔵の「Enfer（発禁本）」402も403も「ディラグ神父とエラディス嬢の物語の理解に役立つ回想録」と書かれていることから、作者は当初「ディラグ神父とエラディス嬢の物語」を書こうと意図したに違いない。それがどのような経緯で他の物語を付け加え、発展させられることになったのかは定かではないが、物語自体はきわめて独立しており、自立した物語を主人公のテレーズが彼女の庇護者で愛人の伯爵に語るという枠組みで、物語の一貫性と統一をはかっている。では副題にみられる「ディラグ神父とエラディス嬢の物語」とはどのような物語なのであろうか？

　この物語は、「カディエールとジラールの訴訟」をもとにしている。「エラディス（Eradice）」という名は「カディエール（Cadière）」の、「ディラグ（Dirrag）」という名は「ジラール（Girard）」のアナグラムである。この訴訟はドール出身のジラール神父がトゥーロンの告解者であるカディエールを惑わして強姦し、堕胎させたとして一七三一年に起こされ、フランスだけでなくヨーロッパ中で大スキャンダルになった事件である。この裁判の背景にはイエズス会とジャンセニストとの深い対立があった。『テレーズ』の中でも、ディラグ神父が属するのがイエズス会、エラディスの恋人となった若い司祭がジャンセニストで、彼が事件を暴くという物語設定になっている。そして、この事件をさらに深く理解するためには、一七三〇年に起こった「痙攣派」と呼ばれるジャンセニストたちの運動を知っておく必要がある。

　この運動の発端は、一七三〇年十一月六日に体に障害をもつアンヌ・ル・フランという女性が、パリのサン＝メダールにある奇蹟を起こすという評判のパリスの墓前で、障害が治ったというところにある。一七三一年三月六日、彼女はその報告書を公証人に預け、それが『奇蹟についての論考』（*Dissertation sur les miracles*）というタイトルで、地下出版を営んでいたシャルル・ロベール・ベルチエによって出版される。この挑発がパリの大司教の逆鱗に触れ、大司教はパリスの墓などへの礼拝を禁じ、医者たちに証言を求めた結果「ごくありふれたヒステリー疾患」と結論づける。それに対してジャンセニストたちは、法廷闘争に持ち込み、政治問題となった運動である。一七三一年の夏からサン＝メダールは群集に占拠され、神秘的な痙攣が頻発し、奇蹟的な病気の治癒が相次いだ。一七三二年一月二十七日にサン＝メダールの墓は閉鎖されたが、その運動は下火にならず、一七五〇年頃までパリスの墓に隣接する教会でパリス詣でが続いたといわれている。[2] また、ディラグ神父がエラディスをうまく利用するのも聖痕が現れるという奇蹟であるが、こうしたことも当時のイエズス会内部の問題を映し出していると考えられる。

では物語に戻ろう。この「ディラグ神父とエラディス嬢の物語」では、テレーズとエラディスの心を占めていたのは「聖女であるという評判を得ることであり、数々の奇蹟を行うことができるという途方もない欲求をもつこと」[3]であるが、ディラグ神父はエラディスのこうした欲望を自らの性的欲望に利用して、聖フランソワの紐と偽った自らの男根をエラディスの性器に挿入する。そしてテレーズは、二人の聖なる行為＝性行為を、小部屋に隠れながら一部始終覗き見るという設定になっている。テレーズはディラグ神父の巧妙なやり口を、「勃起神経が衰えた一物を立たせるために必要な、偽善者の趣味の強壮剤となる儀式」[4]と見事に見抜いている。またテレーズは、エラディスとディラグ神父の生い立ちを語り、彼らの性格から二人が近づくのが必然であったかのように述べている。こうした内容が「カディエールとジラールの訴訟」をどこまで正確に映し出しているのかはわからないが、物語はこの事件がきわめて作為的であった様子を分析しながら巧みに描き出していて、読者に真実味を与えている。結局、二人の出来事はヨーロッパ中に知れわたることになる。

おそらく当時の読者なら、エラディスとディラグ神父のアナグラムから疑問の余地なく「カディエールとジラールの事件」を思い起こしたことだろう。しかし、『テレーズ』が出版されたのは一七四八年であって、一七三一年の「カディエールとジラールの事件」から十七年も経過している。この点については、イエズス会とジャンセニストとの深い対立が持続していた四〇年代後半において、作者は教権全体を批判するためにこの事件を持ち出したのではないかと思われる。T神父の宗教批判が何よりもよく作者の立場を物語っている。

物語は「ディラグ神父とエラディス嬢の物語」から突然「C夫人とT神父の話」に移る。テレーズがディラグ神父とエラディス嬢との性行為を二人に語るという脈絡はあるものの、「C夫人とT神父の話」は一つの独立した挿話として読むことができる。また、この部分こそおそらく作者の考えがもっとも明確に書き込まれている箇所であり、『テレーズ』の中核部分といえるだろう。その記述方法は性行為と哲学的な議論が交互に現れ、快楽と理性が共存している。

宗教問題が「C夫人とT神父の話」の中でももっとも重要な箇所と考えられる理由は、この問題に費やされているページ数によく表れており、テレーズが「何よりも聞きたいのはこの宗教問題でした」[5]と語る点でも明らかだ。また宗教問題についての議論は、当時の哲学的議論を示してもいて、時代のトピックでもあっただろう。T神父の立場は、神の存在は認めるが、奇蹟や啓示は認めない理神論に近い。宗教は人間が作り出したものであって、宗教による神と「存在するものすべての創造者であり、原動力であるたった一つの神」[6]とは異なるとT神父は述べている。こうした批判はサドの宗教批判の過激さには及ばないが、その論理の展開の仕方には共通点も多くみられ、とりわけ人間が宗教を捏造し、また政治が宗教を考えたという論理は共通のものである。「C夫人とT神父の話」はテレーズが母とパリに行くことになり、終止符が打たれる。

第一部の終わりにボワ＝ロリエ夫人との出会いの経緯と彼女がテレーズに男を紹介しようとする話が出てく

る。テレーズがビデを知らなかったという話は、彼女がいかに無垢で、世間知らずであるかをよく示している。そんなテレーズにボワ＝ロリエ夫人は自分の叔父であるB氏を紹介し、さらには彼の友人の金持ちであるR氏とともに食事をすることになる。食事の後、R氏は何の駆け引きもなくテレーズを自分のものにしようとするが、テレーズは応じない。彼女は犯される寸前で大声をあげ、ボワ＝ロリエ夫人に助け出される。テレーズはすっかり動転して、助けてくれたボワ＝ロリエ夫人に自分の過去をすべて話してしまう。それに答える形で、ボワ＝ロリエ夫人が自分の過去をさらけ出すというのが第二部である。

第二部は「ボワ＝ロリエ夫人の回想」と「伯爵との恋」に物語は分かれる。ボワ＝ロリエ夫人は高級娼婦として生きてきたが、彼女の性器は生まれつき特殊な形をしていて、男性器を挿入することができない。まずボワ＝ロリエ夫人は自分の生い立ちを語る。彼女は高等法院院長の差し金で誘拐され、その後ルフォール夫人によって育てられるが、十五歳のときにこうした過去をルフォール夫人から告げられる。翌日、ボワ＝ロリエ夫人はルフォール夫人によって高等法院院長のもとに連れて行かれ、彼は彼女に聞き分けよくしていれば何ひとつ不自由をさせないことを約束する。しかし、やり手婆のルフォール夫人はボワ＝ロリエ夫人に二人で商売をすることを提案し、ボワ＝ロリエ夫人は娼婦として生きることになる。奪えない処女が功を奏して話題になり、「五年間で五百人以上の男たちが初物を奪おう」[7]とする。しかしながら、警察がそれを聞きつけて注意を受けたために、二人は噂が静まるまで身を隠し、噂が落ち着くと今度は性器に挿入せずに快楽を求めるさまざまな趣味の男たちを相手に商売を始める。彼女によると、「体験したありとあらゆる奇妙な趣味や奇妙な行為を一覧表にするなら、私は決して語り終えることがない」[8]。そこでその一覧表の一部が開陳される。また、「自然に反する趣味」（ソドミー）に話題が及ぶと、彼女はさまざまな趣味についての回想を一時中断して、「自然に反する趣味」に関する哲学的な議論を紹介する。その議論は「自然に反する趣味」をもつ者の一方的な主張であるが、それまでの場景描写とは異なり、作者の考えが読み取れる。「われわれは、自分たちが快楽と信じる手段によって、あらゆる快楽を追求するんだ。われわれ同様にわれわれに反対する者をも導いているのは、趣味なんだ。〔……〕自然に反する者と言われる人々は、決して自然に反していないんだ、というのも、この快楽に対する好みをわれわれに与えたのもまた自然だからね。しかし、われわれは子供を作らないと非難を受けている。なんという間違った考えだろう！　どちらの趣味であろうと、子供を作るために肉体の快楽をもつような男が、いったいどこにいるんだい[9]」というわけだ。ボワ＝ロリエ夫人はこうした趣味の人間をはっきりと「嫌いだ」と述べているが、作者は「自然に反する者」の主張を紹介することで、快楽に対する好みは他律的であり、性は生殖のためにあるというキリスト教の考えを批判している。

「ボワ＝ロリエ夫人の物語」の終わりで、テレーズは伯爵とオペラ座で運命の出会いをすることになる。テレーズの論理に従うと、この出会いは必然であり、お互いに恋心を抱くことになるのもまた必然と言わなければならないだろう。ボワ＝ロリエ夫人の話は、娼婦の世界から抜け出せなかった一番の原因であるルフォール夫人が死に、彼女がこの世界から足を洗うところで終わる。彼女は最終的にパリに戻り、豊かな年金で暮らしているところで現在に結びつく。

第二部の最後の副題である「ボワ＝ロリエ夫人の話の終わりとテレーズの話の続き」は、そのほとんどが伯爵との恋の経緯とテレーズが到達した哲学について語られる。伯爵はまず二人の信頼関係を築くために金の話を持ち出す。彼の条件は、生涯にわたりテレーズに二千リーブルを保障するが結婚はしない、さらに社交界から身を引いて、パリから四十里離れたところでテレーズとともに暮らしたいというものだ。しかし、伯爵はテレーズにともに暮らそうと強いるようなことはしない。彼の哲学によると、「自分が幸福になるためには、一人ひとりが自分に相応しい、自分に与えられている情念に見合った種類の快楽を手に入れなければならない」[10]からだ。また、「隣人の幸福を傷つけないように注意しなければならない」[11]というのが人間の行動原則だという。さらに、法の遵守を説く。こうした伯爵の誘いにテレーズは一緒に行くという選択をする。テレーズも伯爵の哲学に則って、彼を幸福にすることで自分も幸せになろうとするのである。

新たな住まいで二か月が過ぎるが、二人が性交渉をもつことはない。テレーズは相変わらずオナニーを続け、伯爵の射精を助けるが決して彼の一物を自分の膣の中に導こうとはしない。それはテレーズの幼さによるものだ。伯爵はこのようなテレーズに対して自らの哲学を語る。「私たちが生きていく中でのあらゆる行いは、二つの原理で導かれています。つまり、多少なりとも快楽を手に入れるか、多少なりとも苦痛を避けるか」[12]だと。また別の機会には、人間には自由はないこと、自由な考えや意志や気持ちの高ぶりは物質にその起源をもつことを語る。精神も幻想か物質の一部であると唯物論を展開するのである。相変わらず性行為を拒絶するテレーズに対して、伯爵はテレーズの頑なな態度を解すために、次のような提案をする。つまり、彼が所蔵する好色絵画と好色本を一年間貸す代わりにオナニーを二週間禁止するという提案だ。テレーズはこの提案を受け入れて賭けをするが、五日目に我慢できなくなりオナニーを始める。彼女は最初の四日間で『ドン・B***の物語』、『カルメル会修道女の渉外担当修道女の物語』、『女たちの学園』、『聖職者の栄誉』、『テミドール』、『フレティヨン』などを読み漁るが、これらはすべてリベルタン小説で当時の人気本であった。また、伯爵は『プリアポスの祭り』、『マルスとヴィーナスの恋』の二つの絵をテレーズに貸し与えるが、これが彼女をオナニーへと導くきっかけになる。ここでは好色絵画やリベルタン小説の挿絵がどのような役割を果たしていたかがよくわかる。テレーズは最終的に欲望に誘われて、自分の膣に指を入れようとする。そのときに伯爵が現れて、二人は結ばれる。ただし、妊娠を避けるために射精はあくまでも膣の外である。そして、二人のこうした関係は十年続くことになる。最後にテレーズは自分の哲学を語るが、それはT神父と伯爵の哲学から学び取ったもので、彼女がしっかりと哲学者として成長した証しである。

二 『テレーズ』にみられる哲学

『テレーズ』においては性行為の場面と哲学的な議論が交互に現れるが、そこにみられる哲学的議論をもう少し詳しく見てみることにしよう。議論といっても、登場人物が相反する考えを読者に提示するという弁証法的議論ではなく、登場人物は作者の考えの代弁者であり、議論から読み取れるのは作者の考えである。したがってテレーズも、T神父、C夫人、伯爵も作者が糸を引くマリオネットだ。

『テレーズ』にみられる哲学的議論の核心は、「すべては必然であり、無から結果は生まれることはない、またわれわれには選択の自由はない」[13]という機械論的、決定論的な考え方である。T神父はC夫人に対して、この世界の生成変化の必然性を賽の例えを用いて説明している。また、物語の最初でテレーズは屁理屈屋を仮想して「私は夕食のときにブルゴーニュワインを飲むかシャンパーニュにするか選ぶ自由はないのですかね」[14]と言わせるが、その答えは「牡蠣が出されたらシャンパーニュしかない」[15]というものである。このような必然的因果関係が人間の行為を導くとするなら、それはどのように説明されるのであろうか。

テレーズの考えでは、人間の行為を導くのは欲望の度合いである。「私たちが意志や決定と呼んでいるもの」は、「情念や欲望の度合いに完全に委ねられている」[16]と述べたうえで、この欲望の度合いは「人に生じる快楽や不快が組み合わされたもの」[17]であり、「情念や欲望の度合いが、天秤が二リーブルよりも四リーブルの重さへと当然のことながら傾くように、私たちを揺り動かしている」[18]と数量化された科学的合理的な考えによって説明しようとしている。またこうした欲望の度合いが生じるのは、「器官の配置、線維の配列、体液の何らかの運動」[19]によってであり、それが「情念の種類や私たちを動かす力の度合いを生み、理性を制限し、人生におけるどんな小さなあるいはどんな大きな活動においても意志を決定する」[20]という。『テレーズ』に内包されているのはこのような機械論的な世界観であり、そこには当然のことながら曖昧さを排除しようとする意志がみられる。たとえば「自然」についても「意味のない言葉」として排除される。

「自然」について、テレーズは「一律」[21]で「不変の法則」[22]と述べる一方、「自然の法則は神が創ったもの」[23]として自然と神の関係を規定している。また、C夫人が神を「気高き自然」[24]と言ったことをT神父が批判して、「自然は架空の存在で、意味のない言葉」[25]として斥ける。また、テレーズは「神と自然は同じものだ、あるいは少なくとも自然は神の直接的な意思によってのみ動かされる」[26]と述べ、T神父は「この自然が確実に働くのは神の意志によってなのです」[27]と「自然」に重要な役割を与えていない。そして、最後にテレーズが到達する「自然」についての考えは、「自然とは絵空事」[28]という結論だ。つまりこの世界の運動を説明するには「万物の創造主であり、支配者である」[29]神の存在のみを認めればよく、自然は神が与えた法則でしかない。しかし、ここで問題となる「神」はあくまで「万物の創造主、支配者」としての神であって、宗教的な神とは何ら関係がない。T神父は宗教的神について熱弁を奮っているので彼の論理を見てみよう。

まずT神父は「神がいるところには宗教があると言われています。しかしながら、世界が創造される前に、神はいたけれども宗教はなかったことは認めなければなりません」[30]と述べて、「創造主としての神」と「宗教的な神」をはっきりと区別している。また、「ありとあらゆる宗教は、一つ残らず人間が創り出したものです」[31]と述べ、こうした宗教が生まれた理由については、雷、嵐、風、雹(ひょう)などの天災への恐れによるとしている。世界のさまざまな宗教がT神父の批判の対象だが、その中でもキリスト教に矛先が向けられる。「完全なキリスト教徒になるためには、無知になり、盲目的に信じ、あらゆる快楽や名誉や富を棄て、両親や友人を見捨て、処女性を守り、一言で言えば自然に反するあらゆることを行わなければなりません。しかしながら、この自然が確実に働くのは神の意志によってなのです。宗教は、これほど正当で善良な存在の中に、なんという矛盾を思い描くのでしょうか！」[32]というわけだ。また、T神父と同様にテレーズも、神の存在は認めるが、奇蹟や啓示は認めない理神論へと到達する。

さらに『テレーズ』では、幸福を追求する個人と社会との関係にも言及されている。「自分が幸福になるためには、一人ひとりが自分に相応しい、自分に与えられている情念に見合った種類の快楽を手に入れなければなりません。善悪やこの快楽の享受から生ずるものを組み合わせ、またこの善悪は自分自身だけではなく公共の善悪について検討されているかもよく考えなければなりません」[33]という伯爵の言葉は、キリスト教による共同体としての人間の幸福から私的な個人としての幸福の追求であり、社会の中の個人を見つめている。またここから導き出される、「隣人の幸福を傷つけないように注意しなければならない」[34]という考えは、キリスト教の隣人愛とは異なった、社会に生きる個人としての隣人の幸福の尊重として読める。したがって当然のことながら、伯爵の結論は「一人ひとりがこの世界で幸福に生きるために追い求めなければならない最初の原理は、誠実な人間であることと、人間の作った法を遵守することです」[35]という法の遵守という考えに至るのである。

ではテレーズ自身は最終的にどのような考えに到達したのだろうか。最後のテレーズの言葉は、いわば本書の哲学のまとめであるのでもう少し詳しく見てみることにしよう。まず彼女は世界の創造主として神の存在を認める。その一方で「自然」とは人間が作り出した絵空事として退ける。また、宗教も創造主としての神とは何の関係もなく、人間の想像力が生み出したものでしかないと考えている。われわれに欲求をもたらすのは神であり、したがってわれわれが恥じるべき欲求は存在しない。それは性的欲求も例外ではない。このように考えると、われわれには意志はなく、われわれの行動にも個人の意志の自由は存在しないことになる。こうしたテレーズの行動原理を論拠づけているのは、感覚論であり、唯物論である。「魂は意志をもっておらず、感覚によってしか、また物質によってしか決められないのです。理性は私たちを啓蒙しますが、決して私たちに決定させられないのです。自愛心（快楽を望むあるいは不快を避ける）が私たちのあらゆる決定の原動力です」[36]というわけだ。さらに法の遵守も説いている。その理由は、「違反者を罰することは〔……〕社会全体の安定に貢献するから」[37]という公益を重視するからである。そして最後には、社会の上に立つあらゆる人々は万人の幸福のために行動しているのだから、愛し、尊敬しなければならない、と身分制度を肯定するような考えで締めくくられる。

ところで、テレーズの考えには矛盾もみられる。われわれの欲求は神によって吹き込まれた自由のないものであると言いながらも、行為の決定原動力は感覚であり、物質であるという。そこには決定論と唯物論が共存していて、唯物論が主張されているが、神の存在を認める矛盾が内包されている。また最後の身分制度を肯定するような考えは、おそらく作者が上流階級に属する者であることを示すものだろう。さらにテクストでは、

「考えることができるように生まれてこなかった人々」[38]、「器官の働きが悪い人々」[39]を「考えることができる人たち」[40]とはっきり区別し、実際に自分の頭で考えることができ、情念に支配されていない人は十万人中四人もいないと主張して、馬鹿者たちに真実を知らせることには十分用心する必要があると述べている。[41] このような考えはヴォルテールにもみられ、十八世紀の思想家たちにとってはある程度共有されていた考えである。こうした点から、『テレーズ』のメッセージはあくまで上流階級の、しかもリベルタン思想を理解する読者に向けられていると言える。ではこうした考えはどこから来たのだろうか？ 作者が吸収したそれ以前の作品とはどのようなものなのだろうか？

最近の『テレーズ』研究から、作者はデュマルセ（César Chesneau Du Marsais）の『宗教の検討あるいは誠実な説明が求められる宗教についての疑問』（*Examen de la religion ou Doutes sur la religion dont on cherche l'éclaircissement de bonne foi*）（以下『宗教の検討』）から多くを引用していることがわかっている。[42] とりわけ、先に述べたT神父が語る宗教批判はその多くをデュマルセに負っている。また、テレーズは「こうした治療法は、機械の調子を狂わせましたが、本当に突然熱狂の病から私を治してくれました」[43]、あるいは「私は二十五歳のときに修道院からほとんど死にかけた状態で母に救い出されました。あらゆる機械が不調になり、顔色は黄色になり、唇は蒼白になっていました。私は生きた骸骨のようでした」[44]と述べているが、人間の体を機械と見るのはラ・メトリの『人間機械論』から多くを負っている。さらに、「神聖なあの液体が、苦痛なしに味わうことができる唯一の肉体的快楽を私たちにもたらします。この液体の流れは、私たちに栄養を与える食べ物が流れるのと同じように、特定の体質には必要ですが、この液体がそれにふさわしい管からふさわしくない管へと逆流して、このことが原因で機械全体が混乱に陥っていたのでした」[45]と快楽を物質によって説明することとは、ラ・メトリの魂は物質でしかないという考えを想起させるし、「私たちは独自な方法で考える自由はない」[46]という考えも『人間機械論』や、デカルト、フォントネル、ラ・ロシュフコー、マンドヴィルなどを取り込みながらテレーズの考えを作り出している。『テレーズ』の哲学の源を探ることは、思想の流れをこの作品がさまざまに取り入れているだけに、またこの作品が多くの影響を与えているだけに面白い問題である。ここではこれ以上立ち入らないが、ロトリーの詳細な注がこうした研究に役立つことは指摘しておきたい。

三　「仮想の読者」というアプローチ

『テレーズ』は『ドン・B***の物語』とともに、「性」的記述の過激さ、宗教批判やモラルの批判にみられる反逆性という点で、リベルタン文学の中心に位置している。ダーントンも『禁じられたベストセラー』で「哲学的ポルノグラフィ」として『テレーズ』を取り上げているように、『テレーズ』は「性」と「哲学」が描き込まれた物語であって、サドを含む後世への影響という点からも、海賊版を含めて何度も再版されたという点からも、またエロティックなさまざまな挿絵が挿入されてテクスト以外の関心によって読者を惹きつけたと考えられる点からも、リベルタン文学の中核と言える。それゆえに、これまでと違ったアプローチで、この作品とフランス革命の関係について考えてみたい。まずはわれわれのアプローチの方法を明らかにしておくことから始めたいと思う。

「これまでと違ったアプローチ」とは、十八世紀の「仮想の読者」を考えることである。この「仮想の読者」が『テレーズ』をどのように読んだのかを考えてみたい。しかしながら、何らの条件もなく仮想をすることは意味がない。「仮想の読者」の条件は、この作品の読者が生みだす「暗黙の作者」が想像する「暗黙の読者」である。われわれはテクストを読むときに、テクストの背後に「暗黙の作者」を意識している。それはわれわれが創り出す作者であって、「現実の作者」ではない。作者もまた、テクストを生みだすときには「暗黙の読者」を考えているのであって、それは「現実の読者」ではない。こうした視点に立って、『テレーズ』の「暗黙の作者」が考える「暗黙の読者」を考えようというわけだ。[47] それは不可能な試みだと思われるかもしれない。テクストを読み進む読者が「暗黙の作者」を思い描くことは可能であっても、「暗黙の作者」が思い描く「暗黙の読者」は想像でしかないからだ。しかし、この想像の読者を、ここでは「仮想の読者」と呼ぶことにして、この「仮想の読者」がどのような読みをしたのかを考えてみたいと思う。

「現実の作者」が物語を創るときに、「暗黙の読者」を想像せずに物語を考えることはまずありえないと言ってもいいだろう。「現実の作者」自らの快楽のために物語が創られることも想像できなくはないが、物語は、一般的に、読まれることを前提にしていると考えられるからだ。読まれることを意識するということは、「現実の作者」は読書の背後にいる「暗黙の読者」を意識せざるをえない。とりわけ「逸脱」と「反逆」の書であるリベルタン文学は、読者を意識し、読者へのメッセージを意識して書かれた可能性が高い。というのも、読者を共犯者に誘惑しようとする「暗黙の作者」の意志が多くのリベルタン文学に読み取れるからだ。では、「暗黙の作者」が意識する「暗黙の読者」、つまり「仮想の読者」の読みはどのようにして読み取れるのだろうか？　読み取ることが本当に可能なのであろうか？

まさにそれが、「暗黙の作者」が「暗黙の読者」を意識して創り出すテクストそのものに読み取れる。「暗黙の読者」を意識すればするほど、物語の構成は熟慮され、テクストは精緻な言葉で練り上げられていく。われわれが注目するのはこの点である。たとえば『テレーズ』は、ヌシャーテル印刷協会が活動していた一七七〇年代と八〇年代によく読まれたことがわかっているが、そこには読ませる何かがあったはずである。「暗黙の作者」が成功したこの読ませる何かこそ、「仮想の読者」が読書に切望するものだったのではないか。それは、読者が何を面白いと思うか、何に関心をもつか、さらに言えば何を内面化したかを考えることである。ただし「仮想の読者」とはあくまで想像のなかでの仮定であり、実証できるものではない。とりわけ十八世紀の読者を仮想することは難しい。しかしながら、読者が内面化したであろうことのいくつかを明らかにできれば、リベルタン文学の読みがフランス革命に影響を与えたかどうかを推し量れるのではないか。われわれは一七八九年にフランス革命が勃発した歴史的事実を知っているが、一七四八年に出版され、十八世紀後半によく読まれた『テレーズ』のテクストをまずは革命と切り離して読んでみたい。こうしたアプローチがどのような結論を導き出すかわからないが、われわれの分析がリベルタン文学とフランス革命の結びつきを考えるうえで一つの方法になればと思う。

四 『女哲学者テレーズ』の読み

四―一 読者層

ではいったいどのような人々が『テレーズ』を読んでいたのだろうか？ はっきりしているのは、字が読める人である。シャルチエによると、識字率は一六八六年から一六九〇年で男性二九％、女性は一四％。一七八六年から一七九〇年では男性四七％、女性二七％に増加している。[48] また別の資料では、結婚文書に署名できる者は、十七世紀末には全国で二一％であったが、革命前に三七％（男性四七％、女性二七％）に増加している。また、パリの遺産目録では男性六六％、女性六二％で全国平均を大きく上回っている。[49] こうした資料からは、十七世紀末ではおよそ二〇％であった識字率が、革命前には三七％にまで増加していること、また都市部では農村よりもはるかに識字率が高いことがわかる。では、どのような社会的階層がリベルタン文学の読者層なのであろうか。リベルタン文学の読者層を特定することは難しい。しかしながら、禁書のみを購入する読者はまずいないだろう。したがって柴田三千雄が述べているように、「禁書を含めて書物や雑誌の購読者は、都市の貴族・聖職者と上層・中流ブルジョアが大半を占めていた」[50]というのは間違いがないだろう。柴田はまた、活字文化とのかかわり方によって、社会的階層を四つに分類している。[51]

一 読み書きのできない都市と農村の民衆

二　都市の小ブルジョア、農村の中富農など読み書きのできる多様な社会集団
三　都市の上層・中流ブルジョア
四　中高等教育を受けた知識人層

「都市の貴族・聖職者と上層・中流ブルジョア」がリベルタン文学の大半の購読者であるにしても、四の「中高等教育を受けた知識人層」および二の「都市の小ブルジョア、農村の中富農など読み書きのできる多様な社会集団」もまたその一部は読者層に入るだろう。字の読めない者を読者から排除したが、『テレーズ』の多くの版には挿絵が挿入されており、字は読めなくても挿絵から物語内容を想像した読者もいただろう。とくに十八世紀後半になるにつれて、識字率向上とともに二の「都市の小ブルジョア、農村の中富農など読み書きのできる多様な社会集団」が新たな読者として増加したのではないかと考えられる。また、読書意欲という観点からは、社会的上昇を狙う都市の小ブルジョアがさまざまな情報や知識を求めて読書に打ち込んだとも考えられる。

では『テレーズ』には、どのような階層の人物たちが登場するのだろうか？　これらの登場人物のなかに、読者層を見出す手掛かりはないだろうか？　主人公のテレーズは地方の町で生まれ、父は小金持ちの商人、母は貴族の愛人から金をもらっていたが、わずかな収入で暮らしている。テレーズの友人であるエラディス嬢も同じ町で生まれた商人の娘である。彼女を誑（たぶら）かすディラグ神父は聖職者、C夫人は貴族として生まれ、T神父は聖職者。パリで知り合ったボワ＝ロリエは高級娼婦、彼女の叔父のB氏とその友人のR氏は徴税請負人。ボワ＝ロリエの育ての親であるルフォールはパリに住むブルジョア。ボワ＝ロリエの保護者は高等法院院長。彼女

の初物を奪おうとする男たちはソルボンヌの神学者、聖職者、軍人、司法官、徴税請負人。ボワ＝ロリエが知り合った人物たちとは男爵夫人、その妹ミネット、ミネットの恋人、高位聖職者、大金持ちの貴族、医者、宮廷人、カプチン会修道士たち。そしてテレーズの愛人の伯爵。これ以外にも身分が明かされない登場人物もいるが、主人公のテレーズ一家と友人のエラディス嬢、身元がわからないボワ＝ロリエを除いて、ほぼすべてが貴族、聖職者、ブルジョアで当時の上流階級である。ではこれらの情報から何がわかるのだろうか？『テレーズ』の作者は正確に言うと不詳だが、ダルジャンス侯爵の可能性が高い。作者が貴族であれば、彼が生きる世界は上流階級で、登場人物がそれを取り巻く人々になることは当然のことである。しかし、読者はどうだろうか？ その中心は「都市の貴族・聖職者と上層・中流ブルジョア」であるにしても、一七四八年の出版以降革命までの約四〇年間に、読者層の幅はしだいに拡大していったことが考えられる。その新たな読者層と考えられるのが、先にも述べた都市の小ブルジョアではないだろうか。では、「暗黙の作者」は読者にどのようなテーマを描こうとしたのだろうか？『テレーズ』を書くことによって、読者に何を読んでもらいたかったのだろうか？

四—二 「暗黙の作者」が示す主題

「暗黙の作者」はテクストのなかに思わず自分の描きたいテーマを漏らしてしまうことがある。たとえば次のような箇所だ。無垢なテレーズにC夫人とT神父が語る主題に注目してもらいたい。ここでは「暗黙の作者」＝「C夫人とT神父」であって、テレーズ＝「暗黙の読者」を教化したい主題が明示されている。

私たちは一か月後に出発することが決まりました。それまでの期間が、町から一里ほど離れたC夫人の田舎家で彼女と過ごせる期間でした。T神父は、時間が許す限り、そこに毎日決まってやってきて泊まりました。二人は私にたえず好意を示しました。彼らはもはや私の前で慎みのない話をすることや、私が受けた教えとは非常に異なる趣味で道徳、宗教、形而上学上の主題について話すことを気にしてはいませんでした。私は、C夫人が私の考え方や論理の立て方に満足し、私を明晰で明白な証拠へと論理的に導くことに快感を得ていることに気づいていました。ごくたまに、T神父がいくつかの主題に関して、自分の考えをあまりに強く押し進めないようにC夫人に合図を送るのに気づいて、悲しくなることがありました。こうしたことに気づくと、私は侮辱された気になりました。私は、二人が私に隠そうとしていることを教えてもらうために、何でもしようと心に決めました。[52]

テレーズに教えたい「道徳、宗教、形而上学上の主題」は、この後T神父が詳説することになるが、まさにこの主題こそ「暗黙の作者」が「暗黙の読者」にもっとも伝えたい、書きたいことだったのではないか。テレーズ＝読者の理解が及ばないことを想定しながらも、聞かせたい内容であることは間違いない。あるいはまた別の箇所では、ボワ＝ロリエ夫人がテレーズの話を聞いた後で、彼女が何に驚いたかが次のように述べられている。

こうした話を詳しく聞いて、彼女［ボワ＝ロリエ夫人］は話しぶりを変えました。私［テレーズ］は礼儀や世間のしきたりについてあまり知らないと彼女に思われていただけに、道徳や哲学的省察や宗教における私の知識に彼女はすっかり驚きました。ボワ＝ロリエは寛大な心をもっていました。[53]

ここでも「道徳や哲学的省察や宗教」についてのテレーズの知識が、ボワ＝ロリエ夫人を驚かせる。ボワ＝ロリエが、関心を惹くテーマがこの三つであり、それはまた「暗黙の作者」が「暗黙の読者」を教化したい主題なのだ。もちろん、こうした意図が読者に伝わるか否かは別の問題である。シャルチエが問題にするのはまさにその点であり、読者はテクストによって簡単に色を塗り替えられるわけではない。ではこれらのテーマは『テレーズ』でどのように述べられているのだろうか。

四―三　道徳、宗教、哲学

道徳で問題になるのは、キリスト教が説く「性的モラル」についての批判である。T神父はテレーズにオナニーが決して罪ではないことを説く。自然の法則は神が創ったものだから、神が創った方法で欲求を軽減することは神の侮辱にはならないとT神父は説明する。オナニーは自然の法則だというわけだ。[54]T神父とC夫人はセックスを繰り返すが、決して生殖に繋がる行為は行わない。T神父は、性的欲望を満たすにあたり、女性は三つのことに気をつけさえすればいいという。それが、悪魔に対する恐れ、評判、そして妊娠だ。とりわけ妊娠を避けること、秘密を守り、節度をもって振る舞うことで、性的快楽は罪にはならないとT神父は述べている。

宗教が問題になるのもT神父とC夫人の対話の箇所である。T神父は万物の創造主である神を認めるが、宗教は人間が作り出したものとして批判する。とくにキリスト教に対してはその批判は激烈である。「完全なキリスト教徒になるためには、無知になり、盲目的に信じ、あらゆる快楽や名誉や富を棄て、両親や友人を見捨て、処女性を守り、一言で言えば自然に反するあらゆることを行わなければなりません。しかしながら、この自然が確実に働くのは神の意志によってなのです。宗教は、これほど正当で善良な存在のなかに、なんという矛盾を思い描くのでしょうか！」[55]とT神父は述べている。

哲学というテーマで繰り返し言及されるのは、決定論的、機械論的な考えである。人は神によって理性を与えられたけれど、それは自由な意志決定を行わせるためではない。テレーズは「この意志やいわゆる自由は、力というものをもっておらず、私たちを誘惑する情念や欲求の力の大きさに従ってしか働かない」[56]と述べて、死にたいという欲求よりも生きたいという欲求が、天秤が重い方に傾くように上回れば自殺をすることはないというものだ。テレーズが描く自分の肉体も、「機械の調子を狂わせました」、「あらゆる機械が不調になり」、「機械全体が混乱に陥っていた」などと「機械」に見立てられている。では、こうした「暗黙の作者」が示す主題を「仮想の読者」はどのように読み取ったと考えられるだろうか。

四―四　「仮想の読者」の関心

われわれは「仮想の読者」の関心は、「暗黙の作者」がテクストに漏らす主題にみられるのではないかと考えて、その主題が「道徳、宗教、哲学」にあると考えてきた。先にも述べたように、読者個人の読みは多様であるけれど、「読みは文化に規定される」とも言える。したがって、十八世紀の当時の文化に規定された読者

＝「仮想の読者」が、『テレーズ』から読み取ったものの大きな枠組みは取り出せる。その枠組みが、「道徳、宗教、哲学」にあると考えられるのである。

では、十八世紀の読者は『テレーズ』をどのように読んだのだろうか？ 何が面白くてよく読まれたのだろうか？ 「道徳、宗教、哲学」の枠組みのなかで、もっとも幅広い関心を集めるのは、「性」についての記述であろう。禁書のなかでも猥褻本は厳しい取り締まりの対象であった。リベルタン文学の多くが、キリスト教の説く禁欲的で生殖のための性的モラルからの逸脱を描写しているが、読者にとって、「性」は公にできない秘められた領域である。『テレーズ』も、「片手で読む本」の役割を果たしたかもしれないし、読者の覗き見趣味を利用して性的欲望を掻き立てることに成功したかもしれない。こうした役割に注目すると、『テレーズ』はポルノグラフィと言えるかもしれない。しかし、われわれが現在目にするポルノはひたすら読者の性的欲望を掻き立てることを目指しているのに対して、『テレーズ』は性的欲望を掻き立てることだけが目的ではないことは明らかだ。その理由は、性的描写以外に「宗教」や「哲学」についても多くのページが割かれているからだ。本来、ポルノには「宗教」や「哲学」についての議論は余計なものである。したがって、現在の視点によって、『テレーズ』を十八世紀のポルノグラフィとみなすことは間違っている。ポルノの要素はあるけれど、それだけではない。ポルノグラフィと呼ぶことは、それ以外の宗教批判や哲学的議論を見えなくしてしまう危険を孕んでいる。性行為が描かれているという理由で、「ポルノ」という言葉を使うのではなく、あくまでも十八世紀に流行した「リベルタン文学」として位置づけるべきである。[57]

「仮想の読者」は、宗教についての記述にも興味を惹きつけられたことだろう。それが読み取れるのは、T神父がC夫人に話し、テレーズが盗み聞くという設定になっている第一部の後半部である。T神父は「存在するものすべての創造者であり、原動力であるたった一つの神がいること、このことについては疑いをはさむ余地はありません」[58]と述べて、神の存在は疑わない。しかし、彼は宗教を問題にする。「宗教はまず恐れによって創られました。雷、嵐、風、雹が、地球の表面に広く住み着いた原初の人間の食べ物となる果物や穀物を襲いました。こうした天災を避けるために無力であった人間は、より強いと認めるものに対して、また自分たちを苦しめるために創られたと信じるものに対しては、祈りに頼らざるをえませんでした」[59]と述べて宗教の起源を説明する。また、宗教がどのようにして生まれたのかについて、「さまざまな時代にさまざまな地方で生まれた野心的な人々や多くの天才や有力な政治家たちは、民衆の信頼を利用し、しばしば奇妙で空想的で暴君的な神々を予告し、宗教を創り、彼らが長や立法者になれるさまざまな団体を作ろうとした」[60]と述べて、宗教と政治の結びつきを指摘する。それに対してC夫人は、こうした宗教についての考察は友人や同胞の幸福を生みだすのに、なぜ公にしないのかと問い詰める。T神父の結論は、情念に支配されず、自分の頭で考えられる人は十万人のうち四人いればいいところであり、大多数が抱く不安や希望にとって、宗教は必要というわけである。

　こうした宗教的な議論から、「仮想の読者」は何を読み取り、内面化しただろうか。その答えはなかなか難しい。「哲学書」に慣れ親しんできた読者は別にして、初めてこうした考えに触れた読者は、ボワ゠ロリエ夫人がテレーズの話を聞いて驚いたように、すっかり驚き、価値が転覆したかもしれない。なかには、十万人のうちの四人に自分が入り込んだと考えて、T神父の考えを密かに金科玉条とする読者もいたかもしれない。

　それは哲学的記述についても同様である。伯爵は物語の終わりでテレーズに哲学を説く。T神父の決定論的、機械論的な考えを引き継ぎながら、伯爵は精神について、「〔精神が〕どこかに存在するとすれば、それは一つの場所を占めていなければならない。一つの場所を占めているとすれば、それは広がりをもっている。広がりをもっているなら、部分がある。部分があれば、それは物質です。したがって、精神は幻想であるか、物質の一部なのです」[61]と述べて、唯物論的な考えを明らかにする。こうした考えを前にして、読者は何を読み取ったのだろうか。T神父の考えを伯爵は引き継いでいることから、物語内では聖職者と貴族はすでに同じ考えを共有していることがわかる。「暗黙の作者」は登場人物の糸を引っ張ることができる位置にいることを理解したうえで、それでも一七四八年という時点で、聖職者と貴族の一部はT神父や伯爵の哲学を自分のものとしていたと考えられるのではないか。つまり、彼らは読書によって価値が転覆するような読者ではないと考えられる。『テレーズ』からもっとも大きな影響を受けた読者は、おそらくテレーズやボワ＝ロリエ夫人のような人たち、言い換えると読者層のところで指摘した「都市の小ブルジョア」ではないか。そして『テレーズ』は、十八世紀後半に読者を増やすにつれて、「道徳、宗教、哲学」についてのこうした考えを拡散していったのではないかと考えられる。では、十八世紀後半、とりわけ革命中によく読まれるようになっていった「政治的中傷パンフレット」はフランス革命に影響を与えたのだろうか？　まずは「政治的中傷パンフレット」とはどのようなものなのかを見てみたいと思う。

● 注 ●

（1）拙訳『女哲学者テレーズ』を参照。「初版本および作者の問題」については「訳者解説」を参照のこと。

（2）このあたりのことはロトリーの「まえがき」に詳しい（Florence Lotterie, *Thérèse philosophe*, Flammarion, 2007, pp.

17-18)。「痙攣派」については中村浩巳『ファランの痙攣派』法政大学出版局、一九九四を参照のこと。

（3）引用はロトリー版、訳は拙訳を用いた。Lotterie, p. 87（邦訳、二八頁）。

（4）*Ibid.*, p. 99（邦訳、四三頁）。

（5）*Ibid.*, p. 129（邦訳、八三頁）。

（6）*Ibid.*, p. 139（邦訳、九七頁）。

（7）*Ibid.*, p. 161（邦訳、一二四頁）。

（8）*Ibid.*, p. 166（邦訳、一三〇―一三一頁）。

（9）*Ibid.*, pp. 179-180（邦訳、一四七―一四八頁）。

（10）*Ibid.*, p. 187（邦訳、一五七頁）。

（11）*Ibid.*

（12）*Ibid.*, p. 191（邦訳、一六二頁）。

（13）*Ibid.*, pp. 139-140（邦訳、九七―九八頁）。

（14）*Ibid.*, p. 84（邦訳、二三頁）。

（15）*Ibid.*, p. 84（邦訳、二四頁）。

（16）*Ibid.*, p. 84（邦訳、二三頁）。

（17）*Ibid.*, pp. 83-84（邦訳、二三頁）。

（18）*Ibid.*, p. 84（邦訳、二三頁）。

（19）*Ibid.*, p. 86（邦訳、二六頁）。

（20）*Ibid.*, p. 86（邦訳、二六頁）。

（21）*Ibid.*, p. 86（邦訳、二七頁）。

（22）*Ibid.*, p. 113（邦訳、六一頁）。

（23）*Ibid.*, p. 113（邦訳、六二頁）。

（24）*Ibid.*, p. 126（邦訳、八〇頁）。

(25) *Ibid.*
(26) *Ibid.*, p. 129（邦訳、八三頁）。
(27) *Ibid.*, p. 138（邦訳、九五頁）。
(28) *Ibid.*, p. 197（邦訳、一七一頁）。
(29) *Ibid.*, p. 138（邦訳、九六頁）。
(30) *Ibid.*, p. 137（邦訳、九四頁）。
(31) *Ibid.*, p. 138（邦訳、九六頁）。
(32) *Ibid.*, p. 138（邦訳、九五頁）。
(33) *Ibid.*, p. 187（邦訳、一五七頁）。
(34) *Ibid.*
(35) *Ibid.*
(36) *Ibid.*, p. 197（邦訳、一七一頁）。
(37) *Ibid.*, p. 198（邦訳、一七二頁）。
(38) *Ibid.*, p. 119（邦訳、六九頁）。
(39) *Ibid.*, p. 198（邦訳、一七二頁）。
(40) *Ibid.*, p. 141（邦訳、九九頁）。
(41) *Ibid.*, p. 141（邦訳、一〇〇頁）。
(42) ロバート・ダーントンは、『禁じられたベストセラー』のなかで、テクストを比較しながら両者の類似を指摘している。彼は『テレーズ』の著者の考えは、『宗教の検討』の理神論的な神の穏健さとは縁もゆかりもないと述べているが、T神父の考えもテレーズの考えも理神論的であり、より過激な味付けはなされているが両者の間にダーントンが言うほどの変質があるとは思われない（Robert Darnton, *The Forbidden Best-Sellers of Pre-Revolutionary France*, p. 108（邦訳、ダーントン『禁じられたベストセラー』一五五頁）。Cf. César Chesneau Du Marsais, *Examen de la religion ou Doutes sur la religion dont on cherche l'éclaircissement de bonne foi*, Voltaire Foundation, 1998（邦訳、デュマルセ著、

逸見龍生訳「宗教の検討」『啓蒙の地下文書 I』法政大学出版局、二〇〇八に収録）。

（43）Lotterie, *op. cit.*, p. 83（邦訳、二一一頁）。

（44）*Ibid.*, p. 86（邦訳、二一七頁）。

（45）*Ibid.*, pp. 86-87（邦訳、二一七頁）。

（46）*Ibid.*, p. 85（邦訳、二一五頁）。ロトリーの注一九も参照のこと。

（47）「暗黙の読者 implied reader」、「暗黙の作者 implied author」という表現は、「現実の読者 real reader」、「現実の作者 real author」と明確な区別を主張したウェイン・C・ブースの考え方に基づいている（Cf. Wayne C. Booth, *The Rhetoric of Fiction*, The University of Chicago Press, 1961）。したがって、ここでは「現実の作者」がダルジャンスであるか否かは問題にならない。「仮想の読者」は関谷が創り出した概念である。

（48）Chartier, *Les origines culturelles de la Révolution française*, p. 101（邦訳、シャルチエ『フランス革命の文化的起源』一〇四頁）。

（49）柴田三千雄『フランス革命はなぜおこったか』山川出版社、二〇一二、七六頁。

（50）同上書、七七頁。

（51）同上書、七八―七九頁。

（52）Lotterie, *op. cit.*, pp. 116-117（邦訳、六六頁）。強調は関谷。

（53）*Ibid.*, p. 150（邦訳、一一二―一一三頁）。強調は関谷。

（54）*Ibid.*, p. 113（邦訳、六二頁）。

（55）*Ibid.*, p. 138（邦訳、九五頁）。

（56）*Ibid.*, p. 83（邦訳、一二二頁）。

（57）ダーントンは、ポルノの概念が生まれたのは十九世紀であることを断ったうえで「猥褻本」にポルノグラフィという分類名を与えているが、十八世紀にはなかった概念を使うのではなく、リベルタン文学と言うべきである（Darnton, *The Forbidden Best-Sellers of Pre-Revolutionary France*, pp. 87-88（邦訳、一二八頁）を参照）。

（58）Lotterie, *op. cit.*, p. 139（邦訳、九七頁）。

（59）*Ibid.*, p. 138（邦訳、九六―九七頁）。
（60）*Ibid.*, pp. 138-139（邦訳、九七頁）。
（61）*Ibid.*, pp. 191-192（邦訳、一六三頁）。

第6章

政治的中傷パンフレット

政治的中傷パンフレットを「リベルタン文学」に含むか否かは議論を呼ぶところだろう。その理由は、「中傷パンフレット」そのものが雑多な寄せ集めであるからだ。こうした「寄せ集め」を前にして、どう考えればいいのだろうか？　リベルタン文学の定義に戻るしかない。「リベルタン文学とは、性を内包した、反逆的な文学である」、それが判断の基準である。しかしながらこの基準も、文学性があるかどうかの判断となるとなかなか難しい。結局、「リベルタン文学」であるか否かは個別の作品を判断するしかないが、われわれが分析の対象にするのは、フランス革命との関連から、「政治的中傷本」や「政治的中傷パンフレット」である。ルイ十五世を中傷した『ルイ十五世の私生活』、『ルイ十五世の回想録』やデュ・バリ伯爵夫人を攻撃した『デュ・バリ伯爵夫人に関する逸話集』、マリー＝アントワネットを攻撃した「政治的中傷パンフレット」などは、「性」を含んだ批判的な文学として「リベルタン文学」に分類される。われわれの関心は、これらが王権の失墜とどのように結びついているのか、フランス革命に影響を与えたのかという点である。まずはわれわれが使う「パンフレット」という用語から見てみよう。

一　パンフレットの世界

ここでいう「パンフレット（pamphlet）」は英語から来たものであるが、現在ではフランス語にもなっている。しかし、十八世紀フランスでは「パンフレット」の意味で使われていたのはフランス語の「ブロシュール（brochure）」であり、「ブロシュール」は「パンフレット」や「小冊子」と訳されているが、テクストの量は短いものから長いものまでまちまちである。

また、フランス語には「誹謗文書」を意味する「リベル（libelle）」という語もあり、実際十八世紀のフランスでは「誹謗文書」を「リベル」と呼んでいた。「ブロシュール」は「パンフレット」や「小冊子」という形式を表し、「リベル」は「誹謗文書」というその内容を示しているが、この境界線は曖昧で、多くの「ブロシュール」は「誹謗文書」であり、「リベル」は「小冊子」として出回っていた。[1] 本書では、「ブロシュール」も「リベル」も、中傷目的で刊行されたものは「中傷パンフレット」として扱うことにする。

ではこうした「中傷パンフレット」はいつ頃から出回ったのだろうか？　その歴史は、ダーントンが『禁じられたベストセラー』の第八章「政治的中傷文の歴史」のなかで詳しく述べているので、そちらを参照していただくことにして、[2] 重要な点だけを取り上げることにしよう。ダーントンは「中傷文」を『大物』として知られる名士を標的にした名誉棄損的攻撃」と定義して、その歴史をルネッサンスの十六世紀から掘り起こしている。この「中傷文」がフランス革命にとって重要であるのは、ダーントンによると、扇動と結びついているからであり、また危機が国家を襲うときには「中傷文」がいつも災いを大きくするからだ。国家に対する攻撃と結びつくからこそ、こうした「中傷文」は「政治的中傷文」になる。では、こうしたフランス革命前の「政治的中傷文」はそれ以前のものと比べて何が違うのだろうか?

ダーントンはこの点に関して五つの変化を指摘している。その五つとは、⑴中傷文の規模の大きさ。パンフレットから本になる、さらには文学ジャンルに。⑵広範囲に流通。⑶物語に王の性生活。⑷その性的冒険譚は以前のものと異なり、君主制からその象徴的な力を奪った。⑸個人による暴政批判からシステムとしての専制批判。

これらのうち、⑴〜⑶は事実として確認できるので問題にはならないが、⑷と⑸に関しては検証が必要である。そこには読者が何を読み取り、何を内面化したかという読者の問題が含まれているからだ。われわれはこの点に焦点を当てて実際に「政治的中傷文」といわれるテクストを読んでみたい。

「政治的中傷文」は一七七〇年代に入ってから増加し、一七九〇年頃にピークを迎える。攻撃対象となるのは、ルイ十五世、デュ・バリ伯爵夫人、ルイ十六世、そしてマリー＝アントワネットである。とりわけ、マリー＝アントワネットに対する「政治的中傷パンフレット」は一七八九年を前にして増加の一途をたどり、中傷の質も変化している。われわれはまず『シャルロとトワネットの恋』(一七七九)を取り上げ、そして『ルイ十六世の妻であるマリー＝アントワネットの色情狂』(一七九一)と比較することで、中傷がどのように変化したのか、その変化に何が読み取れるのかを考えてみたい。

二　政治的中傷パンフレット『シャルロとトワネットの恋』

これまで翻訳がなかったので、まずはその全訳を見てみることにしよう。

シャルロとトワネットの恋[3]

V…[4]で盗まれた作品

もちろんそれは天上の、諸神にとっても気にかかる、
難事で神もそのために、心配されるにちがいない。
ウェルギリウス『アエネーイス』[5]

一七七九

若くて溌剌とした王妃
きわめて高貴な身分をもつその夫は妻を喜ばすことができない男
彼女はとても用心深い女で、時々

ちょっとした手仕事を巧みに利用して
苦しみを紛らわせていた
待つことにうんざりした精神と満足させてもらえない女陰の手仕事。
甘美な夢想の中で
彼女の可愛い、丸みを帯びた、裸の、全裸のほれぼれとするような肉体は
ある時は柔らかい椅子のクッションの上で
愛の門番である、一本の指で、
昼間の気詰まりを夜に癒し
シテールの神に対して香を焚いていた。
ある時は真っ昼間に死ぬほど退屈で
彼女は褥にひとりぼっちで身をくねらせていた
ぴくぴく動く乳房、美しい目、そして口
そっと喘ぎ声を出し、半ば開いた口は
誇り高いセックスのお相手を挑発しているように思われた。
なまめかしい姿態で
アントワネットが望んでいたのは
前戯にとどまることではなく
L…(6)が彼女を満足させてくれることだった。

しかし、この点についてわれわれは何を言えるだろうか？
よく知られていることだが、哀れな国王は
彼の健康を預かる医者によって
三回あるいは四回宣告されている
完全なる不能のせいで
アントワネットを満足させることはできない。
彼も良く自覚しているが
彼の陰茎は
一本の藁くずほどの大きさもなく
いつもふにゃふにゃで首(こうべ)を垂れている
彼の一物は、下着の中で
女とやる代わりに
アンティオキアの亡き高位聖職者[7]のように萎(しぼ)んでいる。
A…[8] はある日恩寵の勝利を感じ
性行為と情欲の再生する恩寵
期待と不安を抱きながら王女の足下に跪き
王女に話しかけようとするが何度も声を詰まらせ、
彼女の手を自分の手で優しく愛撫し

抑えきれない心の炎をしばしば燃え上がらせる
彼はわずかに動揺を見せるが、彼女もまたかすかに動揺する。
結局トワネットに気に入られることは時間のかからない事であった
王子や国王はすぐに性行為に及ぶ。
巧みに金箔をあしらった美しい寝室の中で
暗くもなく、明るすぎることもない寝室
ビロードで覆われた柔らかいソファの上で
高貴な美しさの魅力が享受される。
王子は自分の一物を女神に見せる
性行為と愛情の恍惚の瞬間！
胸は高鳴り、愛と羞恥心が
この美女をきれいな赤で染めていく
しかし羞恥心は消え、愛だけが残る
王女は弱々しく身を守り、涙を流す。
不遜なA…の目は魅了され、魔法にかけられたようになり
美しい光に突き動かされ、これらの美しさの上を動き回る。
ああ！　いったい彼女の崇拝者にならない者がいるだろうか。
色の白さを恥じ入っているような、良く回る首の下には

二つの可愛い、離れている、均整の取れた乳房があり、
愛によってゆっくりとぴくぴく動き、丸みを帯びる。
それぞれの乳房の上には小さな薔薇が立ち上がっている。
乳房、魅力的な乳房、それは決して休むことはなく
あなたはその手を急ぐようにと誘っているようだ
見つめる目も、キスをする口も。
アントワネットは神聖化され、彼女のすべては魅力的だ
彼女もまた分かちもつ甘美な快楽は
新たな恩寵を彼女に与えているように思われ
快楽が彼女を美しくし、愛が素晴らしい化粧となる。
A…は彼女の肉体を暗記していて、体中にキスをする
彼の一物は熾火(おきび)となり、心は燃え盛る火となる
彼は彼女の美しい腕に、小さくて可愛い性器にキスをする
またある時には尻に、乳房にキスをする
丸く膨らんだ尻を優しく叩く
腿、腹、臍、この上なく美しい女性器も叩く
王子は常軌を逸したようにどこもかしこもキスをする
悪ガキのような様子をしていることにも気づかず

激しい欲情にすっかり興奮して
交わりの的（まと）にあらゆる権利を引き出そうとする。
アントワネットは嫌がるふりをする
不意打ちに不安を抱き、体を許そうとはしない。
A…は一瞬をとらえる、それに負けたトワネットは
最後には受け入れることの心地よさを感じる。
愛が二人を優しく絡み合わせている間
シャルルが彼女を抱きしめ、降参させている間も
アントワネットは痙攣し、すでに彼女の目の中には
神々の楽しみが現れている。
彼らは幸福に触れる、しかし運命とは裏切り者である
二人は呼び鈴の音を聞く……用心深い近習が
余りにも服従に急ぐあまり、部屋に入ってきて二人の邪魔をする……
扉を開け、姿を見せ……すべてを見て、その場を立ち去った
ほんの一瞬の出来事だった。
A…は自分の失態に驚いて
その場からすでに離れていた。
王女は呻いていた

目を落とし、顔を赤くしていた
言葉を口にすることもなく、
王子はもう一度キスをして、彼女を慰める
「忘れてください、愛しい王女、この不運を忘れてください
余りにも用心深いこの粗忽者が
われわれの幸福を遅らせたにしても
苦しい不幸はしばしば
快楽にさらに大きな力を与えるのです。
さあ、この損失の埋め合わせをいたしましょう」とハンサムなA…は言った。
再開しながら、彼は
より大きな幸運を試そうとしていた
それに対して王女は
抵抗して嫌がっていた
その抵抗が、二人の愛の陶酔をより刺激的にしていた
そしてまた彼女の可愛い宝物をよりよく開陳していた。
読者の皆さん、私たちの恋人のセックスはあまりにも激しく
肛門性交をしているときに二人の秘密が露呈した。
再びジェルヴェ氏がやってきた

「陛下、いかがなさいましたか？」――「ああ、何てことだ！　わざとだな」
とA…は怒って続けた。
「なぜ彼がやってきたのか訳が分からない
なんて残酷な見張り人たちだ
いつもこうした場面で、これらの召使たちはなぜ邪魔をしにやって来るのか？」
王女は訳が分からない……やがて二人は、下僕たちの勘違いから
正気に戻るや否や
隅々に至るまで
最大限の注意を払って調べて回る
こうした不実の出来事の原因が
どこにあるのかを見つけるために
しかし彼らは何一つ見つけることはできない、愛は休止を嘆いている
王女は嘆き、嗚咽を漏らす
そして気を失ったように倒れこんでしまう
彼女の不貞の無言の証人である
積み上げられたクッションの上に。
そのとき謎は解け、彼女の美しい肉体は
彼らの情欲の炎を妨げていたものを見出す……それは呪われた呼び鈴のリボンだ

リボンの房が
昼間のこれらの出来事の
二人の邪魔をした、呪うべき原因であり
その房は、二つのクッションの間に挟まれていた……
シプリスで[9]味わうさまざまな幸福の
愛の交わりの高揚のたびに
呼び鈴の大きな音が陶酔を漏らす。
ああ、どれほどの放蕩者が捕らえられることか
彼らが陶酔しているときに
呼び鈴のリボンを引いていたとしたら。
我が恋人たちは安心して愛を祝う
二回あるいは三回も、日が暮れる前に
快楽のただ中に浸りきった二人は
彼らの大切な前戯を味わっているように見える。
日々、より幸福になり、より愛するようになった二人は
ビーナスに常に忠実な炎を捧げる
彼らはよくセックスをする、そして愛と時間は
これらの幸福な恋人にとっては、飛んではいかない。

私はと言えば、巨額の財産に恵まれても
笑いもセックスも楽しみもない生活を強いられるくらいなら
このような不幸から逃れるために
自分の一物をちょん切る方がいい。
人がわれわれに美徳について語るとき
それはしばしば妬みによってである
というのもわれわれの父の性行為がなかったとしたら
われわれは結局生まれて来なかったからである。

モーリス・ルヴェは『エロティックな傑作集』[10]の中で、この『シャルロとトワネットの恋』について解説をしていて、その中で作者に関するパリ警視総監のルノワールの言葉を引用している。「ボーマルシェが『シャルロとトワネットの恋』というタイトルの版画入りの中傷文を作り、ロンドンにもっていき、そこで印刷をしたというのは、たぶんという以上のものがある」[11]。ルノワールの言葉をそのまま信じていいのかどうか疑問が残るが、このような中傷パンフレットの流通経路を辿るには、警察の古文書しかないとルヴェは述べている。[12]作者がボーマルシェであるかどうかは別にして、この作品には暗示的な表現が多用されていて、品位を感じさせるものがあることは確かだ。したがって、作者および作品の出資者はおそらく上流階級であり、宮廷に近い人物である可能性が高いと考えられる。実際に王女の寝室の描写があり、写実的な描き方からは宮廷内部と何らかの関係を匂わせるものがある。また、冒頭を飾るウェルギリウスの『アエネーイス』からの引用や「アンティオキアの頭のおかしい高位聖職者」、「シプリスで味わうさまざまな幸福の」などの固有名詞を用いた表現からは教養が感じられ、単純な非難中傷の枠組みに収まらない文才を感じさせる。とはいえ、マリー＝アントワネットとアルトワ伯爵との不倫の恋を題材にしたテクストは、政治の中枢にいる二人、さらには政治権力の頂点に位置する国王を誹謗する目的をもっている。こうした国王や王女を誹謗する文書が、いつ頃から拡がり始めたかについて、ルヴェは「一七八五年の首飾り事件のあと、国王夫妻への中傷が堰を切る」[13]と述べて、首飾り事件が一つのきっかけであることを示唆している。

このパンフレットが描き出すルイ十六世のイメージは、性的不能の国王である。冒頭から「妻を喜ばすことができない男」として紹介され、また「哀れな国王」と決めつけられたルイ十六世に対する攻撃材料は、「完全なる不能のせいで／アントワネットを満足させることはできない」という国王の「性」にかかわるものだ。作者はまた、「彼の陰茎は／一本の藁くずほどの大きさもなく／いつもふにゃふにゃで首を垂れている」と述べて、国王の男性器そのものに欠陥があることを公言し、攻撃する。その一方で、マリー＝アントワネットのイメージは、「性的快楽」に貪欲で、寂しさを紛らわせるためにオナニーにふけり、欲望に負けてアルトワ伯爵との性行為にのめり込んでいくというものだ。しかし、このテクストには笑いも含まれている。不倫の恋を妨げていたのはモラルではなくて、「呼び鈴のリボン」だったというわけだ。「愛の交わりの高揚のたびに／呼び鈴の大きな音が陶酔を漏らす」という表現は、滑稽さが詩的に表現されている。しかも作者は「笑いもセックスも楽しみもない生活を強いられるくらいなら／このような不幸から逃れるために／自分の一物をちょん切る方がいい」と述べて、セックスを賛美している。

では、「仮想の読者」はこのテクストから何を読み取っただろうか？　性的不能のルイ十六世、性欲が満たされないマリー＝アントワネットとアルトワ伯爵との不倫、ここでは「性」が笑いを交えながら描かれている。おそらくこうした「性」にかかわるメッセージを直接受け取ったのではないか。「政治的中傷パンフレット」のメッセージは、文学的メッセージと比べて単純で、明快である。読者がどれほどの怒りと憎しみをこのテクストから読み取るか、どれほど国家に批判精神を生み出すかというテクストによる内面化の問題を明らかにすることは難しいが、王室内に重大な性的問題があることは読者に認識されたに違いない。

三　『ルイ十六世の妻であるマリー＝アントワネットの色情狂』

『シャルロとトワネットの恋』では、アルトワ伯爵の誘惑に負ける受け身のマリー＝アントワネットが描かれているが、一七九一年に出た『マリー＝アントワネットの色情狂』では、彼女は「色情狂」として描かれ、そのイメージは変化している。この作品もこれまで翻訳されてこなかったので、長くなるが全文を見てみよう。

ルイ十六世の妻であるマリー＝アントワネットの色情狂[14]

母親はこのパンフレットを読むことを自分の娘に禁じるだろう[15]

調教場で、パリのありとあらゆる売春宿で

一七九一

アルトワ、コワニー、ローアン、私はあなた方の手柄を詩歌にして讃えたい。
羞恥心はそれを禁じているが、愛の神はそうするように私に言っている。
愛の神に私は従う。王たちを寝取られ男にすること、
王たちに仕えること、それは月桂樹に薔薇を結びつけることではないか?
さあ、始めよう。ある晩、夕食の後で、ルイは[16]
愛に酔い、贅沢な食事でお腹を一杯にして、
彼が半分を占めるベッドに心配事を持ち込んだ。
しかしその心配事を取り除くこともできず
彼は疲れ切ってそれらを持ち帰る。国王の性器はあまりにもふにゃふにゃなので
トワノン[17]の目も、右手の技巧を凝らしても
上手くいかなかった。あらゆる技巧を使い尽くしたのち
教会からオーケストラが呼ばれた。
その気にさせるワインを用いても無駄だった。
もっとも美しい音楽、

もっとも力強い動機となる両手、胸、尻、性器を用いたが、
君主の宝石を元気にすることはできなかった。
ルイは死んでいる。トワノンは彼に悪態をつき、罵り、
現在のオルフェウスたちを追放する。次のように言いながら
「今日はもうできないわ。
国王の遺骸の上にわれわれの勝利を打ち立てることにしましょう、
ルイは不能だけれど、アルトワ[18]はそうじゃない。
アルトワは颯爽としたナルシスと同じくらい美しい。
彼はヘラクレスの力をもっているわ、彼は私の魅力を手にするのよ。
私の受けた侮辱に反撃を加えることができるのは彼だけだわ」
そう言うとすぐに、彼女は思い上がった色男の褥に飛んでいく。
愛の神、そして激怒が彼女とともにそこに飛んでいく、
愛の神だけがベッドに入り、闘いを始める。
愛の神が勝利し、精液と愛液は止めどなく流れる。
アルトワの精液、トワノンの愛液、
絶えず失われ、絶えず生み出され、
乳房、尻、睾丸、女性器はびしょ濡れになり、
二人を快楽から陶酔の中心へと導く。

恍惚状態になり、モルフェウスは恋の助けによって、
彼らの美しい目に眠りを与え、夢を見させる。
絡み合った二人は陽が昇るまでまどろみ、
もっとも甘美な幻影によって眠りながらも楽しむ。
愛の神が二人を眠らせ、目覚めさせる。
われわれの二人の恋人は愛するようにたえず誘い合う、
精液が流れないことはない。夜に二人は公園に行くだろう。
われわれの恋人は別れるまでやっている。
恋の真の英雄として、アルトワは振る舞った。
小者の洒落者だったらトワネットに何をしただろうか?
その強靭な男は十回やれば十回いった、
勝利者になればなるほど、勝利することを望んだ。
彼についての評判がやがて広まった、
あらゆる女が彼とやりたがった、しかしアルトワは浮気しない。
国王についてみんなは悪口を言った。アルトワは彼を擁護したが、
自分の恋を恋人に打ち明けることはできなかった。
トワネットは寝取られ男に秘密を話さず、歓待する。
人前では優しく、思いやりのある振る舞いをする。

ああなんていうことだ、ルイがいなくなるとすぐに、
恋するシャルロはフランス王女とやった。
誰にも気づかれずに、こうしたことはできない。
ある日トワネットのスカートは短くなった。
自然は彼女の快楽にいくつかの不安を混ぜた、
アルトワはあまりにもやり過ぎた。
結局、トワノンは妊娠し、シャルロがパパである。
どうすればいいのか？　馬鹿な君主に奇跡が起きたと思わせる、
やがて代表者たちによって彼は祝福された。
その間抜けは、微笑み、やり直そうとする。
そう思うとすぐに、王女のもとに走る。王女は心から
それに同意し、愛撫で満たすことによって、
それが彼の幸せになるなら、すべてをやり直そうと誘う。
彼女とむなしくやりながらも、彼は偉業を行っていると思う。
トワノンは濡れてはいないが、国王は満足する。
彼女は、ルイがすっかり信じ切っているのを見ながら、
シャルロにはより好色な気質を見せる。
二人は、騎乗位で、後背位で、女を抱きかかえる体位でセックスをする、

やればやるほど、幸せは大きくなる。
ルイは気づかなかったが、宮廷はトワネットに対して、
シャルロが彼女の上に乗ったときから、
目をつけていた。彼女の身繕いに何人もが恋文や歌などを滑り込ませた。
トワノンは知らないふりをして、あだっぽい女を演じていた。
もっとも輝いている男の一人に対して、ある日彼女の心が話しかけた。
アルトワが入ってきたとき、ハンサムなコワニー[19]と
すでに浮気をしようとしているところだった。
楽しみは、おそらく、翌日に延期される。
このハンサムな若い男について、アルトワは厳しく叱りつけた。
王女は楽しみを延期し、命を賭して、
彼以外の恋人を決して持たないことを誓った。
この優しい話に、彼女は証拠を付け加えた。
シャルロの可愛いところをキスで満たしながら、
「やって、私の大好きなお友達、お好きなように何でもやってちょうだい」
シャルロは自分を抑えることができず、
いっそう激しく彼女とやったのである。
彼は古いアレティーノ、現代のアレティーノの体位をやり尽くす、[20]

性器から尻へ、口から脇の下へと進み
脇の下から再び下に降り、乳首に至ると、
そこに、トワネットの心があると彼は信じた。
空しいが人は不幸な運命から逃れることはできない。
やがてこのハンサムな勝者は自らの敗北を知ることになる
その敗北の原因は予期しないものだった。ある日トワノンは
分娩のために激しく苦しみ、どれほどハンサムな男であろうと、
彼女に近づけないことを約束し、誓った。
彼女はアダム、悪魔、エバ、そしてりんごを呪った
そしてポリニヤック[21]に彼女の心と魅力を与えた。
名誉ある女性の中でも、ジュールは一番美しかった。
ジュールは、彼女の才能で、あっという間にトワノンを教育した。
トワノンは彼女の淫奔な手本に従い、
彼女以上に性器を指で弄(もてあそ)ぶことを知るようになった。
宮廷は流行を取り入れるのが早かった。
どの女も同性愛女であるとともにふしだらな女であった、
彼女たちは子供を作らなかった、その方が便利であるように思え、
男根は放蕩な指に取って代わられた。

そこからフランスを破滅させるありとあらゆるプレゼントが生まれる
取るに足らない小間使いが、たとえそれほど美人でなくとも、
トワノンを手で愛撫するや否や重鎮になった。
生まれさえよければ、この栄誉をもった。
アルトワは旅行をした。帰ってくると、彼は
トワノンの腕の中に飛んで行った。彼は彼女にお世辞を言い、
抱きしめ、彼女とやろうとする、そして気も狂わんばかりの情熱で、
すでに情熱同様に固くなったペニスを見せる。
すでにソファの上にいるこの好色漢は彼女を押し倒す。
彼はすでに彼女の上になり、王女は腰を素早く動かして、
彼を押し返し、
そのせいで、彼は道半ばで失敗する。
ペニスは勃ったままだが、この心変わりに彼は驚く。
もう一度彼女の上になる。「あなたは私を疲れさせるわ」という言葉を耳にすると、
意図せずに、可哀想なペニスはたちまち抜けてしまう。
彼はがっかりする。「あなたの振る舞いはおかしいです！
こんなに冷たいあなたを見たくはありません。
―下がりなさい。―僕は勃っていますよ、見てください」

トワノンの怒りはますます大きくなり、アルトワはますます固くなる。
無駄であった。このハンサムな女誑しは涙を流しながら彼女の足元にひれ伏す。
ああ！　勃っているが無駄だった。トワネットは頑として応じず、
その場を離れ、彼を跪かせたままにする。
アルトワ、ハンサムなアルトワは彼女には最悪の男に思われる。
彼女は大声を上げて笑った。男たちは頭がおかしいと思いながら。
彼はトワノンが大好きだった。このショックから、彼の心は血の涙を流していた。
彼はその辛辣な態度がどこから来るのか、熟慮し、探すが、わからなかった。
その変化を吟味し、理解する、
彼はやがて事実を知り、距離をおいた。
国王は王女の冷たい仕打ちについて彼に不満を愚痴る。
パリではみんなが陰口を叩き、嘲弄する。
シャルロは、恋の苦しみを忘れるために、
ジブラルタルに別の危険を冒しに行く。
トワノンはこの素早い逃亡に当惑する。
ジュールとの同性愛で、彼女は自分を慰める。
彼女は振る舞いを変えずに、話しぶりを変えた。
ルイはそれに気づき、彼女を褒めた。

王女は気を遣って媚を売った。
このことが彼女に思わぬ事態を招くことになった。国王は、今度は、
あまりにも情欲に駆られたので、彼女のなかに挿入し、
今回はうまくいった。みんなはそのことに驚くだろう。
しかし、奇跡的かどうかはわからないが、ルイはうまくやった。
少しの間、トワネットはポリニヤックを忘れていたが、
蛇が彼女に薔薇で包まれたいと思わせた。
そのときにコワニーが現れた。しゃれた燕尾服を着て
朝に現れた色男は、女たちを熱狂させた。
彼はトワノンの起きがけに歌いながら現れる。
馬、快楽、身繕い、どうでもいいようなことを話し、
うまく喜ばすことができ、彼女の乳房に触れる。
それを舐めた後で、さらに下に降りたいと思う。
トワノンは眠っているふりをして、コワニーはすべてを許され、
何ものも禁じられないその場の支配者となる。
尻、恥丘にキスをし、そして最後にはやってしまう。
王女は、やられるたびに、わずかに反撃する、
快楽で濡れた瞼をわずかに開き、

愛の神が職務に着くや否やその瞼を閉じる。
マルスとウェヌスも彼ら以上に快楽を味わうことはなかった。
精力絶倫のコワニーは、魂を発射する。
トワノンも負けてはいないが、抵抗できない。
もっとも熱いキスで彼女は燃え上がっていることを証明する、
そして愛液で彼をびしょびしょにしながら、彼のやることを真似ようとする、
もっとも甘い言葉で彼に報いようとする。
それは彼女の神であり、すべてであり、彼女を喜ばせるすべてである。
彼女はフランスに王太子を与えようとする、
彼女は懇願し、コワニーはそれを行う。
淫らな数えきれない戯れによって、この悪魔は下準備をする。
彼はこれまで用心してやるしかなかった。
今回は、正直に、習慣を破り、
彼は道を準備して、うまく彼女とやったのだった。
彼にとっては何という勝利だろう！　彼女にとっては何という甘美な瞬間だろう！
二人にとっては何という幸福だろう！　愛想がいいトワノン、
好色なコワニー、恋があなたたちを魔法にかける、
あなた方は理性を失くし、ともにいく、

あなた方はこの世に二人だけで、フランスのためにやるのだ。
指の遊びよ、さようなら、同性愛のジュール、さようなら。
こうした享楽をもはや考えてはならない、
オナニーは人間のものである、性交は神のものである。
われわれの恋する二人は三度ともにいく、
別かれる前に三度同じことをする。
別れようとすると、同じ目的が二人をくっつける。
ポリニャックが二人を不意に襲い、ぶつぶつ言い、おこがましくも怒りを爆発させ、
脅しさえする。そのせいで、公爵はその場を立ち去る。
トワノンは怒りたかったが、ジュールは巧みに
トワノンが熱狂した恋についての話を思い起こさせ、
彼女の気質に従って指で語る。
王女は、喜んで、指の力を感じ、
今度は本気で男への執着を捨て、
裾をまくり、愛撫し、最後には彼女の恋人を手で優しく撫でる、
男性器は指の代わりにはならないと言いながら。
しかしながら、コワニーの仕事を打ち負かすものは何もない。
ジュールの愛撫、その淫らな手は

空しいことに自然の仕事をはっきりと侮辱している。
ルイの息子として、王大使が生まれる、
ちょうど九か月後、
コワニーが王女のなかで果ててから。
国王は喜んだが、王女はそれを意に介さない。
フランスが彼を養うのだ。すべてはより悪くなるしかない。
トワノンは、その間、女中を富ませるために、
さまざまな気まぐれな欲求を満たすために、
彼女の愛情の印に値段をつけて、カロンヌ[22]におもねり、
そしてあらゆる快楽のなかに、みんなを入らせた。
ポリニヤックは、疲れ果て、病気になった。
王女はすぐに涙を流した。
ラ・モット[23]はかつて同性愛の相手だった、
その彼女が現れ、真価を発揮した。苦しみは、
快楽に変わった。そして、トワネットは絶頂に達する。
彼女は自分が不貞を働いていることを十分に認識している。
ポリニヤックはより美しいが、ラ・モットの性器はより狭い。
こうした場合、狭さは美しさに勝っている。

男に対しても女に対しても彼女の情熱は衰えず、
ある枢機卿に対して恋に落ちる。
ローアン、同じように恋の炎で燃え上がった誇り高い男
ふしだらな女たちと気晴らしをして、
宮廷を離れることはなく、快楽の喜びをもち、
王女にお目通りが叶い、部屋に入ることができ、
ついに彼女と寝ることができ、彼女を母親にしたのである。
この哀れむべき枢機卿が長く成功することはなかった。
トワノンは身を任せ、身売りをしようとした、
枢機卿は彼女の財産を買うことに困惑する
王女は彼をだますが、彼の方は身を守ることができず、
盗みの濡れ衣を着せられる。そこから大訴訟が起こる。(24)
誰もがはっきりとわかったが、高等法院ははっきりとわからなかった。
枢機卿は負けた、ルイははっきりと理解した。
王女はふしだらな女であるとともに裏表があることがわかる。
ローアンはルイによって宮廷に呼ばれ、
法廷で、自分の立場を訴える。
王女は勝利したが、やがてそのことで負けるだろう。

法の裁きはさまざまな結論を出す。
そしてもし有罪であれば、金を払っても有罪である。
ブルボン家のトワネットは家族を増やしている、
こうした怪しい人間関係はルイにとってそれほど重要ではない。
しかしながらわれわれ、父や息子、娘を養っているわれわれは
枢機卿とともに次のように叫ぶであろう、
身持ちの悪い王女たちは、いつも悪事を働くものであると。

『ルイ十六世の妻であるマリー゠アントワネットの色情狂』（以下『色情狂』）は、『シャルロとトワネットの恋』（以下『恋』）と同様に、マリー゠アントワネットを攻撃する中傷パンフレットである。マリー゠アントワネット攻撃という点では、二つのパンフレットは共通しているが、これらを比較するとどのような違いが見出されるだろうか？『色情狂』は、作者については何もわかっていない。また出版時期は、『恋』が一七七九年、『色情狂』が一七九一年の出版で、十二年の隔たりがある。こうした違いを認めたうえでテクストを比較するとどのようなことが読み取れるだろうか？
最初に気づくのはトーンの違いである。『恋』のトーンは優雅で、ゆったりとしていて物語性があるのに対し、『色情狂』はマリー゠アントワネットの激しい性欲を描くことに性急で、物語性が欠如している。それは単純化して言えば、『恋』の方が文学的であるということだ。しかし、『色情狂』に文学性がないということではない。神話の神々を引用し、「自然は彼女の快楽にいくつかの不安を混ぜた」、「蛇が彼女に薔薇で包まれたい

と思わせた」などの表現は詩的である。おそらく教養ある「中傷文書作家（libelliste）」が書いたものと思われる。ただ『色情狂』では、その表現は比喩的、暗示的であっても、マリー＝アントワネットの淫らな「性」が語られるばかりで、その対象もアルトワ、コワニー、ローアンという男だけでなく、ポリニヤックやラ・モットなどの女が含まれていて、「色情狂」のイメージが強調されている。また、ルイ十六世はどちらの作品においても「不能」な国王として描かれているが、『色情狂』の方が「寝取られ男」として滑稽に描かれているると言えるだろう。

しかしながら二つのテクストを比較して決定的に違うのは、最後の箇所である。『恋』ではセックスの賛美で終わっているのに対して、『色情狂』では王女が性的欲望を満たすために金を浪費し、それが国家の「悪事」に結びついている点だ。コワニーとの不倫によって生まれた王太子を、「フランスが彼［王太子］を養う」という表現にみられるように、『色情狂』にはフランスにとっての「悪女」としてマリー＝アントワネットが描かれている。つまり、「中傷パンフレット」は「政治的パンフレット」に変質しているのである。

したがって、テクストの比較からわかるのは、マリー＝アントワネットへの批判がより辛らつになっていること、より政治的になっていることだ。性的不能の国王、放蕩な王女という私的な問題が国家の問題になり、中傷パンフレットが読者の怒りを広めていく。ルヴェは、大衆がこうしたパンフレットを文字どおりに受け取ったのかが問題なのではなく、重要なのは尾ひれをつけて拡散していったこと、またパンフレットの内容はどれも同じで、表現の質と中傷の激しさが違うだけだと述べている。[25]

マリー＝アントワネットを攻撃した誹謗文書は、これら以外にも『国王の人工ペニス（*Le Godmiché royal*）』（一七八九）、『ほろ酔いのオーストリア女または王の乱痴気騒ぎ（*L'Autricienne en goguettes ou l'Orgie royal*）』

（一七八九）、『王の売春宿、ローアン枢機卿が全国三部会に入って以降の王女との密会の続き（*Bordel royal, suivi d'un entretien secret entre la reine et le cardinal de Rohan après son entrée aux Etats généraux*）』（一七八九）、『貴族同盟またはフランスの個人攻撃演説（*La Ligue aristocratique ou les Catilinaires françaises*）』（一七八九）、『国民のテラス傍のチュイルリーに建てられた、王立の生きている動物小屋の説明書、名前、身分、思想、財産付き（*Description de la ménagerie royale d'animaux vivants, établie aux Tuileries, près de la Terrasse nationale, avec leurs noms, qualités, couleurs et propriétés*）』、『カペーの未亡人、マリー＝アントワネットの遺言書（*Testament de Marie-Antoinette, veuve Capet*）』、『赤いヒールの財布、フランスの宮廷の艶話および秘話を含む（*Portefeuille d'un talon rouge contenant des anecdotes galantes et secrètes de la cour de France*）』（一七八八）などが挙げられる。[26]

ところで、マリー＝アントワネットを攻撃する場合に、中傷パンフレットはなぜ彼女の「性」を問題にするのだろうか？　「性」を通して人を攻撃する手法は、現在でもよくみられる手法である。メディアは性的スキャンダルが大好きで、われわれは毎日のように誰かの性的スキャンダルを耳にし、尾ひれをつけて人口に膾炙していく。その構図は、中傷パンフレットが人気を博した十八世紀後半のフランスと同じである。それが持続する背景には、読者（視聴者）がいるからであり、読者の欲望が需要を支えている。ではなぜ「性」が攻撃対象となるのだろうか？　それは、「性」が本来秘められたものであり、それゆえにこそ誰しもの関心を呼ぶからではないか。しかも「性」は誰もがかかわるものであるのに、人前で話すことが憚られるテーマである。

また、キリスト教では、性行為は快楽のためのものではなく、生殖のためのものであり、過剰な性的欲望は罪であり、許されないものであった。しかし逆説的ではあるが、パンフレットにみられる批判は、キリスト教のモラルの側からの批判である。リベルタン文学が、モラルからの逸脱を説いていたのとは逆に、モラルから批判を加えるのは矛盾をきたしている。ここには、リベルタン文学の定義とは相容れない異質な要素、つまり政治的中傷パンフレットの特殊性を見出すことができる。この点では、『恋』や『色情狂』の論理は、キリスト教のモラルを痛烈に批判するサドのテクストと対極にあることがわかるだろう。

したがって、読者の関心を惹きつけるという点では、「性」を用いた攻撃は大きなインパクトがあるだろう。この大きさこそ、十八世紀フランスの「中傷パンフレット」も、現在の「週刊誌」も、時を隔てながら攻撃の武器として「性」を利用する理由であると考えられる。

また、こうした中傷パンフレットには、攻撃のみならず、笑いの要素が内包されている。国王の男性器についての描写や、『恋』で王女マリー゠アントワネットとアルトワ伯爵との情事の妨げになっていたのは、呼び鈴のリボンであることや、『色情狂』ではマリー゠アントワネットに拒絶されたアルトワの一物が、行き場を失いながらもますます固くなるという描写など、思わず笑ってしまう。「性」は隠された部分であるだけに、それを表に出すことは滑稽なことであり、笑いを誘うのであろうか。春画とともに笑いについても考えてみたい。その前に革命中に書かれた「政治パンフレット」を含むサドの『閨房哲学』を見てみよう。われわれは、この作品こそ、リベルタン文学の到達点だと考えている。

●注●

(1)『リシュレの辞典』の項目《brochure》では、「ブロシュールは今日非常に流行している。毎月数百部が発売されている」

と述べられている。

（2）Darnon, *The Forbidden Best-Sellers of Pre-Revolutionary France*, pp. 198-216（邦訳、ダーントン『禁じられたベストセラー』二七三―二九七頁）。

（3）テクストは以下を用いた。*Les amours de Charlot et Toinette* dans *Anthologie érotique, Le XVIIIe siècle*, Éditions Robert Laffont, 2003.

（4）ヴェルサイユ（Versailles）のこと。

（5）ウェルギリウス『アエネーイス』第四巻、三七九―三八〇頁。引用は泉井久之助訳『アエネーイス（上）』岩波文庫、一九七六、二三九頁。

（6）国王ルイ十六世（Louis XVI）のこと。

（7）サモサタのポールのこと。アンティオキアの高位聖職者で、三世紀の有名な異端の指導者。パルミラの女王であるゼノビアによって保護された。ここではローマ皇帝アウレリアヌスに敗れたゼノビア同様に、敗者としてのイメージが異端と不能に結びつけて語られていると思われる。

（8）アルトワ伯爵（Artois）のこと。彼はルイ十六世の弟で、将来のシャルル十世である。

（9）シプリス（Cypris）とはローマ神話のウェヌスの異名。シプリス島の近くで生まれたのでこの名があるが、ここでは女性器を指す。Cf. Marie-Françoise LE PENNEC, «Cypris», *Petit glossaire du langage érotique aux XVIIe et XVIIIe siècles*, Collection «LA PAROLE DEBOUT», Éditions BORDERIE, 1979.

（10）Maurice Lever, *Marie-Antoinette: Icône d'une pornographie politique* dans *Anthologie érotique, Le XVIIIe siècle*, Éditions Robert Laffont, 2003, pp. 1029-1038.

（11）*Ibid.*, p. 1032.

（12）*Ibid.*

（13）*Ibid.*, p. 1033.

（14）テクストは以下を用いた。*Fureurs utérines de Marie-Antoinette, femme de Louis XVI*, dans *Anthologie érotique, Le XVIIIe siècle*, Éditions Robert Laffont, 2003.

(15) サドは『閨房哲学』の表紙に「母親はこのパンフレットを読むことを自分の娘に命じるだろう」というエピグラムを書いている。おそらくサドはこの作品を読んでいて、それをパロディ化したのであろう。詳細は、拙訳『閨房哲学』三〇〇―三〇一頁を参照のこと。

(16) ルイ十六世のこと。

(17) マリー=アントワネットのこと。このパンフレットではトワノン、トワネットという二つの呼称が使われている。

(18) アルトワ伯爵のこと。注(8)を参照のこと。

(19) コワニー公爵(Duc de Coigny, 1737–1821)。マリー=アントワネットともっとも親しいお気に入りの一人。ルイ十六世の馬術教師でもあった。

(20) アレティーノについては、一六四頁を参照のこと。

(21) ポリニャック伯爵夫人(comtesse de Polignac, 1749–1793)のこと。マリー=アントワネットの取り巻きの一人。

(22) シャルル・アレクサンドル・ド・カロンヌ(Charles Alexandre de Calonne, 1734–1802)。一七八三年にネッケルの後任として財務総監に就任した。

(23) ラ・モット=ヴァロワ伯爵夫人ことジャンヌ・ド・ヴァロワ=サン=レミ(Jeanne de Valois-Saint-Rémy, comtesse de la Motte-Valois, 1756–1791)。首飾り事件の首謀者と考えられている。

(24) 首飾り事件のこと。

(25) Maurice Lever, *op. cit.*, p. 1037.

(26) Chantal Thomas, *La reine scélérate, Marie-Antoinette dans les pamphlets*, Éditions de Seuil, 1989、および *Anthologie érotique, Le XVIII*^{e} *siècle*, Éditions Robert Laffont, 2003 を参照のこと。

第7章 『閨房哲学』とフランス革命

一　リベルタン文学の終着点としてのサド

「政治的中傷パンフレット」の全盛期が一七九〇年とするなら、サドの主要作品が署名入りであるいは匿名で出版されたのは一七九〇年代である。その多くはバスティーユの牢獄に収監されていた一七八四年から八九年に構想され、執筆されたが、出版時期は九〇年代である。たとえば一七九一年『ジュスティーヌまたは美徳の不幸』を匿名で、一七九五年に『閨房哲学』を匿名で、『アリーヌとヴァルクールあるいは哲学小説』を「市民S***」の名で、[1]一七九七年に『新ジュスティーヌあるいは美徳の不幸、またはその姉ジュリエット物語あるいは悪徳の栄え』を匿名で出版している。では、なぜサドの諸作品がリベルタン文学の終着点と言えるのだろうか？

それは、「リベルタン文学」の定義である「性を内包した、反逆的な文学」をもっともよく体現した文学であり、これ以降リベルタン文学が廃れていくからである。すでに指摘したようにリベルタン文学は「反逆性」をもっている。キリスト教を批判し、そのモラルを断罪し、王権をも徹底的に攻撃するサドのテクストは、リベルタンという語がもつ「反逆性」を見事に体現しており、その過激さに肩を並べる作品を以後見出しえないからである。また、反逆性とともに「性と哲学」が一体化されたテクストもサド以降見当たらない。その理由は、「性」はポルノグラフィックな作品に、「哲学」は哲学作品に袂を分かつことになるからだ。ポルノグラフィックな作品は読者の性欲を掻き立てることのみを目的とするのに対して、哲学作品は性には関心を示さず、アカデミックな学問として性とは絶縁することになる。

したがって、リベルタン小説に対してポルノグラフィックな小説という言い方には注意を要する。この点についてはすでに触れたが、そもそも十八世紀では、「ポルノグラフィ」という語はレチフの『ポルノグラフ』にみられるように「娼婦について描いたもの」という語源的な意味をもっており、またポルノ小説というジャンルもなかった。そのため、『ドン・B＊＊＊の物語』、『テレーズ』、『閨房哲学』などを十八世紀フランスの「ポルノグラフィ」として一括りにすることは、これらの作品の一面しか見ていないことになる。では、フランス革命を映し出している『閨房哲学』とはどのような作品なのであろうか？

二　革命中に執筆された『閨房哲学』

『閨房哲学』はそのタイトルからもうかがえるように、サドの「哲学」がもっともよく表れている作品である。もちろん虚構作品であるので、リベルタンたちの主張をサドの考えと断定することには慎重でなければならないが、他の作品と比較してサドの考えを抽出することは容易である。とりわけ、物語のなかに挿入されている「フランス人よ、共和主義者になりたければあと一息だ」というパンフレットは、進行中の革命を描き出していて、サドの欲望が垣間見られる。では、いったいいつ頃執筆され、出版されたのだろうか？

ドゥプランはサドが脱稿したのは一七九五年八月二十二日から十月二十五日の間とみている。その理由は国民公会が一七九五年八月二十二日に採択した共和暦三年憲法にある「所有権の尊重」については過去のこととして語られ、十月二十五日に採択された「新法典」を未来のこととして語っているからである。「フランス人よ、共和主義者になりたければあと一息だ」（以下「フランス人よ」と略記）が進行中の革命を映し出しているので、この脱稿時期についてはほぼ間違いがないだろう。したがって出版はこれ以降、つまり一七九五年八月二十二日以降になる。定説では一七九五年とされているが、これはあくまでも推測であって、正確な出版年はわからない。また、ドゥプランは「フランス人よ」のパンフレットを除いて、テクスト内に存在する時代背景から、この作品の執筆は三つの時期に分けられると推測している。つまり、国王の処刑前に下書きが書かれ、サドがピック地区で活動をしていた一七九三年秋に手直しされ、テルミドール九日（一七九四年七月二十七日）以降に最終的に修正がなされたと考えている。たとえばアシニア紙幣ではなく、ルイ金貨はアンシアン・レジームを表している。革命当時のパレ・ロワイヤルではなく「平等宮」という呼び名や「人権」への言及は革命時期というわけである。確かにこうした仮説は成り立つが、事実は闇の中にある。

ただ、『閨房哲学』のなかで「フランス人よ」というパンフレットは後から挿入されたことは間違いがない。というのも、このパンフレットがなくても物語としては成立するし（いやむしろこのパンフレットがないほうが戯曲形式にはふさわしい）、この長いパンフレットは物語の生き生きとした場面を阻害しているとも言えるからだ。いずれにしろ、『閨房哲学』は単純な時間の流れとともに書かれた作品ではなく、複数の執筆時期を経て完成された作品である。

さらに『閨房哲学』の続編が書かれていた可能性がある。[2] というのも、レチフ・ド・ラ・ブルトンヌがナポレオンの警察によって破棄された続編について触れているからだ。それが『放蕩の理論』で、レチフはこの物語を要約している。それによると、サン・タンジュ夫人の女中であるアンジェリックという新たな登場人物が、ドルマンセ、ミルヴェル騎士、サン・タンジュ夫人、ウジェニーによって殺されるという物語が続く。しかしながら、この詳細については闇のなかであり、新たな資料でも出てこないかぎり続編なのかどうかわからない。

また執筆の動機については、表紙に書かれた「『ジュスティーヌ』の作者の遺作」という言葉が重要だろう。こうした偽装は、おそらくこの作品でひと山当てようとしたことがうかがえるからだ。『ジュスティーヌ』は危険を伴いつつもサドに金銭をもたらした。革命のさなか、金に困っていたサドは『ジュスティーヌ』の再来を期待して『閨房哲学』を執筆したのではないかという推論がもっとも有力である。

では、革命の進行を映し出している「フランス人よ」というパンフレットの主張とはどのようなものだろうか？　作品全体の約四分の一を占めるこのパンフレットは分量的に、そして何よりもその内容の過激さによって、『閨房哲学』のなかで重要な位置を占めている。しかも、きわめて精緻な論文形式が適用されているので、その論理を辿ってみたい。

三　「フランス人よ」のパンフレット

パンフレットは「宗教」と「社会道徳」の二つに分かれている。パンフレットのページ数は「宗教」と「社会道徳」が一対三の割合になっているが、決して「宗教」よりも「社会道徳」が重視されているとも言えない。批判は「宗教」の方がより過激であって、分量だけからは判断できないからだ。はっきりと指摘できるのは、「宗教」に比べて、「社会道徳」の方がより緻密な論理構成になっている。その論理構成に焦点を当てながらこのパンフレットの主張を見てみよう。(3)

「宗教」では、神の存在を非合理だとして否定する。王権を倒したのだから、神権も倒さなければならない、今がキリスト教を壊滅させる好機であると主張し、そうしなければキリスト教は復活すると恐怖を煽っている。(4) 神の存在を否定する論拠は「運動は物質にとって固有のものであるから、運動を与える神は必要ない」という唯物論的な考えである。(5) また、キリスト教批判は激烈で、論理よりもパンフレット作者の欲望がテクストの表面に滲み出ている。(6)

それに対して「社会道徳」は、主張は過激であっても、きわめて論理的な構成になっている。それを纏めたものが次の図である。

●「宗教」

●「社会道徳」

人間の義務三種類の論理構成

一．神に対して

二．同胞に対して、同胞に対する四つの大罪

1　中傷

2　窃盗

3　淫蕩から生まれるさまざまな行為による軽罪

①　売春

②　姦通

③　近親相姦

④　強姦

⑤　男色

4　殺人

①　自然から見て

②　政治の法則から
③　社会に対して
④　共和国から見て
⑤　殺人によって抑圧されるべきか

三　自分自身に対して

「社会道徳」は、「人間の義務」として三種類に分けられている。その義務は「神に対して」、「同胞に対して」、「自分自身に対して」の三つで、[7]そのなかの「同胞に対して」がさらに細かく分かれていて、「同胞に対する大罪」として1　中傷、2　窃盗、3　淫蕩から生まれるさまざまな行為による軽罪、4　殺人に下位分類される。さらに、「3　淫蕩から生まれるさまざまな行為による軽罪」および「4　殺人」は右に示したように、それぞれ五つに細分化されている。

面白いのは「同胞に対する大罪」として挙げられたすべてが、罪ではなく肯定されることである。「同胞に対する大罪」と書かれていることは、当時もこれらは「大罪」とみなされていて、それを論理によって覆したい意図が読み取れる。とりわけ「淫蕩から生まれるさまざまな行為による軽罪」と「殺人」にパンフレット作者の批判が集中し、そのなかでも「性」にかかわる「淫蕩から生まれるさまざまな行為による軽罪」にもっとも紙面が割かれている。

「パンフレット」で展開されるそれぞれの主張をここでは取り上げないが、このパンフレットにはサドの欲望がはっきりと読み取れる。しかもこのパンフレットは、われわれには重要である。それは、このパンフレットがリベルタン文学のなかに挿入されていて、リベルタン文学とパンフレットの結びつきを表しているだけでなく、リベルタン文学とフランス革命の結びつきをも表しているからだ。その内容は、現在でも到底受け入れられないものであるが、「反逆性」をよく示しているし、「性」を思考の対象にしている。「性」を哲学の対象としたことはサドの功績であって、リベルタン文学の到達した地点を、このパンフレットを含む『閨房哲学』はよく示していると言える。

では『閨房哲学』に流れ込んでいる思想とはどのようなものなのだろうか？　テクストを分析しながら、名前が明示されている人物と明示されていない人物とに分けてサドの思想系譜を考えてみたい。

四　『閨房哲学』に流れ込んでいる思想

『閨房哲学』（*La Philosophie dans le boudoir*）はそのタイトルにみられるように、「哲学」と銘打っているので、サドの作品の中でも思想系譜を考えるうえでもっとも相応しい作品である。『閨房哲学』という作品を考えるうえで、このタイトルは意味深長で、重要である。そもそもフランス語の「ブドワール（boudoir）」とは、婦人のための「寝室のすぐ近くにある、奥まった狭い小部屋」＝「閨房」）を指し、そこはまた「機嫌を損ねたときに、一人になって、誰からもみられずに仏頂面をする（bouder）ために下がれる部屋」[8]から名付けられ、その語源は「仏頂面をする」に由来すると言われている。しかしながら、「閨房」はその語源を逸脱して、本作品にみられるように婦人が男を呼び込んで、性的行為にふける場所であり、秘められた快楽の空間である。この「性」を暗示する「閨房」と「哲学」が結びつくところに『閨房哲学』の意味がある。では、『閨房哲学』に流れ込んでいる「思想」をどのようにして把握すればいいのだろうか?

『閨房哲学』には過去のさまざまな思想や同時代の啓蒙思想が入り込んで、テクストに表れている。その表れ方は登場人物を通して、また「フランス人よ」のパンフレットを通して見られるが、書かれている思想がすべてサドの考えとみなすことには危険がある。サドの考えに近いドルマンセの思想と「フランス人よ」のパンフレットの思想さえもが、まったく同一のものと言えないし、[9] 登場人物ドルマンセとサン・タンジュ夫人の態度にも隔たりがあるからだ。[10] サドの考えがどこにあるのかを正確に把握することは、虚構作品であるために不可能で、われわれができることは解釈にすぎない。しかしながら、『閨房哲学』にどのような思想が入り込んでいるかを見出すことは、解釈が入り込まざるをえないにしろ、ある程度の類推は可能である。とりわけ固有名詞が明示されている場合は、サドはその作者あるいは作品を読んでおり、[11] それを登場人物の考えとして描き出しているので、明らかに何らかの影響が入り込んでいる。明示されていない場合は解釈に頼るしかないが、同じ考えが述べられている箇所を明らかにすることによって思想の流れ込みを読み取ることができる。『閨房哲学』から読み取れるこうした「間テクスト性」を明らかにすることによって、サドにどのようなテクストが流れ込んでいるのかを見てみよう。

『閨房哲学』のテクストに明示されている人物の中で重要だと思えるのは、ルソー、ヴォルテール、ビュフォンなどであり、また明示されていない人物で重要なのは、ドルバック、デムニエ、ホッブス、エルヴェシウス、モンテスキュー、ケネーなどである。もちろん明示されている人物にはそれ以外にもピタゴラスやアリストテレス、プルタルコス、ルキアノスやサッフォー、セネカやシャロン、ストラボンやヒエロニスム、トマス・モア、クックなど多岐にわたっているが、その引用は思想を汲んでいるというよりは自分の考えを紹介するための引用であって、どちらかといえば間接的な言及にすぎない。一方、明示的でない引用は曖昧で蓋然性がないとは言えないが、ドルバック、モンテスキュー、ホッブスなどは名前こそ挙げていなくとも逆に明示的ですらある。しかもより重要で面白いのは、この名前は挙げられていないが、サドがしっかりと汲みつくしていると考えられる人物たちであり、思想的な影響を強く受けていると考えられる人物たちである。まずは名前が明示されている人物たちから見てみることにしよう。

四―一　名前が明示されている人物たち

四―一―一　ルソー

『閨房哲学』ではさまざまな人物名が挙がっているが、その中でもとりわけサドの思想に影響を与えたと思われる人物を取り上げてみよう。それは先に名前を挙げたルソーであり、ヴォルテールであり、ビュフォンである。まずはルソーから見てみたい。

サドがルソーの名前を挙げている箇所は『閨房哲学』では二か所ある。最初の箇所は、サン・タンジュ夫人が「不倫」について語るくだりで、サドはサン・タンジュ夫人を介してルソーの性のモラルを批判する。ルソーは、『エミール』の中で、性の暴力性を恐れているが、サドが主張するのはこの暴力性に主体を委ねることであってルソーとはまったく相容れない。ルソーの名前が出てくるもう一つの箇所は、自殺を擁護するために、ルソーが引用されている。ここではルソーの威光、ネームヴァリューを、サドは自殺擁護に利用するために彼の名前をもちだしたのだろう。

しかしながら、ルソーの考え、とりわけ道徳的考えについては、ルソーの名前は明示していないが、ルソー批判と読み取れる箇所が『閨房哲学』には多くある。たとえば、サン・タンジュ夫人がウジェニーに不倫を勧める箇所がそうだ。


不倫の影響がどのようなものであれ、たとえ夫のものでない子供を家庭のなかに連れ込まねばならないときでさえも、その子供が妻の子供でさえあれば、当然その子は妻の持参金の一部を自分のものにする権利があるわ。そして夫は、仮に事情を知らされたにせよ、その子供を妻の最初の結婚の際の子供として認知しなければならないのよ。もし夫が何も知らなければ、彼が不幸になることはありえないことだわ。というのも、自分の知らない悪事で不幸になるなんてありえないことですもの。[12]

ここでは、サドはおそらくルソーの『新エロイーズ』の第三部、書簡十八における「隠れて行われる姦通」批判を想定していて、それに対する反論と考えられる。

あるいはまた、ドルマンセが「実際上、社会人に必要なのは本当のところ美徳なのかい、それとも美徳の見せかけなのかい？　見せかけだけで十分だということは、はっきりしているぜ[13]」と主張する箇所は、ルソーが述べた社会状態についての批判と読める。ルソーは、『人間不平等起源論』の中で、「存在と外観はまったく異なる二つのものになり、この区別から、いかめしい豪華さと人を欺く策略と、それにともなうあらゆる悪徳が出てきたのであった」と述べていて、「見せかけ」が悪徳と結びついているのに対し、サドは「見せかけだけで十分だ」とドルマンセに語らせている。

また法律に関しても、サドの考えはルソーとは相容れない。ドルマンセは法律について次のように語る。

法律というのは、たとえそれが社会にとってはよいものであっても、社会を構成している個人にとってははなはだ迷惑なものなんだ。なぜなら、法律は個人のために作られているのではなくて、一般のために作られているからだよ。このために、法律は個人的な利益と永久に矛盾することになる。というのも、個人的な利益は常に一般的な利益と対立するからだ。でも、法律というのは、たとえそれが社会にとってはよいものであっても、社会を構成している個人にとってははなはだ迷惑なものなんだ。なぜなら、法律は個人的な利益を擁護したり、保証するのはごく稀で、個人生活の大部分を妨げたり、束縛したりしているからだ。(14)

ルソーの法についての考え方は『社会契約論』や『山からの手紙』において読み取れるが、それはサドの考えと好対照をなしている。「共通の利益」を主張するルソーと「個人的な利益」を求めるサドとは相容れるはずもなく、ルソーの抽象概念である「一般意志」はサドにとって許しがたいものとなる。それは、「フランス人よ」の次のような言葉にはっきりと読み取れる。

何一つ所有していない人に、あらゆるものを所有している人を尊敬せよと命じる法律は、はたして本当に正当と言えるだろうか？　社会契約の基本原理とはどのようなものだろう？　それは、お互いが護っているものを保証し、維持するために、各自の自由や所有権をわずかずつ譲り合うことにあるのではないだろうか？[15]

ルソーは『社会契約論』のなかの第一編、第六章「社会契約について」で、「各構成員は自分の持つすべての権利とともに自分を共同体全体に完全に譲渡する」と述べていて、ここでもサドの考えと真っ向から対立している。サドは「親と子との関係」や「想像力」についてはルソーのテクストから刺激を受け、それを自分の中に取り込み、肯定的に発展させているが、ルソーの道徳的考えに関しては批判を育み、その批判を先鋭化させ、過激に味付けしていて、ルソーのテクストの否定的読みがサドの道徳思想の形成に大いに貢献していると考えられる。

四―一―二　ヴォルテール

ヴォルテールについてもサドは明示的に名前を挙げている。ヴォルテールについて語られるのは、彼の批判方法を評価して述べるドルマンセの次のようなくだりである。

今日といえどもみんなで寄ってたかって嘲笑を浴びせてやれば、この宗教は没落するにきまっている。巧妙なヴォルテールは嘲笑以外の武器を決して使おうとはしなかった。だからこそ、あらゆる作家のなかで自分こそがもっとも多くの賛同者をもちえた作家であると、彼は誇ることができるのだ。[16]

サドは、「フランス人よ」の中で、ヴォルテールの嘲笑や嘲弄という批判方法を高く評価していて、「偶像に仕える連中には、嘲笑だけが必要だ。ユリアヌスの嘲弄は、ネロのあらゆる刑罰以上にキリスト教に対する妨げとなったのである」[17]と述べ、また別の箇所では「諸君が神を葬るために執るべき手段は、嘲笑することだ。もし諸君がいらだちを露にしたり、傲慢な態度をとったりすれば、神はあらゆる危険をぞろぞろ引きずって、たちどころに復活するだろう。怒りにまかせて彼らの偶像をひっくり返してはいけない。ふざけながら粉々に壊すことだ。そうすれば、世論はおのずと下火になることだろう」[18]と繰り返し述べて、キリスト教批判ではヴォルテールが展開した嘲笑という批判方法がもっとも有効な手段であると考えている。

しかし、そのヴォルテールに対しても、宗教についての考え方は強く批判している。ドゥプランは次の箇所にサドのヴォルテール批判を読み取っているが、批判方法においてヴォルテールを評価しても、ヴォルテールの理神論的な考え方はサドには受け入れることができない。

宗教が人間に役立ちうると考えるのはやめよう。よき法律をもつことだ、そうすればわれわれは宗教なしに済ますことができるだろう。しかし、民衆にとって宗教の一つくらいは必要だ、それは彼らを楽しませ、抑えこむと主張する人があるかもしれない。結構なお説だ。ではその場合には、自由人にふさわしい宗教をわれわれに与えてもらいたい。異教の神々をわれわれに返してもらうのだ。[19]

サドはヴォルテールのテクストをよく読んでいて、出典は明示してはいないが、ヴォルテールから拝借したのではないかと考えられる箇所がいくつもある。たとえば、「魂の問題」は『哲学辞典』の「シナ人の教理問答」から、「小麦粉の神々を鼠が食べるにまかせている」という表現は『ジャン・メリエの遺言書』から影響を受けていると考えられるし、「殺人を勧めるのは自然であって、同胞を破壊する人間は、自然からみれば、ペストや飢饉と何ら異なるところがないのである」という箇所は、『哲学辞典』の「飢饉、ペスト、戦争は現世におけるもっとも悪名高い三要素である」という記述を想起させる。ヴォルテールに関しては、宗教批判の攻撃方法では評価しながらも理神論的な考え方は批判しているが、多大な影響を受けていることは間違いない。

四―一―三　ビュフォン

また、サドはビュフォンの名前も挙げている。まずはその箇所を見てみよう。

ああ、人類が絶滅して、地球上から姿を消したところで、自然にとってどれほどの重要性があるというんだ！　もしそんな不幸が起きたらすべてが終わりになるだろうと信じ込んでいるわれわれの傲慢さを、自然は笑っているじゃないか。いや、人類が滅んだところで自然はそれに気づきさえしないにちがいない。すでにいくつもの種が地球上から滅んだではないか？　ビュフォンは絶滅した種がいくつもあると予測しているが、自然がこのような重大な消滅に黙っているところをみると、そのことに気づいてさえいないのだ。[20]

おお、淫らな娘たちよ、できるかぎり君たちの肉体をわれわれに委ねることだ！　やりたまえ、楽しみたまえ、それが一番大切なことだ。しかし、恋愛からは慎重に身を避けることだ。博物学者のビュフォンが言っていたように、よきものは肉体だけなんだ。彼が立派な哲学者として考えたのは、ただそれだけではなかったがね。[21]

これらはどちらもドルマンセの言葉だが、前者の例は「人口増殖は自然の法則ではない」という主張の理論的根拠としてビュフォンの名前を挙げ、後者は「恋愛から身を避け、肉体的快楽に身を委ねる」ことを勧めるための論理を強化するためにビュフォンを利用している。

それ以外では名前は明示されていないが、「フランス人よ」の中で、「ペストや飢饉を送り込むのは自然の手であって、自然は自分の仕事に絶対に必要であるこの破壊の原料を早急に手に入れるために、あらゆる手段を用いているのだ」という主張は、「当然のことながら、死は生に役立ち、再生は破壊に役立つ。人間や肉食獣の消費がどれほど大きく、また早急なものであろうと、生物の全体量は決して減ることはない。人や動物が破壊を早めるなら、彼らは同時に新たな誕生をも早めているのである」という考えと結びついている。また、「家畜になっている動物が、自由に生きている動物と同じように子供を作るかどうか見てみるといい。駱駝がそのもっとも極端な例だ。つまり、雄の駱駝は自分たちしかいないと思わないと、交尾ができないんだ。試しにその現場を見つけて、駱駝を飼い主の前に連れてくると、雄の駱駝はすぐに雌から逃げだし、離れてしまう」という記述は、ドゥプランが述べているように、ビュフォンからの引用ではないかと考えられる。[22] このように、サドはビュフォンのテクストを読んで影響を受けているが、ビュフォンに対してはルソーやヴォルテールとは異なり、批判的な箇所は見当たらない。サドは自らの論理的根拠を強化するためにビュフォンを参照し、利用している。

名前が明示されている人物たちよりもより重要だと思われるのは、名前は明示されていないが、明らかに影響を受けていると考えられる人物たちである。明示されていない理由は明らかではないが、明示を躊躇う理由があることは確かだ。

四―二　名前が明示されていない人物たち

四―二―一　ドルバック

『閨房哲学』の中で、サドがもっとも参照していると考えられるのは、ドルバックのテクストである。たとえば、神の存在を問題にする次のような箇所は、ドルバックの『良識』を踏まえていると考えられる。

ドルマンセ　――　もしも神が宗教によって描かれているように存在するものであるとするなら、当然存在するもののなかで一番軽蔑すべきものであることも確実だ。というのも、神はその全能の力によって悪を阻止しうるにもかかわらず、この世に悪がはびこるのを許してきたからである。[23]

ドルバック　二千年以上も前、ラクタンティウスによると、良識あるエピクロスは次のように言った。「神は悪を妨げようとするが、できないか、できるが望まないか、できもしないし望みもしないか、あるいは望んでいるし、できもするかのいずれかだ。もし神が悪を妨げる力がないのに望んでいるなら、彼は無力だ。できるのに望まないのなら、彼には悪意があるだろう。できないし望まないのなら、無力で悪意があるだろう。その結果、彼は神ではない。望むしできるのなら、悪はどこから来るのだろうか、なぜ神は悪を妨げないのだろうか？」[24]

サドの思想系譜を考えるとき、ドルバックからどれほど強く直接的な影響を受けているにしても、ドルバックの考えはドルバック個人に帰せられるべきものでなく、今度はドルバックの思想系譜を考えなければならない。思想系譜とはまさに連綿としたこのような思想の流れを言うのであって、本来ある特定の人物が問題になるのではなく、思想そのものが問題にならなければならない。ドルバックはここでは十七世紀のリベルタンたちが傾倒したエピクロスを引用しているが、キリスト教の不信仰はすでに中世に遡ることができ、モーセ、イエス・キリスト、マホメットを詐欺師とみる『三詐欺師論』に繋がるテーマもすでに中世から存在していたことが知られている。したがって、ここで取り上げる思想系譜とは、サドが直接読んでいたあるいは影響を受けたと思われるテクストである。

宗教問題に関して、ドルマンセは「創造者とは何なのか？」という疑問を提示した後、唯物論を展開し始める。その際に下敷きになっている論理が、ドルバックの宗教批判と考えられる。その一部を抜き出してみよう。

ドルマンセ　――　もしも物質が、われわれの知らないさまざまな結合によって、作用し、活動するものであるとするなら、もしも運動が物質にとって固有のものであるとするなら、要するにもしも物質だけが自らのエネルギーによって、あらゆる天体、つまりそれを見ることによってわれわれが驚嘆し、その一定不変の運行によってわれわれの心が尊敬と称賛によって満ち溢れるあのあらゆる天体を、無限の空間のなかに創り、生み出し、保ち、支え、揺り動かすことができるとするならば、こうしたことに無関係の創造者というものを、いったいどうして探す必要があるのだろうか？[25]

ドルバック　神を信じるあなた方は、物質は無限に多様であり、さまざまな結合が生み出す結果も無限であるという考えをもっていない。宇宙とは無限に多様な結合の集合なのである。[26]

ドルバック　自然の本質は、われわれの目の前で行われているように、自らの役割を果たすために、作用し、生み出すことにある。それゆえに自然は目に見えない動作主を必要としない。こうした動作主は自然以上にわけのわからないものである。物質は自らのエネルギーによって、また物質の混交性の必然的帰結によって活動している〔……〕。[27]

ドルマンセ　――君の神を僕にもちだして、君はどうしようというんだい？　君は僕に困難をもう一つ与えるだけじゃないか。僕に理解できないものがあるからといって、なおさら理解できないものをもちだして、どうしてそれを認めろっていうんだい？[28]

ドルバック　自然は神なしでは完全には説明できないとあなたはおっしゃる。つまり、あなたはほとんど理解できないものを説明するために、まったく理解できない原因を必要としているのだ。[29]

また、サドはドルバックの『良識』だけではなく、匿名で出版した『イエス＝キリストの批判的歴史』も読んでいたと思われる。ドルバックの引用は、実はヴォルテールの詩で、『イエス=キリストの批判的歴史』の冒頭に掲げられている。

ドルマンセ ―― 神は自分自身の尊敬すべきこの分身を天上から下界へ遣わしたのだ。人々がおそらく想像するのは、この崇高な神の子は、天上の光に乗って、お供の天使たちの真ん中を、全世界の衆目を集めながら、その姿を現すだろうと……ところがそれは大間違い、この世を救うためにやって来た神がひょっこりと現れたのは、ユダヤの娼婦の腹のなかであり、豚小屋のなかだったんだ！[30]

ドルバック 神の息子、神そのものだが、彼は自分の力を忘れ／忌まわしい人々の仲間になり／彼が生まれるのを望んだのはユダヤ女の腹のなか／母親のもとで這い歩き、母親の目の前で苦しむ／幼年期の弱さを[31]

さらに、『聖書』にみられるイエスが起こしたとされる奇蹟を、ドルマンセがイエスのことを「詐欺師」呼ばわりしながら語る箇所では、その多くがドルバックの『イエス=キリストの批判的歴史』に基づいていると考えられる。また、ドルマンセが語るイエス復活の話も、キリスト教は貧者を救う宗教であるという点についても、批判の論拠はドルバックではないかと推測できる。このように、ドルマンセが語る唯物論、神の存在についての疑問、悪を放逐できない神への批判、『聖書』の記述を通しての神の中傷など、その多くはここにみられるようにドルバックのテクストを介してサドに流れ込んでいることがわかる。

　また、パンフレット「フランス人よ」にみられる宗教批判でも、ドルバックを下敷きにしていると思われる箇所はいくつもある。たとえば、神の存在証明について疑義が提起される箇所がそうだ。それはドルマンセの「創造者とは何なのか?」という疑問をさらに論理的に説明しようとするものだが、まさにドルバックからの借用である。次の例は、サドがドルバックのテクストを借用している証拠である。

　「あらゆる原理は一つの判断であり、あらゆる判断は経験の結果である。しかも経験は、感覚の行使によってのみ得られるものである。その結果、宗教的原理は明らかに何ものとも関係しておらず、生得的なものでも決してない」という箇所は、ドルバックの『良識』第四章の借用であり、「もっとも理解しがたいことが、人間にとって、もっとも重要なことであると、理性ある人々にどうして納得させることができたのだろうか。それは、彼らが大いなる恐怖を与えられたからだ。人は恐怖を抱くと、理性的な考えができなくなるからだ。彼らが自らの理性を疑うように、とりわけ強く勧告されたからだ。頭が混乱しているとき、人はすべてを信じ、何一つ検討しないから」というのは、『良識』第九章からの借用、また「無知と恐怖、これこそがあらゆる宗教の二つの基盤である」という考えは、『良識』第十章からの借用で、サドはほぼ順番も変えずに剽窃している。このことは、宗教についての考えがいかにドルバックに負っているかをよく示している。「フランス人よ」の終わりでサドは殺人肯定の論理を展開するのだが、ここでもその論理の構築にはドルバックの考えが垣間見える。

　われわれが命ある動物の終わりと呼んでいるものは、もはや実際の終わりではなく、物質の真の本質である永久運動を基盤とし、現代のすべての哲学者が自然の第一法則の一つと認めている、単なる変化なので

ある。(32)

「物質の真の本質である永久運動」という考えはサドの一貫した考えで、「もしも運動が物質にとって固有のものであるとするなら」あるいは「不道徳な状態は、人間を必要な反乱に近づける永久の運動状態である」と述べて、前者は神の否定、後者は不道徳状態の擁護、またこの箇所では殺人の擁護という文脈で形を変えて表れている。

このように宗教批判に関しては、ドルバックの影が散見する。しかし、サドはドルバックに多くを負いながらも、その名を明示しなかった。その名は、無神論の危険な名前だからだ。

宗教批判に関しては、ドルバックだけではなく、おそらく『三詐欺師論』や『宗教の検討』もサドは読んでいたと思われる。たとえばドルマンセが「神と自然とは同じものである」と述べる命題は、『三詐欺師論』の「神とは自然でしかない」という考えを下敷きにしていると考えられる。また、ウジェニーが「でもドルマンセ、わたしたちは美徳の分析からはじめて、宗教の検討へと入っていったのでしたわね」と述べる「宗教の検討」は、当時地下文書によって議論になった論争的テーマのひとつである。その一つで十八世紀を通してもっともよく読まれたのが『宗教の検討』であり、サドはおそらくそのテクストを踏まえてドルマンセに語らせていると思われる。

四―二―二　モンテスキュー

モンテスキューは名前こそ出てこないが、サドは多くの思想を汲んでいると考えられる。モンテスキューの

『ペルシア人の手紙』、『法の精神』は十八世紀のベストセラーの一つであり、また後世に残した影響からきわめて重要な作品であるが、サドもこれらの作品を読んでいて、自分の思想形成に生かしている。そのもっとも重要な考えは、『法の精神』「第三部、第十四編、風土の性質との関係における法律について、第一章」である。

精神の性格や心の諸情念がさまざまな風土のもとでは極端に違っているということが本当であるとすれば、法律は、これらの情念の差異とも、これらの性格の差異とも相関的であらざるをえない。(33)

法は神によってあまねく与えられていると考えられていた当時のキリスト教世界にあって、モンテスキューは法の普遍性に疑問を投げかける。サドが法について、「法律は個人的な利益と永久に矛盾する」と述べて、ルソーと好対照を成していることはすでに述べたが、ドルマンセの普遍的法律についての批判は具体的で面白い。

普遍的法律を規定しようとすることは、この場合明らかに不合理なことだ。こうしたやり方は、あらゆる兵士に同じサイズで作られた軍服を着せようとする大将のやり方と同じくらい馬鹿げているだろう。異なった性格をもった人間を、同一の法律に従わせようなどとすることは、恐るべき不正といえるだろう。つまり、一人に当てはまるものが、他の人にも当てはまるとは決していえないのである。(34)

こうした普遍的法についての批判は、キリスト教世界の普遍的な価値観やモラルに対しても疑問を呈することになる。

この悪徳とか美徳とかいう言葉も、場所によってさまざまに観念を変える言葉なんだ。君がどんなに奇妙に思おうとも、この世には本当に罪となる行為など一つもないし、また実際に美徳と呼ばれうる行為もない。すべてはわれわれの習慣とわれわれが住んでいる気候によるのだ。ここでは罪となることが、数百里離れたところでは、しばしば美徳になったりするし、南半球の美徳が、逆にわれわれのところでは罪になることもあるのだ。どんな残虐行為でも賞賛されなかったことはないし、どんな美徳も非難を受けなかったことはないのだ。こうした純粋に地理的な差異から、われわれが人間を尊敬したり、軽蔑したりするというどうでもいいことが起こるわけで、それはいずれも滑稽で軽薄な感情にすぎない[35]。

法律を規定するのは気候や風土によるというモンテスキューの考えが、サドにおいてキリスト教モラルの普遍性の否定に結びついていることが、ドルマンセの言葉を通してよくわかるだろう。ドルマンセはさらにこうした普遍的法の否定をさらに感情にまで広げて、「親に対する感情」も「こうした感情はまったく地域的なものであり、気候風土に左右される習慣の結果であって、自然が非難するばかりか、理性とも常に矛盾するものなのだ」と述べている。唯一絶対の法はなく、また唯一絶対のモラルもなく、あるのは相対的な法やモラルであるという主張はモンテスキューからその多くを負っていることは明白だ。

四―二―三　ホッブス

また、サドはホッブスについても名前を明示せずに言及している。たとえば、ドルマンセがウジェニーに次のように語るくだりはホッブスを想起させる。

ああ、ウジェニー、思ってもごらん、われわれすべての母である自然は、結局われわれのことしかわれわれに語っていないのだ。自然の声ほどエゴイストなものはない。自然の声のなかで、われわれがよりはっきりと耳にするのは、誰であれ他人を犠牲にして、自ら楽しむようにという変わることのない、聖なる忠告なのだ。(36)

サドはホッブスの『市民の哲学原論』を所有していたことがわかっているが、その中には次のような箇所がある。「純粋なる自然状態、人間が何らかの慣習によって互いに結びつく以前では、誰に対しても自分の好きなことを行うことがみんなに許されていて、誰もが自分の気に入るものを所有し、利用し、また享受することができた」(37)。『ソドム百二十日』でも、「自然がわれわれの心の奥底に刻んだ唯一の法則は、誰であれ他人を犠牲にして、自ら楽しむことである」(38)と、登場人物のキュルヴァルはドルマンセと同様の考えを述べている。いずれにしろ、こうした「自らの欲望を至上」とするサドの考えは、ホッブスの影響を強く受けていると考えられる。右で引用した箇所に続くドルマンセの言葉もホッブスが下敷きになっているに違いない。

しかし、他人が復讐するかもしれない……と、誰かが君に言うとしよう。それも結構、一番強いものが正しいのだから。だからこそ、戦争と破壊の原始的な状態が今も続いているのだ。[39]

「一番強いものが正しい」という考えは、ホッブスの同書の「何人かが同じものを同時に追い求めるとしよう。たいていの場合、彼らはそれを共同で所有することはできず、また分け合うこともできない。それゆえに一番強いものが勝つことになるのだ」[40]という考えを想起させるし、「戦争と破壊の原始的な状態が今も続いている」という考えは、「人間の自然状態は、社会が作られる以前には、果てしのない戦争状態であった。しかも、それは単なる戦争ではなく、万人の万人に対する戦争であった」[41]というホッブスの有名な言葉を想起させる。こうした考えは、キリスト教の「友愛の絆」に関連して、「われわれは一人一人ばらばらに生まれてきたのではないのかい？ いや、もっとはっきり言えば、すべての人間はお互いに敵であり、永遠の戦争状態に置かれているのだ」[42]と述べて、キリスト教を批判するドルマンセの言葉にもみられる。

サドはホッブスのこうした思想を吸収しながら、それを自らの思想としてより揺るぎない、強固なものに作り替えていく。それが、「孤立主義（isolisme）」という考えであり、この言葉はサドが生み出した新語である。[43]「孤立主義」とは、サドが独自に考えだした「独我論（solipsisme）」で、自分は孤立しており、閉じられている。他者もまた孤立し、閉じられている。自分と他者の間にはいかなる交渉の可能性もない。自分の快楽は自分にのみ属するものであり、自分の苦しみもまた自分だけのものである。他者の快楽で自分が快楽を得ることはないし、他者の苦しみで苦しむこともない。この世界は自分だけのものである。こうした考えがサドの「孤立主義」である。「孤立主義」という考えは、サドの全体思想を考えるうえできわめて重要である。というのも、サディズムという言葉で語られる根本原理が、「孤立主義」のなかにはあるからだ。性的残虐行為において、他者が問題にならないこと、他者はものでしかないこと、もっとも重要なのは「欲望する者が満足する」ことでしかないこと、これらの考えの背後にあるのは「孤立主義」なのである。そして、このような考えを吹き込むのは自然であり、自然が命じているというわけだ。

ドルマンセが自然に言及しながら次のように述べる箇所でも、ホッブスの影が見える。「残虐性というものは、悪徳とはまったく違い、自然がわれわれの心のなかに刻み込んだ最初の感情だということだ。子供は分別がつく年になるよりずっと以前に、玩具を壊し、乳母の乳首を噛み、小鳥を絞め殺す」[44]。この箇所も明らかにホッブスの「もしあなたが子供たちに彼らが望むものを与えなかったら、彼らは泣き、怒り、乳母を叩く。子供たちにこのような行動をとらせるのは自然なのだ。〔……〕その結果、私ははっきりと言うが、悪人とは頑強な子供と同じなのである」[45]という考えを踏まえている。またドルマンセは、次の引用文にみられるように、「文明化された人間よりも、ずっと自然に近い野蛮人の方に、残虐性は認められる」[46]と述べているが、こうした考えはルソーのホッブス批判を踏まえていて、ホッブスを批判するルソーを強く批判している。

ルソーは『人間不平等起源論』のなかで、ホッブスの「自然状態」を批判し、「悪人とは頑強な子供である」という考えを強く批判しているが、サドはドルマンセを通して、逆にルソーを激しく批判していることがこの箇所からはわかる。ホッブスについて不可解なのは、サドは『新ジュスティーヌ』（*La Nouvelle Justine*, t. II, p. 836）や、『ジュリエット物語』（*Histoire de Juliette*, t. III, p. 1025）ではホッブスの名前を挙げているのに対し、『閨房哲学』では伏せている。それはモンテスキューにも当てはまり[47]、その理由は正確にはわからないが、故意の言い落としではないかと考えられる。

これ以外にも、冒頭で述べたように、サドはケネーやエルヴェシウスなども読んでいた節があるが、曖昧さも残るのでその可能性を指摘するにとどめたい。また、すでに指摘したように、古代ギリシア・ローマの哲学者などの名前を挙げ、その思想を引用したりもしているが、それはあくまで自分の考えの正当性の強化のためであって、サドの思想形成に影響を与えているのは当時の哲学者たちであろう。

五　リベルタン文学の系譜

当時の思想的な影響とともに、『閨房哲学』はリベルタン文学からも大きな影響を受けている。『閨房哲学』の物語内容を要約すると、十五歳の無垢な娘ウジェニーがドルマンセを筆頭とするリベルタン（放蕩者）たちによって、サン・タンジュ夫人の閨房で、わずか三時間ほどの間に完全なリベルタンに教育されるという物語である。実はこうした物語内容は、サドが創り出したものではなく、すでに十七世紀に存在していた。それが、ショリエの『女たちの学園』（Nicolas Chorier, *L'Académie des dames*）や作者不詳の『娘たちの学校』（*L'Ecole des filles*）である。無垢な娘に性教育をほどこすという物語内容は、これらの作品から着想を得たものと思われる。

ジルベール・レリーは『閨房哲学』の構成は、『女たちの学園』から借用したと考え、[48]またサドがこれらの作品から借用したとみなされる箇所がいくつか指摘できる。実際に、サドは『女たちの学園』をラコストで所有しており、『ジュリエット物語』のなかでこの本について触れてもいる。[49]では物語内容の一致や構成の類似がどのような箇所にみられるのか、その一端を見てみることにしよう。

たとえば、サン・タンジュ夫人が「まだあなたに話していないかも知れないけれど、実は今度の滞在中に、ビーナスの最も神秘的な秘密を伝授してあげようと思っていたの」とウジェニーに語るくだりがあるが、この「ビーナスの最も神秘的な秘密」という表現は、サドがショリエの『女たちの学園』を参照しているとして多くの研究者に指摘されている。[50]

また、「リュクルゴスやソロンは、羞恥心をなくすことによって、共和国政府の法律に不可欠な不道徳状態に市民を維持できるとよく心得ていたので、若い女性たちに裸で劇場に現れることを命じたのだ」[51]という「フランス人よ」の一文に、サドは「この場合、立法家たちの意図は、男が裸の娘に対して時として感じる情熱を弱めることで、男が同性に対して感じる情熱を、より活発にすることであったと言われている」[52]と注を付けているが、この注もショリエの同作品から着想を得ていると考えられる。[53]さらにドルマンセが、実地教育と称して、サン・タンジュ夫人の身体のあらゆる部分をひとつひとつ触れながら説明するくだりは、『女たちの学園』の「第三の対話」および『娘たちの学校』の「第一の対話」を下敷きにしていると考えられる。[54]

あるいはまた、「精液」のことを「人生の慰め」（le baume de vie）と詩的に表現するのは『テレーズ』にもみられ、サドはこの作品を間違いなく読んでいた。『テレーズ』は、無垢なテレーズがC夫人やT神父の議論によって女哲学者に成長する物語の設定や、哲学的議論と性行為が交互に繰り返される構成が類似している点など、『閨房哲学』に影響を与えている。しかも『テレーズ』の宗教批判はサドにとって生ぬるいものであり、それを批判的に読むことで『閨房哲学』に取り込んでいったのではないかと考えられる。サドは、『テレーズ』について、『ジュリエット物語』のなかで触れていて、リベルタン文学の中ではこの作品を評価してもいる。

さらに「娼婦という名を名誉としている女たち万歳だわ！　彼女たちは本当に可愛くて、実のところ唯一の哲学者なのよ！」[55]という表現も、娼婦を扱った三つの作品から着想を得ていると考えられる。その三作品とは、『女哲学者テレーズ』、『哲学者クレルヴァル』（*Clairval philosophe*, Durosoi, 1765）、『哲学者ジュリー』（*Julie philosophe*, Nerciat, 1791）である。こうして見ると、『閨房哲学』はリベルタン文学からも多くの素材を吸収していて、それが養分になって、作品に結実していることがよくわかる。とりわけ『テレーズ』からは形式的にも、内容的にも大きな影響を受けているので、両者の類似を見てみることにしよう。

六　『テレーズ』と『閨房哲学』の類似

『閨房哲学』には『テレーズ』のさまざまな影響が流れ込んでおり、物語の設定においても共通点がみられる。たとえばテレーズとウジェニーがともに無垢な娘であって、テレーズがC夫人やT神父の議論から女哲学者へと成長する物語の設定が、ウジェニーがドルマンセやサン・タンジュ夫人にリベルタンになるための教育を受けて成長し、最後には揺るぎないリベルタンになるという物語に類似している。また、『テレーズ』と『閨房哲学』はその記述方法も類似しており、哲学的議論と性描写が交互に現れるパターンがその類似をよく示している。

しかしこうした類似にもかかわらず、二つの作品は半世紀の時間を経て、サドによってより過激に味付けされている。たとえばそれは次のような箇所によく現れている。

神はいかなる情熱にも従わない、と理性が私に教えてくれます。しかし、「創世記」の第六章で、神は人間を創ったことを後悔し、その怒りは効き目がなかったと神に言わせます。キリスト教では神は非常に弱々しく現れるので、神は自分が思うように人間を操ることができません。それで、神は人間を洪水で、それから火で罰しますが、人間は相変わらず同じです。神は預言者を送りますが、それでも人間は変わりません。神にはひとり息子しかいませんでした。その息子を送り、犠牲にしますが、それでも人間は何ひとつ変わりません。キリスト教は神に何と滑稽な役割を与えたのでしょうか！[56]（『テレーズ』）

この汚らわしい宗教上の神は、今日一つの世界を創造したかと思えば、明日にはその出来栄えを後悔するという矛盾し、野蛮な存在でないとしたら、いったい何だろうか？　決して人間を自分の思いどおりの姿にできない弱々しい存在でないとしたら、何だろうか？　人間は、神から出たものであるのに、今では逆に神を支配しているではないか。神を侮辱し、そのために地獄の責め苦を受けることも人間にはできるのだ！　なんと弱々しい神であることか！　われわれが現在目にしているあらゆるものを創ることができたのに、一人の人間さえ自分の思いどおりに創れなかったとは、何としたことだ！[57]（『閨房哲学』）

サドは『テレーズ』を批判的に読むことで、自らの考えを深化させていったのではないか。とりわけ『閨房哲学』にみられるキリスト教批判は、『テレーズ』の批判とは比較にならないほど激烈である。おそらくサドにとっては、『テレーズ』における批判は生ぬるいと映ったに違いない。しかし、サドは『ジュリエット物語』の中で、好色本について触れているが、その中で『テレーズ』だけは評価している。

猥褻な版画と著作の山があるとは思ってもみませんでした。最初に目に付いたのは『カルトゥジオ会修道院の門番の物語』でした。それはリベルタン作品というよりも猥褻な作品で、無邪気で真面目な作品なのですが、噂によると、著者は臨終の床で作者であることを悔悛したそうです……何と愚かなことでしょう。人生の最後の瞬間に生きている間に言おうとしたり書こうとしたことを悔い改めるような人間は臆病者で、後世の人々はそんな記憶に不名誉の烙印を押すはずです。

二冊目は『女たちの学園』でした。構想はいいけれども、仕上げが拙い作品で、臆病な作者は真実に気付いている様子なのに真実を述べようとはせず、うるさいお喋りばかりしているのです。

三冊目は『ロールの教育』で、間違った考察に基づいた、明らかな失敗作でした。作者は妻殺しを匂わしながらはっきりとそれとは言わず、近親相姦の周辺を描くだけで一向にそれを告白しないのです。好色な場面がもっと欲しいし……序文の中では残酷な趣味を暗示しているのに、その光景を描いていないのです。そうした欠点がなかったら、想像力に富んだ魅力的な作品になっていたことでしょう。でも私は臆病者が大嫌いです。私たちに考えを示すだけでその半分も実行しないのなら、何も書かない方がずっと好きです。

四冊目はダルジャンス侯爵の筆になる魅力的な作品『女哲学者テレーズ』でした。これは目的を明らかにしていないながらその一部分しか実現させていませんが、淫楽と不敬虔を巧みに結び付けている唯一独自な作品で、たちまち人々の間で読まれ、作者が当初考えていたように、最終的には不道徳な本になるでしょう。(58)

「淫楽と不敬虔を巧みに結び付けている唯一独自な作品」として、サドがいかに評価していたかをこの箇所はよく物語っている。「不敬虔（impiété）」という語を使いながら作品を評価していることから、『テレーズ』の中でもっとも激しく展開される宗教批判にサドが惹かれたと思われる。また、サドは曖昧な記述を批判もしている。性行為の描写も直接的で、ヴェールを被った記述は彼の好みではない。ロトリーも『閨房哲学』と『テレーズ』の用語の違いに注目している。たとえば、「クリトリス」は『閨房哲学』では「クリトリス」という語を使い、そこには何のコノテーションもみられないが、『テレーズ』では「突起」あるいは「幸せな発見」と言う表現が用いられ、サドの「革命のメッセージ」に対して、『テレーズ』は「穏やかな解放のメッセージ」であると述べている。[59] しかし、こうした表現の穏やかさにもかかわらず、『テレーズ』における性行為を覗き見る曖昧さのない観察眼とそこから導き出される過激な思想がサドを惹きつけたのだろう。

以上のことからリベルタン文学としての『閨房哲学』を考えてみると、この作品はリベルタンという語の歴史的変遷過程を体現していることがわかる。リベルタンという反宗教思想と性的快楽を求める両方がこの作品には描き込まれているからだ。『閨房哲学』はその意味ではリベルタン文学の典型であり、集大成と言えるであろう。これ以降「哲学と性」が一体となった作品は見当たらず、「哲学」と「性」は分離してしまう。「性」を描いた作品は、今後ポルノグラフィとしてもっぱら「性欲を掻き立てる」ことを目的にするであろう。

さて、「性欲を掻き立てる」という点ではリベルタン文学に挿入された「リベルタン版画」の役割も重要である。では、「リベルタン版画」とはどのようなものだろうか？

●注●

（1）初版には一七九三年の日付のものもあるが、初版の出版経緯は複雑である。詳細は原好男「解説」『アリーヌとヴァルクールあるいは哲学小説（下）』水声社、一九九九を参照のこと。

（2）この続編についての詳細は、ドゥプランの注を参照のこと（Sade, *La Philosophie dans le boudoir*, *Œuvres Sade*, Bibliothèque de la Pléiade, t. III, 1998, pp. 1274-1275）。またレチフの記述については下記を参照のこと（Rétif de la Bretonne, *Monsieur Nicolas*, Bibliothèque de la Pléiade, t. II, pp. 1032-1035）。

（3）テクストは以下を用いた。Sade, *La Philosophie dans le boudoir*, *Œuvres Sade*, Bibliothèque de la Pléiade, t. III, Gallimard, 1998（邦訳、拙訳『閨房哲学』人文書院、二〇一四）。

（4）「ユダヤの卑しいペテン師の宗教は、生まれ変わったばかりの誇り高く好戦的な国民にふさわしいものだろうか。否、わが同国人よ、断じて諸君はこのような宗教を信じてはならない。〔……〕忘れてはならないのは、この子供染みた宗教が、われわれの暴君どもが手にしたもっとも有効な武器の一つであったことである。〔……〕今でこそ宣誓を行い、貧しい聖職者たちも、十年とたたないうちに、キリスト教やその迷信と偏見の助けを借りて、彼らが占領していた帝国を人々の魂の上に再び取り戻すであろう。また彼らは、諸君を国王たちに再び隷属させるだろう。というのも、国王たちの権力は常に宗教の権力を支えてきたからである。そうなれば、諸君の共和国という大建造物は、基礎を失って崩壊してしまうことだろう。おお、大鎌を手にする諸君、迷信の木に最後の一撃を加えよ。枝葉を切り取ることで満足してはいけない。強い伝染力をもつ植物は、根元から完全に引き抜いてしまわねばならない」（p. 114（邦訳、一六〇頁））。

（5）「今では無神論が、考えるということを知っているすべての人々の唯一の学説である。人々が啓蒙されるにつれて、運動は物質にとって固有のものであるから、この運動を伝えるのに必要な動因は現実的根拠のない存在となり、また、存在するものはすべて本来的に運動するものでなければならないので、運動を与える支配者は必要なくなったと人々は感じたのだ」（pp. 117-118（邦訳、一六五頁））。

（6）「ナザレの下劣なペテン師は、何らかの偉大な思想を諸君に生み出すだろうか？　彼の卑劣で胸のむかつく母親である、慎みのないマリアは、何らかの美徳を諸君の心に吹き込むだろうか？　そして諸君は、死後の楽園にわんさといる聖人たちの中に、偉大さ、勇壮さ、それとも美徳の何らかの模範を見出すだろうか？　この愚かな宗教は、偉大な思想に何ら寄与しないために、いかなる芸術家も、彼が建てる記念碑のなかにこの宗教の象徴を使うことができないのである。〔……〕今日われわれは、ペテン師どもが説いた空虚な神や、馬鹿げた帰依から生ずるあらゆる宗教的空理空論を、ともに軽蔑することにしよう。もはやこのような慰み物によって、自由な人間を騙すことはできないのである。したがって、信仰の完全なる撤廃は、われわれが全ヨーロッパに広めている諸原理の中に入れなければならない。われわれは王権を打ち破ったことで満足してはいけない。永遠に偶像を破壊しつづけることだ。迷信と王党派との間には、ほんの一歩しかなかったのだ」（p. 117（邦訳、一六四―一六五頁））。

（7）こうした神、同胞、自分自身への義務という三分割は古典的な分割である。たとえばマルブランシュの『道徳論』（*Traité de morale*, IIe partie, chap. 1: *Œuvres Malebranche*, Bibliothèque de la Pléiade, t. II, p. 546）や『トレヴー辞典』の項目「義務（devoir）」にもみられる。

（8）*Dictionnaire de Trévoux*, 1771.

（9）美徳を愛することは自らの幸福であると同時に他者をも幸福にするというパンフレットの主張は、自らの快楽のためには他者を犠牲にすることも厭わないというドルマンセの主張と相容れない。また、パンフレットが読み上げられた後、ウジェニーがドルマンセに向かって、「取り上げられている内容の多くがあなたのおっしゃることと同じなので、わたしあなたが作者じゃないかと思ったほどよ」と述べるのに対し、ドルマンセは「確かに、この本に書かれている思想の一部は僕の考えとよく似ているね」と述べて、全体ではなく一部が似ていると答えている。

（10）殴られて気を失ったミスティヴァル夫人をサン・タンジュ夫人は助けようとするが、ドルマンセはそれを遮っている。

（11）実際には作品を読んでいないにしても、その作品について書かれたものを読んでいる。

（12）Sade, *op. cit.*, p. 41（邦訳、六一頁）。

（13）*Ibid.*, p. 61（邦訳、九〇頁）。

（14）*Ibid.*, p. 102（邦訳、一四七頁）。

（15）*Ibid.*, pp. 127-128（邦訳、一八三頁）。

（16）*Ibid.*, p. 31（邦訳、四五頁）。

（17）*Ibid.*, p. 120（邦訳、一七三頁）。
（18）*Ibid.*, p. 123（邦訳、一七七頁）。
（19）*Ibid.*, p. 115（邦訳、一六六頁）。
（20）*Ibid.*, p. 92（邦訳、一三二頁）。強調は関谷。
（21）*Ibid.*, pp. 100-101（邦訳、一四四頁）。プレイヤッド版ではイタリックになっていないが、フランス国立図書館所蔵の Enfer（発禁本）536ではイタリックになっていて、強調されている。
（22）ビュフォンは、駱駝は「盛りがついたとき、動物や人間、普段は従順な主人に対してさえも攻撃したり、かみついたりする」（*Histoire naturelle*, «Le Chameau et le Dromadaire», t. XI, A Paris de l'Imprimerie royale, 1754, pp. 235-236）と述べ、また別の箇所では象について、「象の交尾は目にすることはない。象はとりわけ仲間に見られることを恐れている」（*Histoire naturelle*, «L'Eléphant»; *Œuvres Buffon*, Bibliothèque de la Pléiade, 2007, p. 905）と述べていて、ドゥプランはサドがこれら二つの場合を混同しているのではないかと考えている。
（23）Sade, *op. cit.*, p. 27（邦訳、三九頁）。
（24）D'Holbach, *Le Bon Sens*, Chap. LVII; *Œuvres philosophiques*, t. III, Éditions Alive, 2001, p. 244.
（25）Sade, *op. cit.*, p. 27（邦訳、四〇―四一頁）。
（26）D'Holbach, *op. cit.*, chap. XXXVIII, p. 234.
（27）*Ibid.*, chap. XXXIX, p. 234.
（28）Sade, *op. cit.*, p. 28（邦訳、四一頁）。
（29）D'Holbach, *op.cit.*, chap. XXXVIII, p. 233.
（30）Sade, *op. cit.*, p. 29（邦訳、四二頁）。
（31）D'Holbach, *Histoire critique de Jésus-Christ ou Analyse raisonnée des Évangiles*, chap. VI; *Œuvres philosophiques*, t. II, Éditions Alive, 1999, p. 648.
（32）Sade, *op. cit.*, pp. 144-145（邦訳、二〇七頁）。
（33）Montesquieu, *De l'esprit des lois*, Bibliothèque de la Pléiade, t. II, p. 474（邦訳、モンテスキュー『法の精神（中）』岩波

文庫、一九八九、二七頁）。

（34）Sade, *op. cit.*, p. 124（邦訳、一七八頁）。

（35）*Ibid.*, p. 34（邦訳、五〇頁）強調はサド。

（36）*Ibid.*, p. 68（邦訳、九九頁）。

（37）Hobbes, *De Cive*, Oxford University Press, 1983, pp. 47-48（邦訳、ホッブス著、伊藤宏之／渡部秀和訳『哲学原論／自然法および国家法の原理』柏書房、二〇一二、七六三―七六四頁）。

（38）Sade, *Les Cent Vingt Journées de Sodome*, t. I, p. 283.

（39）Sade, *La Philosophie dans le boudoir*, p. 68（邦訳、九九頁）。

（40）Hobbes, *op. cit.*, p. 46（邦訳、七六二頁）。

（41）*Ibid.*, p. 49（邦訳、七六五頁）。

（42）Sade, *op. cit.*, p. 99（邦訳、一四一―一四二頁）。

（43）「孤立主義」という語が出てくるのは、『アリーヌとヴァルクール』（*Aline et Valcour*, t. I, p. 577）、『美徳の不運』（*Les infortunes de la vertu*, t. II, p. 7）、『新ジュスティーヌ』（*La Nouvelle Justine*, t. II, p. 401）の三か所である。

（44）Sade, *op. cit.*, p. 68（邦訳、九九頁）。

（45）Hobbes, *op. cit.*, p. 33（邦訳、七四五頁）。

（46）Sade, *op. cit.*, p. 68（邦訳、一〇〇頁）。

（47）『ジュリエット物語』では、ホッブスと同様にモンテスキューの名前を「哲学者」として挙げている（*Histoire de Juliette*, p. 1025）。

（48）Gilbert Lely, *Sade*, Gallimard, 1967, p. 254（邦訳、レリー著、澁澤龍彦訳『サド侯爵』ちくま学芸文庫、一九九八、二六八頁）。

（49）Sade, *Histoire de Juliette*, p. 590.

（50）Yvon Belaval, *La Philosophie dans le boudoir*, Éditions Gallimard, 1976, pp. 298-299; Jean Deprun, *La Philosophie dans le boudoir*, *op. cit.*, p. 12 et n. 4 etc.

(51) Sade, *op. cit.*, p. 130（邦訳、一八六頁）。
(52) *Ibid.*,（邦訳、一八七頁）。
(53) 拙訳二八四頁の注八六を参照のこと。
(54) ドゥプランの注を参照のこと（p. 1290）。
(55) Sade, *op. cit.*, p. 26（邦訳、三七頁）。
(56) Lotterie, *Thérèse philosophe*, p. 135（邦訳、『テレーズ』九一頁）。
(57) Sade, *op. cit.*, pp. 28-29（邦訳、四一頁）。
(58) Sade, *Histoire de Juliette*, pp. 590-591.
(59) Lotterie, *op. cit.*, p. 64.

第8章

リベルタン版画

リベルタン版画はリベルタン文学の挿絵として使われていたが、フランス革命への影響を考えるうえで重要である。その理由は文字が読めない者まで、リベルタン版画なら理解可能だからだ。では、読者はリベルタン版画に何を求め、何を理解したのだろうか？　まず読者は、リベルタン版画に性的欲望を掻き立てられたことだろう。版画は視覚に訴え、テクストよりも実際的な効果がある。さらに、『テレーズ』の挿絵なら、聖職者に対する批判を生み出したかもしれない。こうした批判を生み出す効果も版画は担っていたに違いない。とりわけ『テレーズ』はさまざまな版に異なった版画が描かれていて、その質も多様である。これまであまり研究対象とならなかったリベルタン版画を見てみることによって、版画の役割を考えてみたい。また、日本でも江戸時代には多くの絵師が春画を描いたが、リベルタン版画を春画と比較して考えてみたい。

一　性愛を描いた版画の歴史

フランスにおいて、性愛をテーマにした絵画や版画が描かれたのは、決して十八世紀が始まりではない。その起源はルネッサンスに遡ることができるし、さらには古代ギリシアやローマにまで遡ることができる。しかし、やはり決定的な影響を与えたのは、ピエトロ・アレティーノ（一四九二―一五五六）の『淫らなるソネット集』である。この詩集は、アレティーノが、画家ジュリオ・ロマーノ（一四九八?―一五四六）の描いた性交体位図に寄せた十六篇のソネットである。ロマーノは、法皇クレメント七世に依頼されてヴァティカンのコンスタンティーノ広間に壁画を描いていたが、金をなかなか払ってもらえない腹いせに十六の性交体位を描き、法皇の怒りを買うことになる。しかし、当時すでに印刷技術が発達していて、この絵を銅版画で出版しようという計画がもち上がり、一五二四年にローマで出版されたが、すぐに発禁となった。これによりさらに話題となり、一五二七年にローマで復刻されたときに、アレティーノがその姿態を十六篇のソネットにしたものが出版されることになる。ロマーノの作品は、彼の死後も模倣され、粗悪品を含めて出版され続けてきた。一方、アレティーノの詩集も、ひそかに出版されて読み続けられ、アレティーノと言えば、「性交体位」の代名詞になるほどであった。[1]

十八世紀に入ると、こうしたいわゆる「猥褻本」は飛躍的に増えていく。その理由は、単に出版技術の向上や出版部数の増加だけでは説明がつかない。むしろ「猥褻本」に対する時代精神の変化があったと考えるべきだろう。グルモは「エロティック小説」が当時果たした役割について、「精神的世界の否定であるエロティック小説は、読者の欲望する肉体だけに帰されようとも、自己に耳を傾け快楽の自給自足の方へと向かおうとも、物質的世界が実在することの強い肯定である」[2]と述べているが、エロティック小説が精神的世界を否定して、物質的世界（肉体的世界）の実在性を肯定する役割を果たしたという指摘は、「エロティックな版画」に関してはさらに強調できるであろう。というのも、版画は視覚に訴えるだけにより直接的であり、より多くの人に強い影響を与えることが可能であるからだ。

こうしたリベルタン文学や版画を好む時代精神の変化は、啓蒙思想の広まりと無関係ではないだろう。リベルタン文学や版画も、啓蒙思想も、どちらもともにあの世（精神的世界）からこの世（物質的世界）へと視点を移動させることに貢献したと考えられる。版画も哲学も、自らの欲望に目を向けるきっかけを作り、これまで問題とはならなかった当時の慣習を疑問に付すことになるからだ。ラゾヴスキーも『十八世紀のリベルタン小説家たち』の「序文」において、「欲望は唯物論の宣言書の力をもつ」[3]と述べて、十八世紀の時代精神に欲望が果たした役割を強調しているが、唯物論と性的欲望には緊密な関係があるだろう。なぜならば、十八世紀の哲学者たちはあの世からこの世へと視点を移したけれど、それは欲望の肯定と決して無縁ではないと考えられるからである。こうした結びつきはいかにも唐突のように感じられるが、ディドロの記述には彼の唯物論思想が「性」を語りながら述べられていて、両者は密接に結びついているし、サドの記述も「性行為」と彼の思想が交互にしかも密接に結びつきながら展開されており、こうしたことを当時の時代精神の表象と考えるならば、決して無謀な推論ではない。フランス十八世紀を考えるとき、ディドロやサドのテクストが「性」と「思考」と「表現」の結びつきをよく表していることを、単なる作者の個人的な特徴として片付けるわけにはいかないように思う。[4]

一方、日本の春画の歴史も古く、もっとも古いものは平安時代末期から鎌倉時代にかけて描かれたといわれる「小柴垣草子絵詞（こしばがきそうしえことば）」、「稚児草子絵詞」、「袋法師絵詞」の三点の絵巻物である。その後、十六世紀末から十七世紀半ばにかけて作られた、春画絵巻の遺品が多く残っている。この時期の特徴は、物語絵巻の構成をとっていないこと、また当初は公家、武家、僧侶という身分の人々の交合図が多く描かれたが、江戸時代に入ると町人の交合図が増えたことである。[5] こうした絵巻物はやがて浮世絵春画に取って代わられることになる。そして肉筆画から木版画へと生産の主流が変わることによって量産が可能になり、値段も安く、鑑賞者が拡大していく。春画の刊行形態は、肉筆の絵巻、折帖（おりじょう）、版本の三つに大別されるが、その中でも十八世紀中頃から十九世紀初頭にかけて、鈴木春信や喜多川歌麿に代表される十二枚組物の折帖の錦絵の時代が全盛期を作り出すことになる。[6]

では、日本の場合、そこには時代の心性の変化といったものはみられないのだろうか。少なくともあの世からこの世への視点の移行といったものはみられない。江戸時代においては、十八世紀フランスと違って、秩序が安定して、生活習慣がよりコード化され、快楽の追求は内向きになりがちであったとは言えるだろう。しかし、それが春画の隆盛を導いた原因とは思えない。また、浮世絵師のほとんどが春画の製作に加わったというのはなぜなのか。その理由はよくわからないが、絵師たちを惹きつける魅力が春画製作にあったことだけは言える。そしてそれがよく売れたことだけは間違いない。

日本の場合、春画はさまざまな呼称をもつとはいえ、ひとつのジャンルとして発展してきた。しかしながら、フランスでは春画というジャンルがあるわけではないので呼称の問題をまず検討しなければならない。境界線を決めておかなければ今後の分析に混乱を引き起こしかねないからである。

二　用語の問題

十八世紀フランスでは性愛図といっても、日本の春画のようなひとつのジャンルとして発展してきたわけではない。性愛図は絵画や銅版画によって描かれ、その主題によって「ギャラン（galant）」（恋愛の、艶っぽい）あるいは「リーブル（libre）」（遠慮のない、みだらな）と形容詞が付け加えられた。フランスのエロティックな版画は、«iconographie»、«gravure»、«illustration»、«estampe»、«image»、«imagerie» などさまざまな呼称で呼ばれているが、それに付加される形容詞 «galant (e)» と «libre» の対立は重要である。というのも、この「galant（恋愛の、艶っぽい）」と「libre（遠慮のない、みだらな）」という形容詞では意味するところが大きく異なるからだ。たとえば、«gravure galante» で表されるのは、エロティックであるとともに優雅で繊細な版画であるのに対して、«gravure libre» は性をあけすけに、露骨に表した版画である。[7] こうした形容詞の問題は、版画のみならず、物語作品においても混乱を引き起こしかねない曖昧性を含んでいるのでもう少し詳細に見てみることにしよう。

«galant (e)»、«libre»、«libertin (e)»、«pornographique»、«érotique»、これらは「小説（roman）」にも、「版画（illustration）」にも付加形容詞としてつく。それは «galant (e)» と «libertin (e)» の分節にもあてはまる。«libre» と «libertin (e)» は、同じ意味で用いられるからである。

それに対して、«libertin (e)»と«érotique»に関しては、グルモは「小説（roman）」を例にとりながら、リベルタン小説には愛の行為に抵抗する場面があるのに対して、エロティック小説ではそれがないことを指摘している。[8]しかし、彼が使う«érotique»という用語は曖昧である。また、リベルタン小説に関しては、「欲望の効果を生み出すものではなく、魅惑の戦略を示すことにある。〔……〕リベルタン小説は知的な小説であり、言葉によって作られるもので、絵画のように描かれるものではない」[9]と述べて小説と絵画に一線を画し、«roman pornographique»（ポルノグラフィ小説）の定義については、「ポルノグラフィックな小説は生理的な目的をもっている。つまり、読者に享楽の欲望を起こさせ、読者を緊張と欠如の状態におき、その状態から文学外の働きによって、読者を解放しなければならない」[10]と述べているが、グルモの分節では«libertin (e)»と«galant (e)»の違いが見えてこない。そもそもポルノグラフィという語が用いられたのは、レチフの『ポルノグラフィ』（一七六九）からであるが、この作品では元の意味である「娼婦についての記述」を意味していた。リン・ハントは、一七九〇年代の終わりまで、あからさまな性描写は、たいていの場合社会的、政治的で、転覆的な特徴を備えていたのだが、一七九〇年代から一八三〇年代へ至るどこかの時点で転換点が訪れ、ポルノグラフィは政治的含意を失い、そのかわりに商業的で露骨なビジネスになったと指摘している。[11]またデュボストは、隠蔽や抑制をもつ«galant (e)»とは違ったものとして«érotique»や«pornographique»を対置させているが、彼の中では«galant (e)»な版画は«libertin (e)»な版画と対立はしていない。[12]それに対して、ラゾヴスキーはクレビヨン・フィスの『ソファ』とジェルヴェーズ・ド・ラトゥシュの『ドン・B＊＊＊の物語』の隣接性を指摘しながら、«pornographique»なテクストと«galant (e)»なテクストの同一性を主張する。これらの作品はリベルタン文学に属するものであって、あけすけな言語や比喩的な言語であることを理由に明白な線引きをすることは誤りであると述べている。[13]

こうした用語がもつ混乱がこの領域の研究をより難しくしている。したがって、ここでは最初に概念規定をより明確にすることから始めてみたい。まず《galant(e)》と《libertin(e)》については、フラゴナールの『閂』（図2、一七〇頁）は《galant(e)》な絵画であり、『ドン・B＊＊＊の物語』の挿絵は《libre》あるいは《libertin(e)》と考えることにしよう。[14]

『ドン・B＊＊＊の物語』（図1、五二頁参照）では性行為がなんの躊躇もなく描かれているのに対して、『閂』では行為は暗示的である。つまり、《galant(e)》においても、《libre》あるいは《libertin(e)》においても、目的とするところは同じであっても、《galant(e)》において性行為はあくまでも隠蔽されていて、絵の表層には現れない。したがって、《galant(e)》な絵に関しては解釈が求められ、それは知的な遊びの要素をもっている。しかし、その解釈は現在の鑑賞者からすると自由に解釈が可能であるように思いがちであるが、当時としては社会的コードがあり、鑑賞者はそのコードにしたがって読み解いていた。それは自由な解釈というよりは、方向性が決められた絵解きと言える。しかしながら現在のわれわれからみると、そのコードを読み解くことは難しくなっている。一方、《libre》あるいは《libertin(e)》な版画は読み解くまでもない。そこにはいくつかのパターンが認められるが、基本的には鑑賞者の感覚に訴えて、欲望を喚起することが目的である。物語の筋に一致していようがいまいが、細部へのこだわりがみられようがみられまいが、鑑賞者が求めるのは版画が引き起こす性的欲望であるだろう。とりわけ版画は鑑賞者の視覚に作用するが、このことは後で取り上げることにする。

それに対して「春画」と呼ばれる日本の交合図（性愛図）は、これまで多くの呼称をもってきた。その呼称

図2　ジャン=オノレ・フラゴナール『閂』

を列挙してみると、偃息図（おそくず）、勝絵（かちゑ）、春画、秘画、枕絵、濡絵（ぬれゑ）、笑絵（わらひゑ）など時代とともに変化しているが、とりわけ「笑絵」という呼称は江戸の浮世絵春画に対する一般的な呼称であっただけに注目に値する。「性愛」と「笑い」の結びつきを示しているからだ。また、春画にはフランス語でみた《galant》と《libre》の対立はなく、両者を包含している。たとえば十二枚の組物の場合は最初から交合図で始まることはまずなく、着物を着た人物が描かれて、物語の序になっている。物語といっても組物に必ずストーリーがあるわけではなく、むしろ独立した個別の春画の集まりと考えた方がよい。

ではこうしたフランスのエロティックな版画と日本の春画がもつ共通点とはどのようなところにあるのだろうか。それは普段見られないものを鑑賞者は覗き見るという点にあるのではないか。とりわけ春画では、見られないものを詳細に誇張しながら描いている。日常的に見られないからこそ、見せようとする絵師の意志が読み取れる。見せようとする意志、それはフランスの版画にも共通しているが、その見せ方は異なっている。この見せるという視覚への働きかけは、版画の場合とくに重要である。

三　視覚の重要性

エロティックなフランスの版画も、日本の春画も、作者の見せる意志と鑑賞者の見たい欲望の関係の中にあることは共通している。こうした欲望の関係のなかで重要な役割を果たしているのが視覚である。もちろん人によっては、嗅覚や触覚や聴覚により強い性的刺激を感じるかもしれない。しかし性的欲望を生み出す媒体として氾濫しているポルノ写真や映画、あるいはストリップティーズなどをみても、視覚の重要性はわれわれの感覚器官のなかでも抜きんでている。それはおそらく十八世紀のフランスにおいても同じであっただろう。ミッシェル・ドゥロンも視覚の優越について、「視覚が感覚の中心である。というのも、視覚は思考において隠喩の役割を果たし、十八世紀において陽のあたる場所に出て、それが形と色、そしてとりわけ光と陰の漸減効果を享受するとき、感覚のなかでも最も重要な感覚となるからだ[15]」と述べて、フランス啓蒙の世紀における視覚の重要性を強調している。

しかしよく考えてみると視覚が果たしている機能は、覗き趣味の機能と同じである。エロティックな版画を見ること、あるいは現在ではポルノ写真を見ること、これはふだん覗けない世界を覗くことである。あるいは禁止されているものを覗くことである。われわれの性的欲望を掻き立てるエロティシズムという現象を、バタイユは「禁止と違犯」という概念で説明しようとしたが、覗くという行為が禁止を前提として成り立っており、こうした行為が欲望を掻き立てることはバタイユの理論をよく説明していると言えるであろう。「覗き」という行為は、法に違犯すれば猥褻な行為として処罰の対象になる。法に違犯すれば処罰の対象になるのは当然のことだとしても、覗きたいという欲望は人間誰もがもつ精神活動である。図1（五二頁）はまさに覗きをテーマにした挿絵である。これは物語に則した挿絵であり、神父とトワネットの性行為の現場をスュゾンが覗き見、さらに主人公のサテュルナンがスュゾンの陰部を除き見るという覗きの連鎖を描いている。覗きのテーマは、フランスの版画には数多く描かれているが、それはなにもフランスに限ったことではなく、日本の春画のテーマのひとつでもある。問題は覗きをテーマにしたエロティックな版画を見るとき、版画を見る鑑賞者は覗き趣味を実践していることである。単に性行為の現場を見るのではなく、性行為の現場を覗くものを見るということは、立場を換えてみれば、自分も覗かれるかもしれないことを暗示している。したがって覗くものを版画の中に描くということは、鑑賞者を不安の中に押しやり、まさにこの不安が、この落ち着きのない揺らぎこそが、欲望をさらに掻き立てる働きをしているように考えられるのである。

また、春画には欲望を掻き立てるための絵師の戦略が読み取れる。現在からみると当時のコードの解読は難しくなっているけれども、まさに絵師の戦略を解釈することこそ春画の面白みであり、絵師の力量を知ることにもなるだろう。欲望を掻き立てるための戦略として面白いのは、たとえば鏡の利用である。多くの絵師が春画の中に鏡を描いている。いったいなぜ絵師たちは鏡に惹きつけられたのだろうか。そこには、春画が覗き見るものであることと、鏡も覗き見るものであるという視覚の重要性が関係しているのではないか。絵師たちの鏡の利用方法はさまざまである。直接性行為を鏡に描き出して、それを鑑賞者に見せる単純な用い方もあれば、鏡の裏側だけを描き、春画の中の人物たちが鏡を利用して、鑑賞者は映し出されているものを想像することによって間接的に刺激されるという手法もある（図3）。春信や歌麿がこうした手法に長けていた。とりわけ歌麿の『ねがひの糸ぐち』のひとつを見ていただきたい（図4）。鑑賞者の想像力を掻き立て、エロティシズムを生み出す戦略を、歌麿は十分認識していたことが伺える。あるいは極端な場合には、鏡の存在だけが描かれていて、性行為とはなんの関係も見出せない場合もある。それでも描かれた鏡とはいったい何だったのだろうか。ここでもやはり覗き見るということが重要なことではないか。鏡に普段映し出されるのは自分の顔であり、姿である。性行為は日常の中では秘められたものであり、映し出されないものである。鏡は普段の視線とはまったく違う視線で行為を映し出し、見えないものまで見ることを可能にする。ここには非日常の世界がある。こうした非日常の世界こそ、性欲を掻き立てるためには必要な要素で、エロティシズムには欠かせない

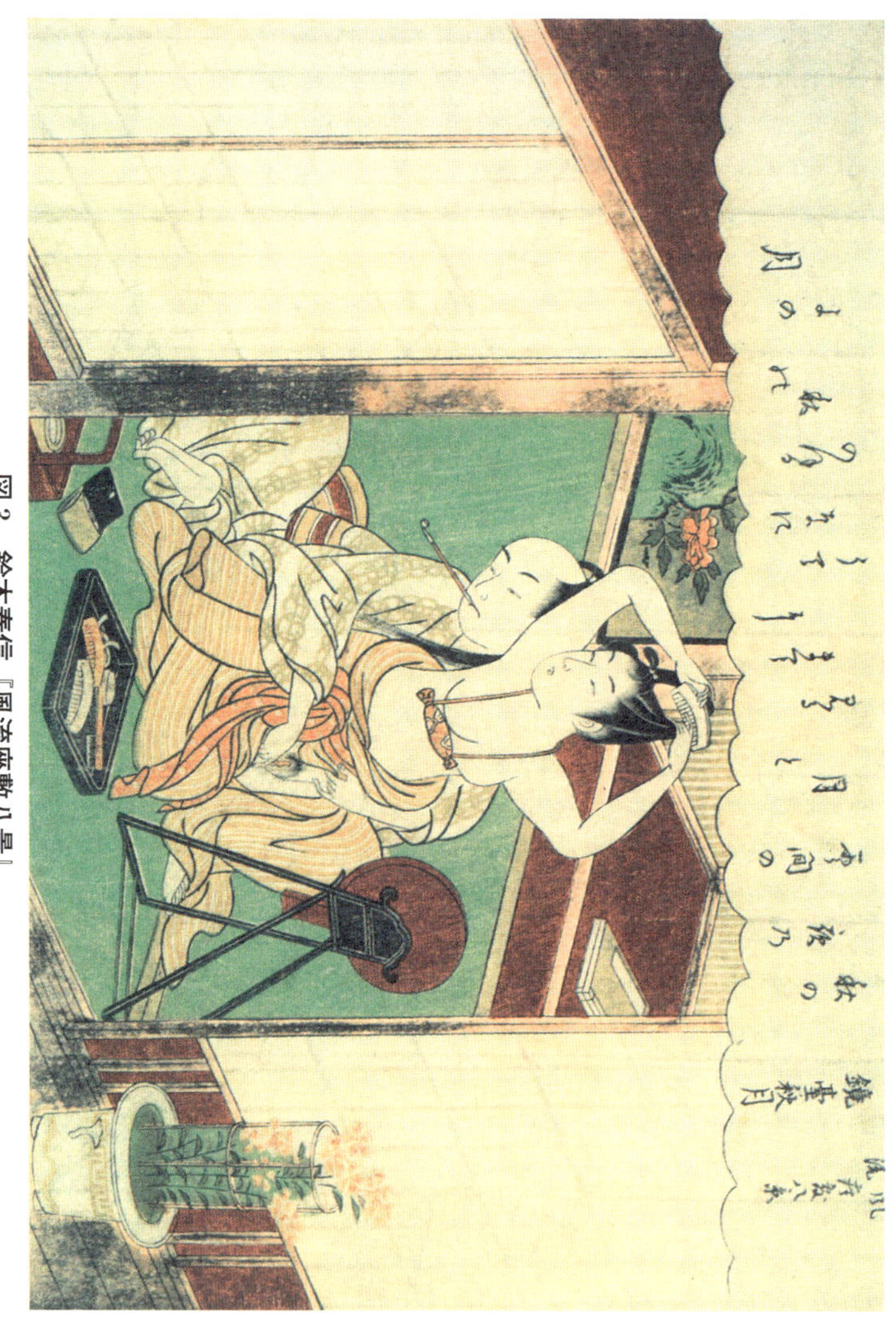

図3　鈴木春信『風流座敷八景』

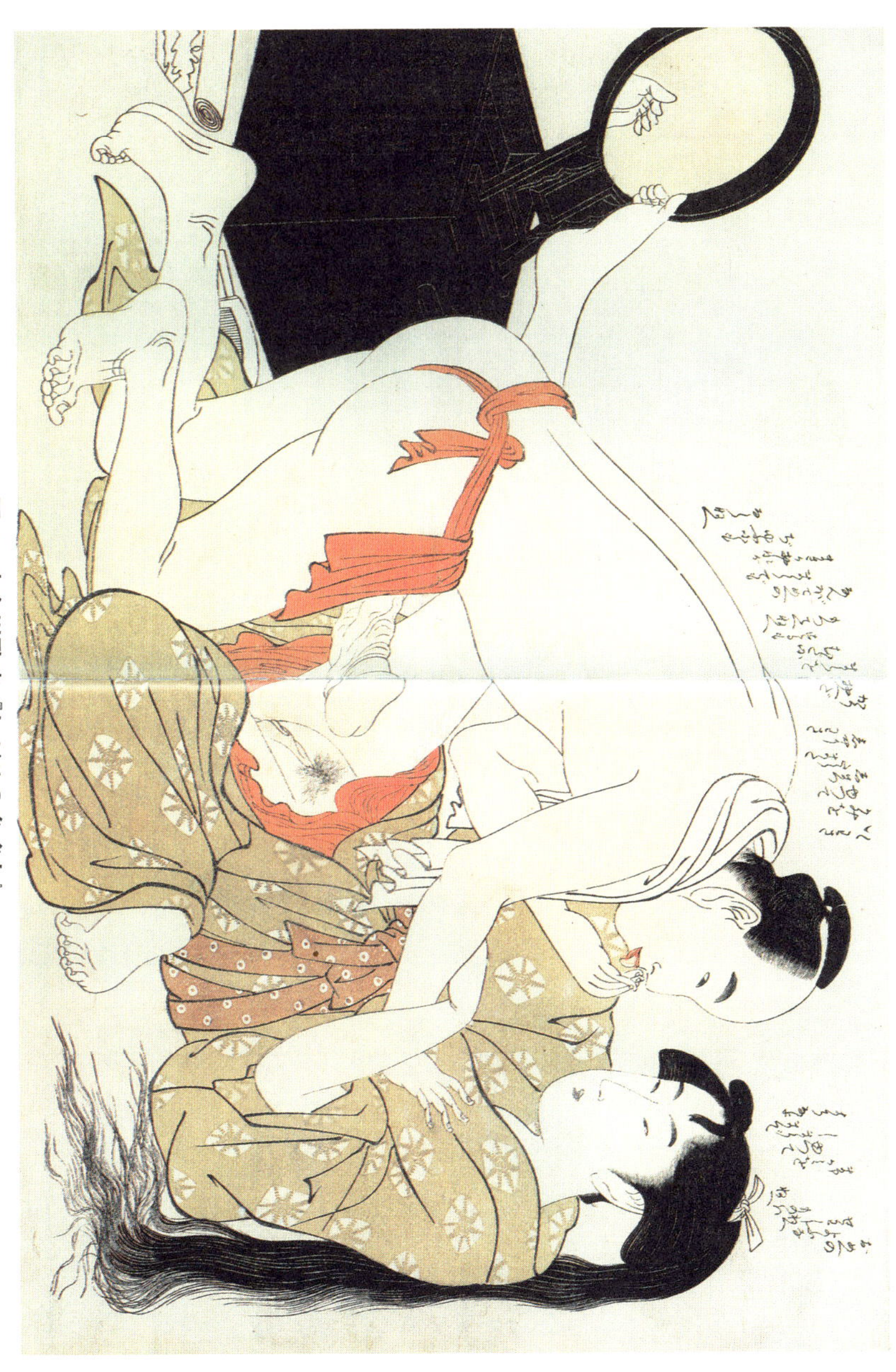

図4　喜多川歌麿『ねがひの糸ぐち』

ものだ。絵師たちの見せようとする意志、そして鑑賞者の見たい欲望の戯れを鏡はよく物語っている。(16)

またわれわれは、十八世紀の性意識のみならずエロティシズムも現在と同じように考えてはならない。むしろエロティシズムが人間の内的世界での活動であり、文化に依存するとすれば、現在とは大きく異なっていたと考えるべきであろう。たとえば春画においては、乳房への関心があまりなかったことを現在のエロティシズムとの大きな違いとして指摘することもできる。春画絵師たちは性器を見せることによって、鑑賞者にエロティシズムを生み出せると素朴にも信じていたのかもしれない。あるいは鑑賞者も今とは違ったエロティシズムをもっていたのかもしれない。それは性器への執着であり、性器のみを欲望の対象としたのかもしれない。それとは反対に、春画には性行為とは直接関係のないものが、季節感をともなって丁寧に描かれてもいる。着物も季節を示す記号だ。また、現在のポルノではタブーである子供までもが描かれている。こうした差異が示しているのは、われわれとは非常に違ったエロティシズムを江戸時代の人々がもっていたということである。われわれは歌麿のエロティシズムに感服するけれども、当時の鑑賞者たちはわれわれと同じまなざしで歌麿を見ていたのかまずは疑ってかかる必要があるだろう。十八世紀のエロティシズムを考えることは、今後の春画研究には不可欠のテーマである。

では、日本の春画とフランスのエロティックな版画とではいったいどの点が違うのだろうか。それぞれの独自性とはどのようなものなのだろうか。

四　『テレーズ』の挿絵の特徴

十八世紀フランスではリベルタン文学が密かに流通し、時代が下るとともにその量も増え、リベルタン版画はこうしたリベルタン文学の挿絵としてその伝播と結びつきながら読者を獲得し、フランス社会に浸透していったと考えられる。しかしながら、こうしたことを裏付ける十八世紀の版画研究は決して進んでいるとは言えない。というのも、二十世紀初頭まではリベルタン版画は研究に値しない猥褻な版画でしかなかったからだ。十八世紀の版画研究は、フィリップ・スチュワートやアラン・ギィエルムのものがあるが、それはリベルタン版画を直接扱ったものではないし、リベルタン版画については、ジャン＝ピエール・デュボスト以外にジャン・マリー・グルモの研究はあるもののまだ緒に就いたばかりの研究領域である。(17)

デュボストはプレイヤッド版『十八世紀のリベルタン小説家たち』の「リベルタン版画に関する解説」のなかで、十八世紀のリベルタン版画の起源を遡れば古代ギリシア、ローマに辿り着くが、イタリアルネッサンスの強い影響のもとで生まれたと指摘している。(18)デュボストはまた、十六世紀の版画のコピーが十八世紀まで「アレティーノの姿態」の名前でイタリアやヨーロッパの本屋で売られていたことも指摘している。(19)本章ではリベルタン文学のなかでも、挿絵の豊富さ、質の高さ、挿絵が読者に果たした役割の重要性から、『テレーズ』の挿絵を詳しく見てみたい。十八世紀に出版された『テレーズ』の諸版のなかで、版画の重要性という観点からみると、三つの版が重要である。その版とは、『テレーズ』の挿絵の基になるフランス国立図書館所蔵の

Enfer 402、挿絵の美しさと過剰さの表現という点で面白いEnfer 404、そして挿絵の頂点とも言えるEnfer 406と407である。これら三つの版を比較しながら見てみよう。406と407は二冊に分かれているが、物語の第一部と第二部が分冊になっているだけである。

特徴としてまず挙げられるのは、テクストと版画との関係であろう。挿絵のオリジナルと考えられるEnfer 402の十六枚の挿絵のうち、版画はほぼすべてテクストに沿った挿絵になっている。402の構図をほぼ踏襲しながら挿絵数が口絵を含めて二六枚ある404の多くが、また406と407のカザン版はすべてが物語に沿っている。

図5　Enfer 402

402、404、そして406・407を比較すると、402の版画の作者はわからないが、もっとも素朴なタッチで描かれている。しかし、背景や人物が纏っている衣装もしっかりと描かれていて単に性的場面のみを描いているのではない。人物の描き方についてはやや不自然な姿態もある。おそらく作者はテクストに沿った場面を創り出すと同時に性器を見せようとしたため、不自然な肉体描写をせざるをえなくなったと思われる。404は背景や人物の衣装など性行為にかかわらない装飾がしっかりと描き込まれている。とくに子供の帽子や女性の髪形や衣装などは、年代特定の根拠を提供している。人物の表情も美しく、姿態も不自然ではない。しかしなんといっても人物描写にもっともその巧みさを感じさせるのはボレルとエリュアンのカザン版であろう。人物の姿態、衣装に不自然さはあまり感じられない。それは同じ場面を描いた402の図5と406の図6を比較すれば一目瞭然である。

テクストと版画の違いは、テクストが読者を物語の時間の流れの中に誘い、語り手あるいは登場人物とともに行動をするかのように導くのに対して、版画は停止した時間の一場面を読者に見せる点にあるだろう。版画の鑑賞者は、本来覗くことができない性的行為の現場で、自らを覗きの位置に置くことになる。ただし、テクストと版画ではその位置は異なっていて、テクストは物語の内部に覗きの位置を置くのに対して、版画はあくまでも版画の外部に覗きの位置があると言える。そういう意味ではテクストと版画は互いに補完し合っているにしても、役割の違いによって自立したものとみなすべきである。

ところで、テクストでは哲学的な議論と性行為の場面が交互に描かれているのに対し、挿絵では性にかかわる場

図6　Enfer 406

面しか描かれていない。つまり、挿絵はもっぱら性的場面を読者に提示するという目的しかもっていない。また、第一部より第二部の版画数が多いのは、物語の中に性的行為の場面数が多いことが理由であろうと考えられる。書籍販売業者が何を狙っていたのかは、この挿絵の内容から自ずと明らかになってくるだろう。というのも、このような挿絵内容が読者の存在をいかに意識してこの作品が構想されたかをよく物語っているからだ。

それゆえに、版画は性器が読者にもっともよく見えるように描かれている。『テレーズ』に含まれる性にかかわる挿絵は、性器を隠さずに、露骨に描かれている。まるで隠すべき部分こそ隠してはならず、逆に見せなければならないかのようだ。また、屹立した男性器は大きくて長く誇張されて描かれているものが多い。たとえばEnfer 402の図7ではエラディス嬢を犯そうとするディラグ神父の性器はまるで取ってつけたような巨大な一物であり、読者の視線はまずこの部分に注がれるだろう。というのも背景は暗く、版画で白く描き出されているのがディラグ神父の性器とエラディス嬢の剥き出しになった尻、そして二人の顔だからである。右上に窓が描かれ、そこか

図7　Enfer 402

ら光が入るならこうした光の使い方（白い部分）は不自然である。またディラグ神父の性器も体の向きから考えるときわめて不自然な描き方だ。あくまでも見せることにこだわった描き方がなされている。Enfer 402の図5は、図7と比較すると、一連の場面をズームアップしたような構図だが背景や衣装から同じ作者のものとは思えない。しかし、ここでもディラグ神父の一物とエラディス嬢の尻は、光が当たっているかのように白く描かれている。また、ディラグ神父の姿勢と性器の位置は不自然で、現実的な姿態ではない。この点については、作者の力量もあるだろうが、あくまでも読者に見せることを目的として描かれているのがよくわかる。一方、女性が描かれている多くの挿絵は女性器を見せようとしている。たとえばEnfer 402の図8や図9のように、構図の中央近くに女性器を置くことで、読者はまずそこに目が行く仕掛けである。

図8　Enfer 402

Enfer 404の正確な出版年はわからないが、これまでの研究から一七八〇年頃、つまり初版本から三〇年ほど経って出版されている。すでに指摘したように、この版の特徴は室内装飾の背景や人物が身につけている衣装がしっかりと描き込まれていることである。こうした特徴は日本の江戸時代の春画にも似ていて面白い。また、テクストと関係のない挿絵が含まれていること、図10のような性的場面以外のものがあることも404の特徴である。こうした点から、読者の視線は402のように性器に焦点化されるのではなく、背景や衣装にも目が行くことになる。ではこれらの描写は何を表しているのだろうか？　挿絵が当時の時代精神を映し出すものとするなら、一七八〇年頃の過剰性を映し出している。あくまでも性的場面を見せることを挿絵は目的としながらも、時代のもつ過剰性を描き出すことも忘れない。404はおそらくより豪華な版を求める当時の読者の過剰を求める心性に合致していたと思われる。その姿態は402に較べるとはるかに上手く描かれているが、不自然なものもある。とりわけ図11にみられるように、女性器の描き方には無理がある。その理由は、すでに述べたように読者に性器を見せることを目的としているからだろう。しかし、この挿絵では明暗の付け方、つまり光の使い方は優れている。引かれたカーテンから差し込む光線を上手く利用しながら、二人の行為を見せている。しかも背景にはキューピッ

図9　Enfer 402

図10　Enfer 404

図11　Enfer 404

ドの絵が掛けられていて、恋愛の神にも光が降りそそいでいる。では『テレーズ』の版画でもっとも評価の高いEnfer 406と407のカザン版はどうだろうか?

　Enfer 406と407は二十一枚の挿絵すべてが物語に沿っている。つまり物語から逸脱せず、その点では過剰さはそぎ落とされている。背景描写は天蓋やカーテンを別にして直線的な線で描かれ、陰影部分になっている。それに対して人物は巧みな線で描かれ、写実的で自然である。また、背景とは対照的に人物に光が当たり、読者の視線が人物に注ぎこまれる仕掛けがなされている。しかし性器だけが誇張されているわけではなく、人物全体に目が行くようにバランスがとれている。とりわけ人物を描く線はボレルの技術の高さをよく示している。また人物の陰影の付け方やグラデーションも巧みで、読者の視線を惹きつける。これらの点から、カザン版は物語に忠実に沿っている版画とはいえ、もっとも自立性が高く芸術的な価値がある。それゆえにカザン版が収集家の垂涎の的になっているのもよくわかる。

またこれら三つの版を比較してみると、Enfer 402の図12、13、9（一八二頁）のように性的場面を覗く人物が描かれているものがあり、また404では図14、15、16、17、18がそれにあたる。また人物ではないが、背景に肖像画が描かれていて、その肖像画が覗き見る構図も多い。402の図19では肖像画が二人の行為を覗き見る眼差しになっている。こうした覗き見る人物の存在は、いったい何を示しているのだろうか？　性的場面を見る人物、あるいは壁に掛かる肖像画は、われわれ読者と同様に覗く位置にある。性的行為の場面だけが描かれている場合、われわれ読者は自分が覗く位置にいることを通常意識せずに場面を見るに違いない。しかし、挿絵に描かれた覗き見る人物によって、われわれは自分が覗き見ていることを意識させられる。そういう意味では、これらの人物たちはわれわれに覗いていることを知らせる役割を果たしている。とくに額縁に囲まれた肖像画はわれわれ読者を映し出す鏡の働きをしているとも言える。また図19のように屹立する男性器とあからさまに見せられた女性の胸や性器は読者の覗く欲望に応えようとしているかのようだ。ここでも一貫しているのは見せようという意志だ。隠さない、隠すべきではない、すべてを明らかにしようという意志、覗きこむ者に応えようという意志が読み取れる。

ではこうした性器を露骨に見せようとする十八世紀フランスのエロティックな版画を日本の春画と比較するとどのようなことがわかるだろうか？　春信や歌麿が活躍した春画の全盛期も十八世紀であるので、共時的比較によってそれぞれの独自性を見てみたい。

図12　Enfer 402

図13　Enfer 402

図14　Enfer 404

図15　Enfer 404

図17　Enfer 404

図16　Enfer 404

図19　Enfer 402

図18　Enfer 404

五　日仏エロティックな版画の独自性

リベルタン版画のなかでも、『テレーズ』や『ドン・B＊＊＊の物語』では物語内容に沿った画が挿入されているが、それ以外のリベルタン文学では、テクストの内容とまったく関係のない挿絵が挿入されていることが多い。[20] 挿絵自体も新たに作られたものばかりでなく、再録が多用されている。

それに対して、春画の場合は詞書（解説）や書入れ（会話）が書き込まれているものが多くあるが、それはどちらかというと春画に添えられた副次的なものといえるだろう。もちろん詞書や書入れが春画の理解を助けることは言うまでもないが、鑑賞者が春画に求めるのはテクストよりも画のほうであろう。テクスト重視のフランスと画重視の日本との違いは、鑑賞者層の違いをも明らかにしている。テクストを読めるものは十八世紀フランスでは必ずしも多くはないので、読者層は限定される。[21] それに対して日本の場合、画が中心で鑑賞者は貴族や僧侶や武士にとどまらず庶民にまで幅広く広がっていたと考えられる。とくに日本の場合、鑑賞者は男だけではなく、女を含み、年齢層も非常に幅広い層であったことが最近の研究では強調されている。[22]

またフランスの場合、エロティックな版画は社会諷刺、社会批判を含むものが多くある。エロティックな版画は、権力者、聖職者へと向かう諷刺や批判を増幅する役割を果たしたと考えられるが、それは「性」が批判の道具の役割をも果たしていたことを明らかにしている。それゆえに、フランス革命へと向かうエネルギーに、社会諷刺と結びついたエロティックな版画が果たした役割をあまり過小評価してはならないだろう。というのも、フランス革命が巨大なエネルギーをもつ運動へと成長していく原因の中には、人々の欲望を吸収する魅力が潜んでいたと考えられるからだ。こうした魅力は、エロティックな魅力に似ている。[23] 批判の道具としての「性」は、革命前や革命中におけるマリー＝アントワネットへの批判にはっきりと読み取れる。すでに指摘したように、それは批判の道具として他者の性欲や性のモラルを問題にする現在のマスコミと同じ手口である。たとえば、次の版画は『色情狂』の扉絵である。ルイ十六世の不能とマリー＝アントワネットの途方もない性的欲望を滑稽に諷刺したものであるが、こうした版画は批判を強める媒体としての役割を担っている。

図 20 『ルイ十六世の妻であるマリー＝アントワネットの色情狂』

聖職者への批判もしばしば性を通して行われた。まずその過激さでは、『ドン・B***の物語』や『テレーズ』が挙げられるし、その挿絵が果たした効果は物語以上のものがあったかもしれない。文字を読めない者でも、挿絵の版画を見れば、物語が何を語っているかは一目瞭然であるからだ。

それに対して日本の春画には、こうした社会批判の視点がみられない。描かれているのは、性行為を楽しむ人物たちであって、こうした人物への批判はみられないし、性を批判の媒体として社会諷刺、社会批判がなされることもない。では、春画が鑑賞者にもたらすものは何であるのだろうか。まず、作品内部の人物に目を向けてみることにしよう。春画では描かれる人物たちが快楽を味わっているものがある（図21）。欲望を満たしているのは作品内部の人物たちであって、こうした快楽は彼らの表情から読み取れる。それに対して、フランスのエロティックな版画からは人物たちの快楽があまり読み取れない。とりわけ、サドの作品の『ジュリエット物語』や『閨房哲学』の挿絵に描かれた人物たちの表情は無表情であり、こうした違いをよく表している（図22）。

サドの世界では欲望を満たすのは自分であって、他者ではない。『閨房哲学』の「フランス人よ」の中で、サドは「自然および法律によって相手の欲望に一時的満足を与えるようにと宣告された者が、どのような苦痛を感じようとも何ら問題にはならない。このような検討のなかで問題になるのは、欲望する者が満足するということだけだ」[24]と述べているが、こうした考えはサドの登場人物であるリベルタンに共通したものである。サドの作品の挿絵において、人物たちが無表情であるのは彼らの享楽は禁じられているからである。『ジュリエット物語』にしろ、『閨房哲学』にしろ、版画は性行為の一覧表を生み出しているが、人物たちは行為を演じる機械の歯車、組織の一部でしかない。こうした歯車はそれを動かすもの、運動を命じるものを暗黙のうちに想定している。つまり、版画の外部には人物たちを動かす命令者が必要となる。こうした命令者の立場は、神の立場に他ならない。読者はテクストを読み、挿絵を見つめるが、そのときこうした自分ではない、命令者の存在を感じることになるだろう。読者が版画を覗き見るときに、こうした神の立場にいる命令者を感じることは、覗いていることを覗かれている意識をもつことにもなる。覗いていることをはっきりと見られていると

図21　喜多川歌麿『葉男婦舞喜』

いう自覚はないにしろ、覗かれる可能性があることを自覚することになる。こうした覗いていることを覗かれているという意識は、エロティックな版画を見るときには罪の意識となって現れることになるだろう。そして罪の意識が大きければ大きいほど、鑑賞者は大きな性的欲望を感じることになるのではないか。このように考えると、サドの作品の挿絵版画は、覗き見るものが引き起こすエロティックな欲望の運動を物語っている。

一方春画においては、描かれている人物たちは決して歯車ではない。図21の歌磨の作品を見ていただきたい。人物たちが版画の中で快楽を追求し、陶酔している。つまり版画の世界はひとつの自律した世界であって、神の立場に位置する命令者は見当たらない。それゆえに江戸時代の鑑賞者には罪の意識はなかったのではないか。鈴木春信に『風流艶色真似ゑもん』という作品があるが、その中には性行為を覗く小さな人物である「真似ゑもん」が登場する。性行為の現場を覗き見るのは「真似ゑもん」であり、同時に鑑賞者でもある。つまり、「真似ゑもん」と鑑賞者は共犯関係となる性行為の目撃者だ。ここには罪の意識が生み出すエロティシズムではなく、純粋に肉体の快楽を求める欲望の追求がある。描かれた人物たちも鑑賞

図22　サド『ジュリエット物語』1797年版

する者も肉体的欲望による直接的な快楽に陶酔することだけを求めていて、負の側面が見当たらない。それは、肉体の快楽を批判する精神をもたない、精神と肉体の分離がない、幸福な世界といえるかもしれない。言い換えると、春画の世界は、命令者がいるサド的世界とはまったく異なった世界である。

あるいはまた、日本の春画は一般的に全裸の性愛図は珍しく、たいていは着物を身に着けている。したがって、着物やその背景から季節を読み取れるのに対して、フランスの版画にはまず季節感はない。それには日本の肉筆画巻、春画組物が十二図で構成され、それが月を表していたことと関係があるのであろうが、十二枚の組物にして月を表そうとした発想そのものがきわめて日本的と言えるだろう。[25] 十八世紀の江戸が人口過剰な都市であっても、庶民の暮らしの中には季節感があり、季節の移り変わりを肌で感じるような生活感覚がある。フランスの版画には、季節感だけではなく、こうした生活感覚がない。それは版画の多くが、上流階級や聖職者をテーマにしていることが理由として挙げられるだろうが、それ以上に季節感を表現しようとする意志がない。性行為に季節感を表現する必要はないのであって、行為そのものの表現が問題になるだけである。それはサドのテクストにもよく表れている。それに対して、春画の場合には性を超えた過剰さがある。その過剰さが着物や背景描写や季節感に見出せる。したがって、春画の場合は性行為だけではなく、描きこまれたその背景、細部から状況を読み取ることが求められる。もちろん解釈はたったひとつに強制されるものではないけれども、春画にはそれが読み取れるコードが隠されている場合が多い。それは春画がもつ遊びの精神であり、こうした遊びの精神は、フランスの「ギャラント な版画」にはあっても、「リベルタン版画」には見出すことができないように思われるのである。[26]

では本論での日仏のエロティックな版画の比較からいったい何が明らかになったのだろうか？　それは十八

図23　鈴木春信『風流艶色真似ゑもん』

世紀という同じ時期に花開いた性愛志向の時代精神であり、またその中にみられるそれぞれの独自性である。視覚の重要性という共通点はあるもののやはりそれぞれの違い、独自性には驚くべきものがある。そのもっとも大きな違いは作品内部の登場人物であろう。快楽に陶酔する春画に描かれた人物たちとまるで仕事のように性行為にいそしむサドの作品の挿絵にみられるリベルタン版画の無表情な人物たち、ここには同じ性行為をテーマにしていてもまったく違う世界のような印象を受ける。[27]

しかし、リベルタン版画における解釈の余地は限られていても、性を暗示的に描き出した十八世紀のフランスの画家たちの「ギャラントな作品」には、春画と同様にさまざまな解釈を可能にする遊びの精神が読み取れる。ブシェの『身繕い』というタイトルの作品を見てみよう（図24）。この作品の全体図は次のようなものだが、この作品は部分を切り取ってさまざまに利用されている。それはこの作品があまりにも性について暗示的だからだ。[28]

ここでは二人の若い女性が描かれているが、向かって左側の女性がこの絵の中心人物で身繕いをしている。右側の女性は使用人で、左側の女性の身繕いを助けている。背中を見せているのは身分の違いを表しているとも考えられる。この絵にはさまざまな記号が隠されているが、その記号を読み解くコードは現在のコードと必ずしも一致しないために、われわれが行おうとしているのは解釈でしかない。しかし、できる限りの解釈を試みたいと思う。

ここには当時のエロティシズムが描かれている。股を大胆に開いてストッキングが落ちないように紐で縛っているポーズ、そして脚の間に寝そべっている猫。猫はしばしば性的快楽の隠喩として描かれてきたが、ここではその場にいない男の隠喩、また野獣性の表象とも考えられる。その猫の位置は、彼女の隠された部分が

図24　フランソワ・ブシェ『身繕い』

もっともよく見える位置である。まるで猫にだけは隠すべき場所をよく見えるようにするために彼女は足を大きく開いている風にも見える。しかも靴下留めを結ぶ（解く）彼女の仕草と同様に猫もまた毛糸と戯れている。さらに靴下留めを巻いている彼女の右足は美しく大胆に左下に伸びている。それはまるで男性器であるかのようだ。左に目をやると暖炉には炎が赤々と燃えている。そして暖炉の上では蝋燭も燃えている。これらは欲望を示すものだろう。それは彼女の頬の赤みにも感じ取れる。彼女の股を開いた正面には、暖炉で使う道具が無秩序に置かれている。暖炉の上の紐も無造作に置かれている。扉も半ば開いたままだ。すなわち火も無秩序もエロティシズムを表す記号と考えられる。

さらに、われわれは猫の視線に注目することにしよう。この猫の視線とわれわれの視線は衝突する。まるで覗き見る鑑賞者を非難するかのようでもあり、誘うかのようにもみえるこの猫の視線は、ここにはいない男の位置ではないだろうか。すべてが許されている男が、この猫の位置と仕草から読み取れる。また背後には鳥が見てはならないものから目をそむけるようにして、中国趣味のような絵に描かれている。それに付け加えて面白いのは、屏風の背後にかかっている一枚の肖像画である。目の位置で切り取られている視線は、まさに彼女を覗き見ている。左右に配された鏡も彼女の身繕いには必要なものだが、先に述べたように覗き見る効果を暗示している。したがって、この作品からは十八世紀のエロティシズムが読み取れる。

また、現在の鑑賞者ならこの絵からさらに物語を作ることも可能であろう。これは身繕いの前なのか、後なのかと。靴下留めの紐と猫が戯れる紐は彼女のマゾヒスティックな指向を表しているのではないかと。あるいはもっとさまざまな解釈が可能かもしれないし、解読コードが書き込まれているのかもしれない。ブシェは女性の顔に大きな黒子（ほくろ）を描いたが、それはまるでディドロが真実らしさのためには傷跡や疣（いぼ）をひとつ書き込めばいいと述べたことを実践しているかのようだ。ディドロには手厳しく批判されたブシェだが、さまざまな解釈を生み出す『身繕い』には、当時の雰囲気がコードを使って巧みに描き出されていることは認めなければならない。

われわれはフランスのエロティックな版画から春画を通してギャラントな作品に戻ってしまった。それは性的な暗示を含む戯れの精神が、フランスのエロティックな版画よりも、ブシェやフラゴナールの作品、そして暗示的でさまざまな解釈を呼び込む春画に共通してみられるからである。「リベルタン」であると同時に「ギャラント」である日本の春画は、フランスのエロティックな絵画や版画と比較してみるとますますその独自性が際立つように思われる。今回われわれが取り上げた作品は限られたものでしかないが、こうした比較研究は未知の領域へと繋がっているだろう。

● 注 ●

（1）青木日出夫『図説　世界の発禁本　ヨーロッパ古典篇』河出書房新社、一九九九、六頁を参照のこと。本書には十六世紀のロマーノの作品から、二〇世紀半ばに至るまでのアレティーノと題された「性交体位」が収められている。すでに見たように、ディドロの『ラモーの甥』にも「アレティーノの性交体位」に触れる箇所があるから、十八世紀にはかなり流通していたと考えられる。

（2）Jean Marie Goulemot, *Ces livres qu'on ne lit que d'une main, Lecture et lecteurs de livres pornographiques au XVIII*[e] *siècle*, Éditions Alinea, 1991, p. 72.　グルモはここでは「エロティック」という語を使っているが、定義をして使われているわけではない。その内容は「リベルタン」と重なっている。

(3) Patrick Wald Lasowski, «Préface», *Romanciers libertins du XVIIIe siècle*, Bibliothèque de la Pléiade, t. I, 2000, p. XLII.

(4) ディドロの『ダランベールの夢』は性と哲学との結びつきを示しているし、『運命論者ジャック』は性と表現の問題にしばしば言及している。すでに見たように、「猥褻賛美」のくだりがそれをよく表している。

(5) 早川聞多「浮世絵春画と江戸庶民の性風俗」『春画――秘めたる笑いの世界』洋泉社、二〇〇三、一四頁。

(6) 春画の刊行形態については、白倉敬彦『江戸の春画――それはポルノだったのか』洋泉社、二〇〇二が詳しい。

(7) «gravure galante»と«gravure libre»との対立は、アラン・ギィエルムによると、クレビヨン・フィスの作品に登場する人物たちの冒険と『ドン・B *** の物語』の冒険との対立に置き換えられる。Cf. Alain Guillerm, «Le système de l'iconographie galante», *Dix-Huitième siècle*, N° 12, Éditions Garnier Frères, 1980, p. 183.

(8) Goulemot, *op. cit.*, p. 62. またグルモは「リベルタン小説にみられる抵抗の概念はエロティックな世界には合わない」とも述べている（*ibid.*, p. 63）。

(9) *Ibid.*, p. 62.

(10) *Ibid.*, p. 127.

(11) Hunt, *The Invention of Pornography: Obscenity and the Origins of Modernity, 1500-1800*, pp. 41-42（邦訳、ハント『ポルノグラフィの発明――猥褻と近代の起源、一五〇〇年から一八〇〇年へ』四〇頁）。ハントは「ポルノグラフィ」という語が近・現代的な意味で用いられた最初の例として、一八〇六年にパリで出版されたエティエンヌ＝ガブリエル・ペニョーの『焚書、発禁、検閲処分を受けた主要書物の批判的、文学的事典』を挙げている。詳細は、Hunt, p. 14（邦訳、一二頁）を参照のこと。

(12) Jean-Pierre Dubost, «Notice sur les gravures libertines», *Romanciers libertins du XVIIIe siècle*, Bibliothèque de la Pléiade, t. I, 2000, p. LXXXV.

(13) Lasowski, *op. cit.*, p. XLV.

(14) デュボストは«image galante»と«image libertine»を同じ目的に向かうものであるために対立しないものとしてみなしているが、その表現ははっきりと違うものとしてとらえている。「フラゴナールの『閂』以上に暗示に富んだものがあるだろうか。その『主題』は、見せること――つまり閂の方へ急ぐ恋人の動作、それを妨げようとする若い娘の混乱した様子を見せると同時に、場面の結果――純粋に精神的で仮想の結果であるが、肉体の躍動感や顔の表情がその結果に必然的に導くだけによりいっそう絵の細部に表れている――を示している。」(Dubost, *op. cit.*, p. LXXXIV)。われわれの考え方は、デュボストから多くのものを負っている。また、ミッシェル・ドゥロンもこの作品を取り上げて、「フラゴナールの『閂』は、扉とベッドの間、禁止と違犯の間で、恋人たちを動けなくし、愛の詩が昼と夜の間に巧みに入り込み、明示と暗示の間で進んでいく」と、目的は明白であるのにその暗示的な描き方を「陰影の間、視覚の喜び」というタイトルのもとで述べている（Michel Delon, *Le savoir-vivre libertin*, Hachette Littératures, 2000, p. 147）。

（15）Delon, *ibid.*, p. 145.

（16）春画に描かれた鏡については、白倉敬彦の「春画のなかの鏡」が詳しい（『浮世絵春画を読む（下）』中央公論新社、二〇〇〇、七一―一一八頁）。

（17）スチュワートの研究としては、Philip Stewart, *Engraven Desire*, Eros, Image & Text in the French Eighteenth Century, Duke University Press, Durbam and London, 1992、ギィエルムのものとしては、Alain Guillerm, «Le système de l'iconographie galante», *Dix-Huitième siècle*, No. 12, Éditions Garnier Frères, 1980 がある。前者はフランス十八世紀全体の版画を、後者は「艶雅版画」（gravures galantes）を取り扱っている。またグルモの研究としては、Jean M. Goulemot, «Des mots et des images: l'illustration du livre pornographique, Le cas de *Thérèse philosophe*», *Revue de la Bibliothèque nationale de France*, N° 7, 2001 や *Ces livres qu'on ne lit que d'une main, Lecture et lecteurs de livres pornographiques au XVIIIe siècle*, Éditions Alinea,1991 などが挙げられる。

（18）Dubost, *op.cit.*, p. LXVII.

（19）*Ibid.*, p. LXXII.

（20）Goulemot, *Ces livres qu'on ne lit que d'une main*, pp. 147-148.

（21）フランスの十七・十八世紀の識字率については、第5章の四―一読者層を参考のこと。

（22）早川聞多、前掲書、一六頁。

（23）拙論、«Révolution française et érotisme vus à travers les textes politiques de Sade» dans *Études de Langue et Littérature Françaises*, N° 62, 日本フランス語フランス文学会、一九九三を参照のこと。

（24）Sade, *La Philosophie dans le boudoir*, p. 134（邦訳、サド『閨房哲学』一九三頁）。

（25）十二という数字については十二か月を表すと考えるのが適当だと思うが、それ以外にもさまざまな解釈がある（白倉敬彦、前掲書、五〇—五三頁を参照のこと）。

（26）こうした絵解きは春画研究の中でもコードを解読するうえで重要であろう。たとえば鈴木春信の『風流座敷八景』は『座敷八景』の見立てであり、『座敷八景』は『瀟湘八景』の見立てであるというように、先行作品と関連付けたコードの解読が絵解きには必要である（早川聞多『春信の春、江戸の春』文春新書、二〇〇二、とくに第三章を参照のこと）。

（27）『ドン・B***の物語』、『テレーズ』における挿絵も、版による挿絵の質の違いはあるが、一般的には登場人物に快楽の表情は読み取れない。

（28）この絵はしばしばその一部を取り出して利用される。たとえば、Gilles Néret, *Erotica, 17th–18th Century*, Taschen, 2001 では左の娘だけを、また *Romans libertines du XVIIIe siècle*, Robert Laffont, 1993 の表表紙では娘の足の部分だけを切り取っていて、この絵のもつエロティシズムを現代風にうまく利用している。

第9章

リベルタン文学、リベルタン版画が果たした役割

一　リベルタン文学の果たした役割

　リベルタン文学は、十八世紀フランス社会で、なぜよく読まれたのだろうか？　当然のことながら、読者の関心を惹く要素があったからだろう。読者が読みたい、読んで面白いと思わなければベストセラーになることはない。リベルタン文学が果たした役割について考えるとき、読者の関心は重要である。ここでは、もう一度『テレーズ』を取り上げて、読者の関心について考えてみよう。

　リベルタン文学がどのように読まれていたのかを明らかにするのは難しい問題を含んでいる。ダーントンが「ルソーを読む」の中で、「何を読んでいたか」という問題から、書物を「どのように」読んでいたかという問題へとシフトしながら、一読者ランソンがルソーの著作をどのように読んだのかを明らかにしようとしたが、[1]

それはルソーという特殊性に負うところが大きいと思われる。資料が残されていたことも大きいが、ルソーを読むように作者への共感によってリベルタン文学が読まれていたとは決して思えないからだ。しかし、われわれが『テレーズ』で想定した「仮想の読者」の関心が「道徳、宗教、哲学」であったように、当時の読者がリベルタン文学に求めていたものは、「性への関心」、「宗教的関心」、および「哲学的な関心」であったことはまず間違いがない。また、『テレーズ』では、実話としての面白さもあったのではないか。というのも『テレーズ』は教会内部の権力をもった者が、無垢な信徒の信仰心を巧みに利用しながら自らの性的欲望を満たそうとする「カディエールとジラールの事件」をテーマにしているだけに、スキャンダラスな読み物として読者を惹きつけたと考えられるからだ。

事件からすでに十七年も経過して出版されてはいるが、すでに述べたようにイエズス会とジャンセニストとの対立は当時もなお続いており、スキャンダルに飛びつく現在も変わらない大衆心理があったと思われる。それは革命に近づくにつれますます顕著になり、批判の対象もデュ・バリ夫人やマリー＝アントワネットへとエスカレートしていく中傷パンフレットによく表れている。大衆の嗜好という点では、挿絵が果たした役割も無視できない。われわれが見てきた『テレーズ』の多くの版は挿絵入りであり、しかも物語に即して多くの版画が彫られた。挿絵は文字が読めない者までも惹きつけ、読者の性的欲望を掻き立てるのに貢献したはずだ。

また『テレーズ』がよく読まれた背景には、読者層の変質もあったのではないかと考えられる。作者が「暗黙の読者」として想定していたのはおそらく上流階級の読者層であったと思われるが、モンティニィがフランス軍兵士に売ってひと儲けを企んだように、読者層も広がるとともにすでに変質していたに違いない。T神父が自ら語る宗教批判は『テレーズ』の中では圧巻だが、こうした批判を受け入れる公衆がすでに育っていたことを抜きには考えられないからだ。その背景には、これまでの家族や教会にしっかりと根を下ろした共同体社会から、個人に根ざした社会関係への変化が基盤にある。ジェイコブも指摘しているように、こうした個人は出自、親戚関係、職業などの伝統的な集団や組織としての一員としてではなく、個人としてカフェ、居酒屋、サロン、フリーメーソンの集会場で社交するようになった。[2] こうした新たな公衆がリベルタン文学の読者を構成していたものと考えられる。

読者層の広がりと変質によって新たな公衆が生まれ、こうした人々が教会権力や国王権力の批判の一翼を担ったと考えられる。彼らが批判の理論的根拠としたのは科学的合理主義思想であり、唯物論哲学であった。その意味では『テレーズ』のようなリベルタン小説にみられる唯物論哲学は公衆の意識変革に影響を与えた可能性は高い。リベルタン文学が検閲の対象になり、作者や出版関係者が逮捕、投獄されたのは、リベルタン文学が伝統的な階層秩序を覆す力になることを権力が恐れたからであろう。『テレーズ』の場合も、モンティニィやボシュロンという出版にかかわった人物の逮捕にまつわる警察調書が、リベルタン文学に対する権力の態度を図らずも明らかにしている。ジェイコブは、『テレーズ』の唯物論を、「個人主義、情熱や利害関係、自由や社会に対する非順応、不敬と秩序転覆を語る唯一の自然の哲学」[3] として高く評価しているが、スキャンダルを扱うことで読者の好奇心をそそり、唯物論を吹き込みながら読者の怒りを生み出すという点では、十八世紀後半に与えた影響は大きかったと考えられる。

またダーントンは「哲学書」を過小評価してはいけないという。とりわけ、性を媒体にした聖職者批判、あるいは王権批判はエリートより下のレベルで世俗化＝脱神話化を引き起こしていたにちがいないと推測している。[4] 確かに、『社会契約論』よりも「哲学書」がよく読まれていたというのは、中傷パンフレットの顕著な増加にもみられ、またパリの公衆の欲望にも合致していたといえる。リベルタン文学は、「性」と「哲学」を結びつけることによって公衆の怒りに論理を与えるとともに、公衆の欲望に受容されやすい形式であったのだ。というのも、「性」は読者の欲望を掻き立てるとともに不正への憎悪も掻き立て、「哲学」はそれを論理化するとともに言語化するからだ。ではリベルタン版画が果たした役割はどうだろうか？

二　リベルタン版画の果たした役割

「リベルタン版画（estampes libertines あるいは estampes libres）」は、「ギャラントな版画（estampes galantes）」と区別しなければならない。「ギャラントな版画」は、性的場面が通常隠喩や象徴で表されるために、暗示的で、抑制が効いていて、慎ましい。たとえば、瓶の首で男性器を、こぼれる水や液体で時を忘れた情事を、瓶やワインで感覚の乱れを、たらいやスポンジで許されない愛に身を委ねる女性の性行為を、犬や猫はしばしば愛人を、また犬や猫の尻尾は男性器を暗示するというコードが存在した。[5] こうしたコードの解読は現在のわれわれには厄介なものだが、当時の鑑賞者には明らかな記号内容であった。しかしながら、リベルタン版画においてはこうしたコードが欠落し、性的場面を見せようとする意志によって貫かれている。性器は何の恥じらいもなく、読者がよく見えるように描かれている。それではいったいどうしてリベルタン版画がリベルタン文学の挿絵として添えられることになったのだろうか？

一番の役割は、読者（鑑賞者）の性的欲望を掻き立てることにあっただろう。それゆえに、「片手で読む本」

の役割を担っていたかもしれない。キリスト教はオナニーを禁じていたので、読者は禁じられた世界に足を踏み入れることになる、おそらく現在の読者とは違った危険なエロティシズムが当時の読者にはあったことだろう。また、『ドン・B＊＊＊の物語』や『テレーズ』には、物語に沿った挿絵が添えられ、文字が読めない者に対しても物語の理解を助け、性的興奮を与えたに違いない。それでは、こうした挿絵は現在のポルノと同じ役割をしていたのだろうか？

　挿絵には性欲を掻き立てる要素はあるものの、リベルタン文学はポルノと違って、『テレーズ』にみられるように性を通してキリスト教、教会を批判する役割を果たしている。すでに述べたが、リベルタン小説は「リベルタン」という語がもつ歴史的概念形成において、本来的に反逆的であり、教会権力や国王権力に批判的な思想を含む非合法な作品である。『テレーズ』において、ディラグ神父がエラディス嬢を犯す場面の挿絵などは、読者の怒りを直接的に生み出す働きをしたかもしれない。こうしたことを踏まえたうえで、リベルタン文学がポルノグラフィへの道を開いた役割を認めなければならない。とりわけリベルタン版画は、十九世紀に始まる性を消費するという意味での現代的ポルノグラフィへの道を準備したと考えられる。というのも、リベルタン版画が描き出す隠されない性器、剥き出しの現実、鑑賞者の欲望を掻き立てようとする意志は、その後ポルノグラフィが継承する側面であるからだ。ポルノグラフィはリベルタン版画がもつ批判的側面には関心を示さず、性的側面だけを取り出して発展させたものだと言えるだろう。では、リベルタン文学やリベルタン版画におけるこうした批判は、なぜ「性」と結びついたのだろうか？

三　批判と性と哲学

キリスト教のモラルでは、性は生殖のためにあり、快楽のためであってはならない。十八世紀フランスにおいても当然のことながら性は秘められたものであり、公然と大声で話すべきものではなく、それを逸脱すれば品位がないとみなされた。すでに見たように、ディドロの『運命論者ジャックとその主人』に出てくる猥褻賛美のくだりが当時の意識をよく表している。とはいっても、性行為は誰もが行う日常的な行為であり、決して特殊な行為ではない。また性行為は快楽をともなうものであり、こうしたキリスト教の教えと現実認識との乖離が「批判」と「性」との結びつきの背景にあったのではないかと考えられる。とりわけキリスト教が疑問に付されていくなかで、「性」が快楽の肯定に果たした役割は大きいと思われる。なぜならば、「性的快楽」はあの世の幸福からこの世の快楽へと視点を移動させる大きな力を担っているからだ。肉体的快楽は現実のものであり、今が問題となり、実感できるものであって、キリスト教が説く観念的なあの世の幸福とは相容れない。また、即物的で現実的な肉体的快楽は、唯物論哲学とも結びつくことになる。快楽について考えるとき、肉体が引き起こす原因と結果という思考は唯物論的な思考を導くからだ。『テレーズ』においても、欲望が生じるのは「器官の配置、線維の配列、体液の何らかの運動」が原因であると唯物論哲学によって説明がなされている。

こうした経緯はフランス語の「フィジック（physique）」という形容詞の意味の変遷と結びついている。現代フランス語の《physique》という形容詞は、「物質の」、「自然な」、「物理学の」という意味と同時に「身体の」、「肉体的な」という意味、さらには「性的な」、「官能的な」、「肉欲的な」という意味を併せもっているが、十八世紀の『リシュレの辞典』には「物質の」、「自然な」、「物理学の」という意味しか見当たらない。[6]「身体の」、「肉体的な」、「性的な」、「官能的な」という意味は後から加わったものである。レイの『フランス語の歴史辞典』によると、「フィジック」という形容詞は、まず「自然の（naturel: 1487）」の同義語であるラテン語の《*physicus*》から生まれ、十七世紀に入り「物質的な（matériel: 1651）」という意味が付け加わる。[7]また「精神的な（moral）」、「形而上の（métaphysique）」に対立して、「現実の（réel）」、「実際的な（effectif）」という意味をもつようになる（1694）。語義が大きく広がるのが十八世紀に入ってからであり、人間の肉体について用いられるようになり、「肉体的な」から性的な意味を含む「肉欲的な」、さらには「性愛（amour physique）」へと拡大していく。こうした意味の変遷は、当然のことながら《physiquement》という副詞にもみられ、十八世紀の終わりに形容詞と同様に他の意味に拡大していく。[8]

このように「自然のことに関する学問」[9]という「フィジック」の定義に、「精神的な」あるいは「形而上の」という意味に対立する概念として「現実の」、「実際的な」という意味が加わり、さらには「肉体的な」あるいは「性的な」という意味が含意されるようになった経緯に、あの世からこの世への視点の移行そして十八世紀の唯物論哲学と性の結びつきが読み取れ、十八世紀の意識変化にリベルタン小説やリベルタン版画が果たした役割が無視できないように考えられるのである。[10]

また、ダーントンが指摘した「哲学書」というジャンルには、反宗教思想を記述した地下文書とともに、リベルタン文学も含まれている。「リベルタン思想」を扱った文書と「リベルタン文学」が「哲学書」として、同じものとしてみなされたのはなぜなのか？　この「哲学書」に共通するものは何なのであろうか？　まず注目しなければならないのは、これらは非合法な文書であるということだ。反宗教思想の文書も、性を描いた猥褻な文書も、当時は同様に処罰の対象であり、地下に潜らざるをえなかった。しかも両者は、面白いことに「リベルタン」という語に関係している。「哲学書」にかかわるのは、リベルタンである「自由思想家」であるとともに「放蕩者」というわけだ。

　では、「自由思想家」と「放蕩者」に通底しているのは何であろうか？　それは、反逆性であり、何ものにもとらわれまいとする意志である。十七世紀のリベルタンと十八世紀のリベルタンの反逆の矛先はキリスト教であり、キリスト教からの逸脱が何ものにもとらわれまいとする意志を生み出したと考えられる。こうした逸脱が十七世紀においてはキリスト教の思想から、十八世紀においてはキリスト教のモラルへと変化していった。とりわけ十八世紀では、その逸脱は性的モラルからの逸脱である。ではなぜ性的モラルへの反逆なのだろうか？　反宗教思想と性との結びつきには、何らかの普遍性があるのだろうか？

　反宗教思想が問題にするのは、当時に生きた人々を精神的に支配していたキリスト教における神の存在についてである。神の存在についての懐疑は、当然のことながらキリスト教が説くあの世の存在を疑問に付す。また魂の未来永劫不滅という考えも疑問となる。こうした疑問を導く原因となったのは、科学的知識の増大であり、原因から結果を導く合理的な考え方である。デカルト自身は十七世紀のリベルタンたちにはそっぽを向かれていたにしろ、[11]その方法論は十七世紀の後半には徐々に浸透して、反宗教的な考えに貢献したと言える。宗教に対する疑問は、さらに現実に対する疑問を導くことになる。宗教が支配者の道具であるという考えにみられるように、視点は支配のあり方、社会の制度へと移っていく。そこで問題になるのは、現世の幸福であり、

「今、ここでの幸福」である。

四　「今、ここでの幸福」から社会批判

ところで、こうした「今、ここでの幸福」は性的快楽がもたらす幸福でもある。性的快楽が求めるのも「今、ここでの幸福」であるからだ。いやむしろ、性的快楽が「今、ここでの幸福」へと導く役割を果たしたと言えるかもしれない。キリスト教は性行為に快楽を禁じたが、性行為がもたらす快楽は、禁じられていようとも全身で感じられ、疑うことができない、現前する快楽であるからだ。こうした快楽が生み出す幸福は、キリスト教が禁じれば禁じるほど大きくなる。性はバタイユが指摘するように、禁じられれば禁じられるほど、それを違反しようとして、より大きなエロティシズムを生み出すからだ。したがって、性的快楽がもたらす実感できる快楽は、快楽を禁じるキリスト教を疑問に付し、あの世の幸福にも疑いをもたらす。観念的なあの世の幸福よりも、今、ここで得られるこの世の幸福に視点が移動することで、現実に目が向けられるからだ。ここには、反宗教的なリベルタン思想と性が結びつく要素が読み取れる。

このような反宗教的な考えは、現実批判、社会批判へと向かうことになる。ラ・モット・ル・ヴァイエやノーデ、ガッサンディとパタンのようなリベルタンたちは、神の観念は先天的なものでも、デカルトの言う「本有的」なものでもなく、人間の弱さから生まれた虚妄、幻影であるとして、宗教の人為性を主張する。彼らによると、それは文化的、社会的、とりわけ政治的強制の結果に他ならない。[12] 宗教の起源は政治家のペテン

であるとするこうした考えは、宗教批判を政治批判へと向かわせる思想を内在している。実際に社会への関心は、政治制度についての問題へと向かい、ルソーの個人の利益よりも社会の利益を優先させようとする『社会契約論』を生み出すことになる。このように、十八世紀の後半に反宗教的な考えが、政治批判へと現実に向かっていった背景に、こうしたリベルタン思想、リベルタン文学が果たした役割を見逃すことはできないだろう。

また、性的快楽は個人的快楽でもある。相手の快楽は想像できても、快楽そのものは個人にしか感じ取れない。したがって、性は個人を意識させる。自分が個別な存在であり、独自の快楽を感じ取る存在であることを性は教えてくれる。それは、『閨房哲学』の「フランス人よ」において、「問題になるのは、欲望する者が満足するということだ」という「孤立主義」を主張するサドの言葉によく表れている。他者は問題とならず、自分の快楽がすべてである。サドにとっては個人の欲望がすべてであり、この点においてルソーとはまったく相容れないと言ってよい。

こうした欲望の賛美は、『閨房哲学』の「放蕩者へ」と題された冒頭の献辞にもはっきりと表れている。「そもそもこの情欲というものは、冷淡で、面白味のない道徳家たちによって恐ろしいもののように教えられているが、実は自然が抱く目的に、人間を到達させるために用いられる手段でしかない。この心地よい情欲の声にのみ耳を傾けよ。情欲を生み出す器官こそ、諸君を幸福に導くにちがいない唯一のものである」と。「情念(passions)」の賛美は十八世紀における哲学のテーマとしては決して目新しいものではないが、サドはこの《passions》という語を「情欲」、つまり「性的欲望」という意味で用いている。情欲を生み出す器官とは当然のことながら性的器官であり、こうした器官のみが人間を幸福に導くという考えはサド独自の哲学である。また、こうした幸福は個人の幸福であって、個別なものである。サドはこの「献辞」の最後に、「人間としてこの悲惨な世界に自分の意志とはかかわりなく投げ込まれた不幸な人間が、茨の人生のうえに薔薇の花を咲かせるためには、彼の趣味と気まぐれの領域を広げ、すべてを快楽のために犠牲にするしかない」と述べて、ここでも人間を一人の個別な存在として考えている。しかも、それを実感するのが性的快楽である。こうしたサドの考えは、性が個人を意識させることをよく物語っている。

五　リベルタン文学はなぜ十八世紀フランスに生まれたのか？

では「性と哲学」が一体となったリベルタン文学はなぜ十八世紀フランスに生まれたのだろうか？　十八世紀フランスに生まれる必然性はあったのだろうか？　現在から見ると、必然性はともかく、十八世紀にはリベルタン文学が生まれる条件が揃っていたように見える。われわれが第二章でみた十八世紀前半の時代の雰囲気、また『テレーズ』が明らかにしているキリスト教への懐疑、教権批判がリベルタン文学開花の背景にある。聖職者によるスキャンダル、イエズス会とジャンセニストとの対立、宗教的弾圧に対する反発、こうした教権の綻びがリベルタン文学を生み出した背景だと考えられる。したがって、こうしたリベルタン文学が開花した十八世紀フランスはよく言われるような「理性の世紀」だけではなく、「快楽の世紀」とも言える。

「快楽」と「理性」は一見すると相容れないように思われる。というのも、快楽は祭りや暴力や無秩序と結びつくのに対して、理性は労働や秩序や平穏と結びつくからだ。しかし、テレーズは欲望がどのようにして生まれるのかを哲学によって教えてくれる。それは「器官の配置、線維の配列、体液の何らかの運動」によって生じ、それが「情熱の種類や私たちを動かす力の度合いを生み、理性を制限し、人生におけるどんな小さなあるいはどんな大きな活動においても意志を決定する」と言う。人間の意志の決定についてテレーズの考えは一貫していて、「天秤の重さ」が決めるのである。したがって数量化される欲望が人間の行為を決めるというテレーズの哲学においては、欲望することと哲学することは矛盾なく共存している。欲望が理性によって説明されることで、欲望と理性が融合している。いやむしろ、欲望は理性によってより強い刺激を受けることをサドのアパテイアの精神がよく示しているではないか。快楽は理性によって高められるのだ。それは読書行為においても同じである。テクストや挿絵が欲望を喚起するためには、理性つまり想像力の介入が必要だ。裸体よりも隠された肉体が欲望を刺激するように、想像力によって欲望はより掻き立てられるからだ。こうした点から、リベルタン文学は、啓蒙の世紀の特徴である欲望と理性の結びつきをはからずもよく示していると言えるだろう。

いったい「性」と「現実批判」との間には何らかの必然性があるのだろうか？　これはなかなか興味深い、大きな問題である。歴史的には、「性」は隠すべきものであり、日常の世界に堂々と顔を出すべきものではなく、大声で語るべきものでもなかった。「性」についての意識は変化したとはいえ、今でも人前で語ることには躊躇（ためら）いがあり、露骨な表現は人の羞恥心を傷つけ、品のないこととされる。人間社会の日常が、理性、労働、論理、秩序、言語の世界であるとすれば、「性」の世界は非日常であり、欲望、祭り、非論理、無秩序、沈黙の世界に属するだろう。それはまた、人間がもつ動物性、暴力性をもっともよく表していると言える。こうした「性」がもつ諸要素を考えると、「性」の役割が見えてくる。それは、人間を剥き出しにするという役割である。うわべを剥ぎ取り、羞恥心さえも剥ぎ取ってしまう。取り繕った偽善を「不謹慎な宝石たち」が暴露するように明らかにしてしまうという役割である。隠すべきものを剥ぎ取られた裸体は、あるがままの現実を見せてくれる。「性」のもつこうした役割こそ、「現実批判」の力となりうるものであろう。では以上のことから、われわれはどのように結論付けるべきであろうか？

●注●

（1）ロバート・ダーントン著、水林章訳「ルソーを読む」『書物から読書へ』みすず書房、一九九二、二〇二頁以下参照。
（2）Margaret C. Jacob, «The Materialist World of Pornography», *The Invention of Pornography*, p. 159（邦訳、マーガレット・C・ジェイコブ著、末廣幹訳「ポルノグラフィの唯物論的世界」『ポルノグラフィの発明』一六七―一六八頁）。
（3）*Ibid.*, p. 192（邦訳、二〇〇頁）。
（4）Darnton, *The Literary Underground of the Old Regime*, p. 205（邦訳、ダーントン『革命前夜の地下出版』二六五頁）。
（5）Guillerm, «Le système de l'iconographie galante», pp. 189-193.
（6）Pierre Richelet, *Dictionnaire de la langue française*, Les Frères Duplain, Lyon, 1759.
（7）Alain Rey, *Dictionnaire historique de la langue française*, Le Robert, 1992.
（8）『テレーズ』にもみられる«antiphysique»（自然に反する）という語が、同性愛者という意味で初めて使われたのが一七四一年であるから、『テレーズ』が世に出る七年前ということになる。
（9）『リシュレの辞典』の女性名詞«physique»では、「自然のことに関する学問。自然のあらゆる結果の理由、原因をわれわれに教える学問」と定義されている。
（10）現在ではフランス語の«physique»の男性名詞が、「肉体」、「容姿」を意味するのに対して、女性名詞が「物理［学］」を意味している。

(11) 赤木昭三『フランス近代の反宗教思想』岩波書店、一九九三を参照のこと。とりわけ第一部に詳しい。
(12) 同上書、二九頁。

結　論

われわれの最初の問い、「リベルタン文学はフランス革命に影響を与えたか？」に戻ることにしよう。結論から言うと、リベルタン文学のフランス革命への直接的な影響を指摘することは難しい。しかし、間接的な影響は間違いなくあったと言えるだろう。第9章で見てきたように、「性」をテーマにしたリベルタン文学と版画は、あの世からこの世への視点の移動を促し、人々の関心を現実世界に向けさせることに貢献したからだ。しかしながら、「現実に注目することで、不公平や不平等という怒りを生み出し、こうした怒りは社会批判へと向かう」という筋書きはあまりにも短絡的で、危険でもある。そこには、リベルタン文学の読者がどのように読み、何を内面化し、どのように変化したのかが抜け落ちているからだ。

　われわれは本書のなかで、しばしば「読書の問題」に触れてきた。リベルタン文学が、当時の読者にどのような関心をもって読まれ、何を面白いと思わせたかという問題である。影響を考えるうえで、「読書の問題」は重要な問題だと考えたからである。リベルタン文学は、ジャンルとしては多様な作品を含む、幅の広いジャンルであるが、われわれは「性を内包した、反逆的な文学」と定義して、その多様性を認めつつも主要作品に絞って分析を加えた。とりわけ当時よく読まれた作品を中心に、読者の関心を考えたかったからである。『ドン・B＊＊＊の物語』や『テレーズ』が読者に与えた影響は大きかっただろうが、具体的に一読者がどのように読んだのかを明らかにすることは不可能で、「仮想の読者」を考えざるをえなかった。

読書は、個人的な行為である。現在からみると自明のことだが、過去の集団的な読書行為から個人的読書行為に変化したのはそれほど昔のことではなく、識字率が増加したことと結びついている。したがって、十八世紀フランスにおける識字率の増加が個人的読書行為を促し、個人という意識を生み出したと考えられる。この「個人」という意識は重要である。「個人」という意識は、個人として思考するということであり、自分を独自なものと思い、自由に考えられる意識をもつことである。それは、習慣を疑問に付す意識でもあり、これまで盲目的に信じてきたものを疑う意識でもある。

こうした意識をもつ個人が、公衆を生み出す。公衆の誕生と成長なくして、フランス革命はありえなかっただろう。そうであるなら、リベルタン文学がこうした個人に影響を与え、公衆の意識に影響を与えたならば、フランス革命に間違いなく影響を及ぼしたことになる。問題は、個人にどのような影響を与えたかだが、その結論は「仮想の読者」をどう解釈するかだろう。われわれは「仮想の読者」の関心である「道徳、宗教、哲学」について、当時の「現実の読者」も惹き付けられたと考えている。「仮想の読者」は想像のなかで生きている読者であるが、「リベルタン文学」のテクストそのものが生み出した読者でもある。その創出は、われわれの想像力の側にあるのではなく、十八世紀フランスのテクストの側にあり、あくまで「仮想の読者」ではあるが、限りなく「十八世紀の一読者」に近いものと考えられるからだ。「十八世紀の一読者」の「道徳、宗教、哲学」への関心が、フランス革命へと直結するわけではないが、ばらばらに燻（くすぶ）る火があるときぼっと燃え出し、その火が瞬く間に飛び火して、大火になって周りを呑み込んでいく、そんな当初の個別の燻る火にこそ「リベルタン文学」が果たした役割があるのではないか。教権の堕落を描き、王権の聖性を剥ぎ取ることに、リベルタン文学は貢献したはずである。こうした役割を考えるとき、リベルタン文学がフランス革命に与えた影響は、間接的であるにしても、大きなものがあったというのがわれわれの結論である。

フランス革命は多くの血を流したが、革命当初は権力の外にいた人たちにとって革命は魅力的であったに違いない。というのも、革命は人々の欲望を吸収し、巻き込み、幻影を見させ、夢を与えるからだ。途方もない欲望が記述されたサドの「フランス人よ」が、何よりもこのことをよく物語っている。欲望を吸収する革命に、リベルタン文学が果たした役割は正当に評価しなければならないだろう。「政治的中傷パンフレット」は、マリー゠アントワネットを攻撃したが、その攻撃手法は「性的モラル」の逸脱に対する攻撃だった。ここには、「性」がもつ二重性が見て取れる。つまり、キリスト教モラルを批判するために使われた「性」が、キリスト教モラルを用いてマリー゠アントワネットの「性」を批判するという二重性である。それは、「性」がモラル批判にも、モラル擁護にも使われることを明らかにしている。「性」は攻撃手段として有効な道具なのだ。

ところで、権力はなぜ「性」をいつの時代においても取り締まるのだろうか？　先に述べたように「人間を剥き出しにして、あるがままの現実を見せる」からだろうか。「性」がもつ野獣性、つまり「秩序破壊の力」を恐れるからであろうか。リン・ハントは「初期近代、すなわち一五〇〇年から一八〇〇年にいたるまでのヨーロッパでは、ポルノグラフィは性のもつ衝撃力を利用して、宗教的、政治的権威を批判する手段としてしばしば用いられていた」[1]と述べて、性と権力の緊張関係について触れている。この「性のもつ衝撃力」＝「秩序破壊の力」こそ、権力が危険なものとみなす「力」であろう。「性の力」と「暴力」はおそらく人間精神の内奥で繋がっているのではないか。

また彼女は、「猥褻という概念は私的振舞いと公的振舞いが区別されるようになって成立した。〔……〕十九世紀半ば頃に猥褻と節度、私と公の均衡がどこか変化し、ポルノグラフィは政府にとって明確な関心事として出現してくる」[2]とケンドリックを引用しながら、「公私の均衡の変化」によって権力が取り締まりを強化し始めたと指摘している。もちろんわれわれが見てきたように、取り締まりはそれ以前からあったが、「猥褻」という犯罪を創り出したのが十九世紀半ば頃というわけだ。しかも、『焚書、発禁、検閲処分を受けた主要書物の批判的、文学的、書誌学的事典』を出版したエティエンヌ=ガブリエル・ペニョーが序文で詳細な注を加えているのは、サドの『ジュリエット物語』であった。[3]ロベスピエールもナポレオンもサドを嫌ったが、権力はサドの著作がもつ「もっとも堕落した、もっとも残酷な、そしてもっとも忌まわしい想像力」[4]を許せないのだろう。

最後に、われわれは「リベルタン文学」と「フランス革命」から離れて、「性」と「笑い」の結びつきについて考えてみよう。本書のテーマからは逸脱しているが、われわれが本書のなかで何度も出会った問題である。春画のことを「笑絵」と言い、落語にも「艶笑落語」というジャンルがある。「性」的話題が笑いを導くのは、日本でもフランスでも変わらないし、現在も過去も変わらない。そこには時空を超えた普遍性がありそうだが、その理由をはっきりと示すことは難しい。隠すべきことが表に出ることによる笑いなのだろうか。最後に面白い例を引いて本書を締めくくりたい。これは十三世紀に書かれた『宇治拾遺物語』のなかの一節である。オナニーについて触れている日本で最も古い記述と言われている。「性」と「笑い」の結びつきが普遍的であるか否かについて、われわれはその答えを差し控えるが、ぜひ読者自身で考えていただきたい。

（現代語訳）これも今は昔のことだが、京極の源大納言雅俊という人がおられた。仏事をなさった折に、本尊の仏の前で僧に鐘を打たせて、一生不犯（一生涯不淫戒を守り、異性と関係しないこと）の清僧を選んで法会を行われたのだが、ある僧が導師の台座に上って、いささか顔つきがこわばったようになって、撞木を取って振り回し、鐘を打ちもしないでしばらくたったので、大納言がどうしたのかと思っておられると、やや久しくものも言わずにいるので、一座の人々もどうしたのかと気がかりに思っていると、この僧が震え声で「かわつるみ（手淫、オナニーのこと）はいかがなものでしょうか」と言ったので、一同、顎がはずれるほど大笑いした。すると一人の侍が、「かわつるみは何回くらいなさったのですか」と尋ねた。すると、この僧は首をひねって、「ちょっとゆうべもいたしました」と言ったので、みな、どっと笑い崩れた。そのどさくさに紛れてこの僧はさっさと逃げてしまったとか。[5]

●注●

（1）Hunt, *The Invention of Pornography: Obscenity and the Origins of Modernity, 1500-1800*, p. 10（邦訳、ハント『ポルノグラフィの発明――猥褻と近代の起源、一五〇〇年から一八〇〇年へ』八頁）。ハントは「ポルノグラフィ」という言葉で、性にかかわる作品を一纏めにしているが、現在の意味での「ポルノグラフィ」でないことは本書で何度も指摘しているとおりである。

（2）*Ibid*., p. 13（邦訳、一一頁）。

（3）このあたりのことはリン・ハントの前掲書 pp. 12-16（邦訳、一〇―一四頁）に詳しい。

（4）*Ibid.*, p. 16（邦訳、一六頁）。

（5）原文は以下のとおりである。「これも今は昔、京極の源大納言雅俊といふ人おはしけり。仏事をせられけるに、仏前にて僧に鐘を打たせて、一生不犯なるを選びて、講を行なはれけるに、ある僧の礼盤にのぼりて、すこし顔気色違ひたるやうになりて、撞木をとりてふりまはして、打もやらで、しばしばかりありければ、大納言、いかにと思はれけるほどに、やや久しく物も言はでありければ、人共おぼつかなく思けるほどに、この僧、わななきたる声にて、『かはつるみはいかが候べき』と言ひたるに、諸人、頤を放ちて笑ひたるに、一人の侍ありて、『かはつるみはいくつ斗にて候ひしぞ』と問たるに、この僧、首をひねりて、「きと夜べもして候ひき」と言ふに、大方どよみあへり。その紛に、はやう逃にけりとぞ」（高橋貢／増古和子訳『宇治拾遺物語（上）』講談社学術文庫、二〇一八、一〇四―一〇七頁）。

あとがき

十八世紀フランスは「啓蒙の世紀（siècle des Lumières）」と言われる。「啓蒙」のイメージは、闇の世界に光（lumière）が当たり、真実が見える、あるいはまた、当たり前のように信じてきた世界に光が当たることによって、これまでと違って見え、真実が顔を出す、そんなイメージだろうか。そして、その光は知性であり、理性であった。それゆえに「啓蒙の世紀」は「哲学の世紀」でもあった。現在からみると、そんな「真実」があるのか、「真実」とは何なんだと突っ込みたくもなるが、当時この光はあまねく照らし出し、『ドン・B＊＊＊の物語』の物語内部にまで浸透している。

登場人物のモニックは、真実を求めて「心の声」を聴こうとする。そして彼女が耳にしたのは「性」的欲望であり、オナニーを発見する。モニックにまで光は届いていたのである。しかしながら、モニックが見出した「性」的欲望は、『テレーズ』や『閨房哲学』のみならず、十八世紀に流行した「リベルタン文学」に引き継がれているのに、これまであまり取り上げられてこなかった。「哲学」は強調されても、「快楽」は啓蒙から排除されてきたのである。しかし、本書で見てきたように「哲学の世紀」は「快楽の世紀」でもあったのだ。十八世紀フランスを現在から見たときに、このアンバランスを修正するために、われわれはフランス十八世紀が「快楽の世紀」でもあったことをぜひとも強調したい。

モニックの「既成概念にとらわれず、真実を見出そうとする態度」は『ドン・B＊＊＊の物語』を読んだ読者誰もが同じように実践できることである。おそらく十八世紀の読者のなかにモニックに共感して、同じ態度を実践した読者もいたのではないか。こうした態度こそ、はっきりとは目に見えないが、現実を変えていく力になりうるものだと考えられるのである。そこにこそ、「革命の起源」があるのかもしれない。

もうずいぶん前のことになるが、シャンタル・トマ氏が中心となってリヨンで行われていた「私生活」についての共同研究に参加していたとき、ローバート・ダーントン氏が共同研究に招かれてリヨンで講演をしたことがあった。講演のあと、どこで食事するかが問題になり、当時よく外食をしていた僕に白羽の矢が立ち、クロワ・パッケにあるレストランを予約した。シャンタルが「このレストランはカズ（リヨンの仲間たちにはこう呼ばれている）が予約してくれた」とダーントンに紹介してくれて握手したのを覚えている。そのときは「革命の起源」の問題について考えるとは夢にも思っていなかったが、本書を書きながらダーントンともう一度会えたなら聞いてみたいことはいろいろあると思った。「革命の起源」は今も魅力的なテーマの一つだと思う。

＊

本書は「関西学院大学研究叢書」の出版補助を受けている。出版補助が決まったのが七月で、原稿の提出を十月末と言われた。当初はこれまでに執筆した論文をつなぎ合わせればいいと高をくくっていたが、個別に独立した論文を一つに纏めるのがいかに無謀な考えであったかを思い知らされることになり、この夏から秋にかけて、禁欲生活を強いられ、ありとあらゆる時間を本書に捧げてきた。それでも執筆時間がなく、締め切りを十一月末にしてもらい、さらには十二月に入って一週間延ばしてもらってようやく提出することができた。今後出版補助を受けようとする人は、僕のように苦しむことのないように、十分準備をして申請することだと思う。本当に原稿が出るのか心配しながらも文句ひとつ言わずに待っていただいた関学出版会の田中さんにまずはお詫びしたい。そして、僕の原稿を読んでさまざまなアドバイスをいただいた浅香さんにもお礼を申し上げる。

また、いつものことながらリヨンの十八世紀研究者仲間にもお世話になった。リヨン第二大学のドゥニ・レノー氏はどんな質問にも即座に答えてくれる。大学の研究室で、彼の自宅で、あるいはメールで僕のさまざまな疑問に答えてくれた。グルノーブル・アルプ大学のクリストフ・カーブ氏とは、リベルタン文学の定義でいつも言い合いになった。論文集『十八世紀におけるリベルタンというジャンルについて』の執筆者でもあるクリストフとは、「リベルタン文学」と「ポルノ文学」の違いについて、いつも意見が合わなかった。ルソー研究者のマリア・レオーネ氏はわれわれのそんな議論のあとでいつも美味しいパスタを食べさせてくれた。リヨン第一大学を昨年定年退職したアンヌ＝マリー・メルシエ氏とリヨン第二大学を退職したルソー研究者のマイケル・オデア氏にもお世話になった。リヨンの仲間を纏めるのが、この二人である。また、パリではシャンタル・トマ氏にもいろいろ助言をいただいた。シャンタルのアパルトマンのテラスで、「リベルタン文学とフランス革命」のテーマについて、思いつくままに議論したのは楽しい夏の思い出である。シャンタルを含むリヨンの共同研究の仲間たちには心より感謝の気持ちを伝えたい。

そして最後になったが、関西学院大学を退職されたオリビエ・ビルマン氏にも一方ならぬお世話になった。オリビエには、わからないフランス語があると、いつも頼ってしまう。どんなときでも、わからないことがあれば聞いてくれと言ってくれる、もっとも身近な僕のフランス語の先生だ。

本書はこうした周りの人々に支えられて出版することができた。いつも思うが、大切なのはこうした友人たちだ。改めてお礼を申し上げたいと思う。

二〇一九年正月

関谷　一彦

なお、本書執筆にあたり、以下の図書、論文の一部を修正しながら再録している。

図書

- 関谷一彦「訳者解説」『女哲学者テレーズ』人文書院、二〇一〇。
- 関谷一彦「訳者解説」『閨房哲学』人文書院、二〇一四。

論文

- SEKITANI (Kazuhiko)《Révolution française et érotisme vus à travers les textes politiques de Sade》, *Études de Langue et Littérature Françaises*, N°62, 日本フランス語フランス文学会、一九九三。
- 関谷一彦「十八世紀フランスのエロティックな版画と日本の春画」『外国語外国文化研究』第十三号、関西学院大学法学部外国語研究室、二〇〇四。
- 関谷一彦「十八世紀フランスのリベルタン小説：『哲学者テレーズ』」『言語と文化』第十三号、関西学院大学言語教育研究センター、二〇一〇。
- 関谷一彦「『哲学者テレーズ』におけるリベルタン版画」『外国語外国文化研究』第十五号、関西学院大学法学部外国語研究室、二〇一〇。
・関谷一彦「サドの『閨房哲学』の思想系譜とリベルタン文学としての位置」『外国語外国文化研究』第十六号、関西学院大学法学部外国語研究室、二〇一四。
・関谷一彦「リベルタン文学と政治的中傷パンフレット」『外国語外国文化研究』第十七号、関西学院大学法学部外国語研究室、二〇一七。
・関谷一彦「リベルタン文学とフランス革命─『女哲学者テレーズ』を通して─」『言語と文化』第二十一号、関西学院大学言語教育研究センター、二〇一八。

【付記】本書は「十八世紀フランスのリベルタン文学と版画がフランス革命に果たした役割についての研究」(基盤研究(C)、課題番号：15K02397)を研究課題として、日本学術振興会科研費平成二七─三〇年度の助成を受けた研究に基づくものである。

Dictionnaire de Trévoux, 1771.

Dictionnaire des œuvres érotiques, préface de Pascal Pia, Mercure de France, 1971.

LE PENNEC（Marie-Françoise）, *Petit glossaire du langage érotique aux XVIIe et XVIIIe siècles*, Éditions Borderie, 1979.

SOBOUL（Albert）, *Dictionnaire historique de la Révolution française*, PUF, 1989.

REY（Alain）, *Dictionnaire historique de la langue française*, Le Robert, 1992.

Dictionnaire européen des Lumières（sous la direction de Michel Delon）, PUF, 1997.

GUIRAUD（Pierre）, *Dictionnaire érotique*, Éditions Payot, 2006.

PIERRON（Agnès）, *Dictionnaire des mots du sexe*, Balland, 2010.

WALD LASOWSKI（Patrick）, *Dictionnaire libertin*, Éditions Gallimard, 2011.

7. その他

BOOTH（Wayne C.）, *The Rhetoric of Fiction*, The University of Chicago Press, 1961.

BARTHES（Roland）, *Sade, Fourier, Loyola*, Éditions du Seuil, 1971.

BATAILLE（Georges）, *L'Érotisme*, Les Éditions de Minuit, 1957（邦訳、バタイユ著、澁澤龍彦訳『エロティシズム』二見書房、1973）.

BEAUVOIR（Simone de）, *Faut-il brûler Sade?*, Gallimard, 1972.

FOUCAULT（Michel）, *Histoire de la sexualité: la volonté de savoir*, t. I, Gallimard, 1976（邦訳、フーコー著、渡辺守章訳『性の歴史Ⅰ　知への意志』新潮社、1986）.

LACAN（Jacques）, *Kant avec Sade*, *Écrits*, Seuil, 1966.

小田亮『性』三省堂、1996.

5. 版画、春画、美術関連

青木日出夫『図説　世界の発禁本　ヨーロッパ古典篇』河出書房新社、1999.

DELON (Michel), *Sade, Un athée en amour*, Albin Michel, 2014.

DUBOST (Jean-Pierre), «Notice sur les gravures libertines», *Romanciers libertins du XVIIIe siècle*, Bibliothèque de la Pléiade, t. I, 2000.

GUILLERM (Alain), «Le système de l'iconographie galante», *Dix-Huitième siècle*, N° 12, Éditions Garnier Frères, 1980.

早川聞多「浮世絵春画と江戸庶民の性風俗」、『春画――秘めたる笑いの世界』洋泉社、2003.

飯塚信雄『ロココの時代――官能の十八世紀』新潮選書、1986.

LE BRUN (Annie), *Sade. Attaquer le soleil*, Musée d'Orsey/Gallimard, 2014.

SAINT BRIS (Gonzague), *Sade, Marquis de l'ombre, prince des Lumières*, Éditions Flammarion, Musée des Lettres et Manuscrits, 2014.

関谷一彦「18 世紀フランスのエロティックな版画と日本の春画」、『外国語外国文化研究　XIII』関西学院大学法学部外国語研究室、2004.

白倉敬彦／田中優子／早川聞多／三橋修『浮世絵春画を読む（上）（下）』中公叢書、2000.

白倉敬彦『江戸の春画――それはポルノだったのか』洋泉社、2002.

STEWART (Philip), *Engraven Desire, Eros, Image & Text in the French Eighteenth Century*, Duke University Press, Durbam and London, 1992.

高階秀爾『フランス絵画史　ルネッサンスから世紀末まで』講談社学術文庫、1990.

田中雅志「アントワーヌ・ボレル（1743–1810）」、『ユリイカ　総特集　禁断のエロティシズム』Vol. 24–13、青土社、1992.

WALD LASOWSKI (Patrick), *Scènes du plaisir: La gravure libertine*, Éditions Cercle d'Art, 2015.

6. 辞書（年代順）

RICHELET (Pierre), *Dictionnaire de la langue française*, Les Frères Duplain, Lyon, 1759.

DIDEROT et D'ALEMBERT, *Encyclopédie ou Dictionnaire raisonné des sciences, des arts et des métiers, par une société de gens de lettres*, 1751–1765.

NAGY（Péter）, *Libertinage et révolution*, traduit du hongrois par Christiane Grémillon, Gallimard, 1975.

ONFRAY（Michel）, *Les Ultras des Lumières*, Contre-histoire de la philosophie t. 4, Éditions Grasset & Fasquelle, 2007.

PAUVERT（J.-J.）, *Sade vivant*, t. III, Éditions Robert Laffon, 1990（邦訳、ポーヴェール著、長谷泰訳『サド侯爵の生涯』河出書房新社、2012）.

PERRIER（Murielle）, *Utopie et libertinqge au siècle Lumières*, L'Harmattan, 2015.

REICHLER（Claude）, *L'âge libertin*, Les Éditions de Minuit, 1987.

ROGER（Philippe）, *Sade et la Révolution, l'Ecrivain devant la Révolution 1780–1800*, Presses Universitaires de Grenoble, 1990.

SEKITANI（Kazuhiko）, «Révolution française et érotisme vus à travers les textes politiques de Sade», *Études de Langue et Littérature Françaises*, N° 62, 日本フランス語フランス文学会、1993.

TARCZYLO（Theodore）, *Sexe et liberté au siècle des Lumières*, presses de la Renaissance, 1983.

THOMAS（Chantal）, *La reine scélérate, Marie-Antoinette dans les pamphlets*, Éditions de Seuil, 1989.

WADE（Ira O.）, *The clandestine organization and diffusion of philosophic ideas in France from 1700 to 1750*, Octagon Books INC., 1968.

WALD LASOWSKI（Patrick）, *Libertines*, Éditions Gallimard, 1980.

———, *L'ultime faveur*, Éditions Gallimard, 2006.

———, *Le grand dérèglement*, Éditions Gallimard, 2008.

———, «Préface», *Romanciers libertins du XVIIIe siècle*, Bibliothèque de la Pléiade, t. I, 2000.

Entre Libertinage et Révolution, Jean-Baptiste Louvet（1760-1797）, Presses Universitaires de Strasbourg, 1999.

Le philosophe romanesque, L'image du philosophe dans le roman des Lumières, Presses Universitaires de Strasbourg, 2007.

Le roman libertin et le roman érotique, Actes du Colloque International de Chaudfontaine, Éditions du Céfal, 2005.

Traité des Trois Imposteurs, Éditions de l'Université de Saint-Etienne, 1973（邦訳、三井吉俊訳「三詐欺師論」、『啓蒙の地下文書 229 Ｉ』法政大学出版局、2008）.

DELON (Michel), *Le savoir-vivre libertin*, Hachette Littératures, 2000.

———, *Le principe de délicatesse*, Éditions Albin Michel, 2011.

DU MARSAIS (César Chesneau), *Examen de la religion ou Doutes sur la religion dont on cherche l'éclaircissement de bonne foi*, Voltaire Foundation, 1998 (邦訳、デュマルセ著、逸見龍生訳「宗教の検討」、『啓蒙の地下文書Ⅰ』法政大学出版局、2008 に収録).

FOUCAULT (Didier), *Histoire du libertinage*, Perrin, 2007.

GAY (Jules Léopold), *Bibliographie des ouvrages relatifs à l'amour, aux femmes et au mariage et des livres facétieux, pantagruéliques, scatologiques, satyriques, etc. par M. le C. d'I***, entièrement refondue, augmentée et mise à jour par J. Lemonnyer,* Lille, Stéphane Becour, 1899.

GENAND (Stéphanie), *Le libertinage et l'histoire : politique de la séduction à la fin de l'Ancien Régime*, Voltaire Foundation, University of Oxford, 2005.

GOLDZINK (Jean), *A la recherche du libertinage*, L'Harmattan, 2005.

GOULEMOT (Jean Marie), *Ces livres qu'on ne lit que d'une main, Lecture et lecteurs de livres pornographiques au XVIIIe siècle*, Éditions Alinea, 1991.

———, «Des mots et des images: l'illustation du livre pornographique, Le cas de *Thérèse philosophe*», *Revue de la Bibliothèque nationale de France*, N° 7, 2001.

HOLZLE (Dominique), *Le roman libertin au XVIIIe siècle*, Voltaire Foundation, University of Oxford, 2012.

JAQUIER (Claire), *L'Erreur des désirs. Romans sensibles du XVIIIe siècle*, Éditions Payot-Lausanne, 1998.

JUIN (Hubert), «Préface», *Œuvres anonymes du XVIIIe siècle I, L'Enfer de la Bibliothèque Nationale 3*, Fayard, 1985.

LABORDE (Alice M.), *Correspondance du Marquis de Sade*, t.XVI-XVII, Éditions Slatkine, Genève, 2007 (邦訳、サド著、澁澤龍彦訳『サド侯爵の手紙』ちくま文庫、1988).

LELY (Gilbert), *Sade*, Gallimard, 1967 (邦訳、レリー著、澁澤龍彦訳『サド侯爵』ちくま学芸文庫、1998).

LEVER (Maurice), «Marie-Antoinette : Icône d'une pornographie politique», *Anthologie érotique, Le XVIIIe siècle*, Éditions Robert Laffont, 2003.

MOUREAU (François) et RIEU (Alain-Marc), *Éros philosophe, Discours Libertines des Lumières*, Éditions Champion, 1984.

郎／山田九朗他訳『フランス革命の知的起源（上）（下）』勁草書房、1971）.
OZOUF（Mona), *La Fête révolutionnaire 1789-1799*, Gallimard, 1976.
柴田三千雄『パリのフランス革命』東京大学出版会、1988.
————『フランス革命』岩波書店、1989.
————／福井憲彦／近藤和彦編『フランス革命はなぜおこったか』山川出版社、2012.
立川孝一『フランス革命と祭り』筑摩書房、1988.
VOVELLE（Michel), *Les Métamorphoses de la fête en Provence de 1750 à 1820*, Aubier/Flammarion, 1976.
————, *La Mentalité révolutionnaire : société et mentalités sous la Révolution française*, Paris, Éditions sociales, 1985（邦訳、ヴォヴェル著、立川孝一／奥村真理子／槇原茂／渡部望訳『フランス革命の心性』岩波書店、1992).
山崎耕一／松浦義弘編『フランス革命史の現在』山川出版社、2013.

4. リベルタン思想・文学関連

ABRAMOVICI（Jean-Christophe), *Le livre interdit*, Éditions Payot & Rivages, 1996.
————, «Les frontières poreuses du libertinage», *Du genre libertin au XVIIIe siècle*, Éditions Desjonquères, 2004.
赤木昭三『フランス近代の反宗教思想』岩波書店、1993.
CAVAILLE（Jean-Pierre), *Postures libertines*, Anacharsis Éditions, 2011.
————, *Les Déniaisés*, Classiques Garnier, 2013.
CAZENOBE（Colette), *Le système du libertinage de Crébillon à Laclos*, Voltaire Foundation, University of Oxford, 2015.
CLERVAL（Alain), «Notice», *Romanciers libertins du XVIIIe siècle*, Bibliothèque de la Pléiade, t. I, 2000.
COHEN（Henri), *Guide de l'amateur de livres à gravures du XVIIIe siècle*, 6e édition, Paris, 1912.
CORTEY（Mathilde), *L'invention de la courtisane,* Éditions Arguments, 2001.
CUSSET（Cathrine), *Les romanciers du plaisir*, Éditions Champion, 1998.
DAMME（Stéphane Van), *L'épreuve libertine*, CNRS Éditions, 2008.

———, *Pratiques de la lecture* (sous la direction de Roger Chartier), Éditions Rivages, 1985 (邦訳、シャルチエ編、水林章／泉利明／露崎俊和訳『書物から読書へ』みすず書房、1992).

DARNTON (Robert), *The Literary Underground of the Old Regime*, Harvard University Press, 1982 (邦訳、ダーントン著、関根素子／二宮宏之訳『革命前夜の地下出版』岩波書店、2000).

———, *Edition et sédition, l'univers de la littérature clandestine au XVIIIe siècle*, Gallimard, 1991.

———, *The Forbidden Best-Sellers of Pre-Revolutionary France*, Fontana Press, 1997 (邦訳、ダーントン著、近藤朱蔵訳『禁じられたベストセラー』新曜社、2005).

FURET (François), *Penser la Révolution française*, Gallimard, 1978 (邦訳、フュレ著、大津真作訳『フランス革命を考える』岩波書店、1989).

HUNT (Lynn), *The Invention of pornography: obscenity and the origins of modernity, 1500–1800*, edited by Lynn Hunt, Zone Books, 1993 (邦訳、ハント著、正岡和恵／末廣幹／吉原ゆかり訳『ポルノグラフィの発明——猥褻と近代の起源、1500 年から 1800 年へ』ありな書房、2002).

JACOB (Margaret C.), «The Materialist World of Pornography», *The Invention of pornography: obscenity and the origins of modernity, 1500–1800*, edited by Lynn Hunt, Zone Books, 1993 (邦訳、ジェイコブ著、末廣幹訳「ポルノグラフィの唯物論的世界」、『ポルノグラフィの発明——猥褻と近代の起源、1500 年から 1800 年へ』ありな書房、2002).

LEFEBVRE (Georges), *La Grande Peur de 1789*, Armand Colin, 1988.

MANDROU (Robert), *De la culture populaire en France aux XVIIe et XVIIIe siècles*, Éditions Stock, 1964 (邦訳、マンドルー著、二宮宏之／長谷川輝夫訳『民衆本の世界——17・18 世紀フランスの民衆文化』人文書院、1988).

松浦義弘『フランス革命とパリの民衆』山川出版社、2015.

モナ・オズーフ著、立川孝一訳『革命祭典』岩波書店、1988 (本書には OZOUF, *La Fête révolutionnaire 1789–1799* のなかの *L'histoire de la fête révolutionnaire* の訳が含まれている).

MORNET (Daniel), *Les Origines intellectuelles de la Révolution française (1715–1787)*, Librairie Armand Colin, 1933 (邦訳、モルネ著、坂田太

————, *La Nouvelle Justine*, Bibliothèque de la Pléiade, t. II, 1995.

————, *Histoire de Juliette*, Bibliothèque de la Pléiade, t. III, 1998.

————, *Les Cent Vingt Journées de Sodome*, Bibliothèque de la Pléiade, t. I, 1990.

————, «Eugénie de Franval», *Les Crimes de l'amour, Œuvres complètes du marquis de Sade, Cercle du livre précieux*, t. X, 1966（邦訳、サド著、私市保彦訳「ウジェニー・ド・フランヴァル、悲壮物語」、『サド全集第6巻、恋の罪、壮烈悲惨物語』水声社、2011）.

————, *Voyage d'Italie,* Fayard, 1995.

SPINOZA（Baruch）, *Ethique, Œuvres complètes*; Bibliothèque de la Pléiade, 1954.

VOLTAIRE（François-Marie Arouet）, *Dictionnaire philosophique*, Éditions Garnier, 1967（邦訳、ヴォルテール著、高橋安光訳『哲学辞典』法政大学出版局、1988）.

————, *La Pucelle d'Orléans*, Poeme, divisé en vingt-un chants, avec les notes de M. de Morza, A Londres, 1775.

————, *Essai sur les moeurs*, t. I, Bordas, 1990.

作者不詳 , *Thérèse philosophe,Romanciers libertins du XVIIIe siècle*, Bibliothèque de la Pléiade, t. I, 2000（邦訳、関谷一彦訳『女哲学者テレーズ』人文書院、2010）.

作者不詳, *Thérèse philosophe*, par Florence Lotterie, Flammarion, 2007.

作者不詳, *Thérèse philosophe*, par François Moureau, Publications de l'Université de Saint-Etienne, 2000.

作者不詳, *Les amours de Charlot et Toinette, Anthologie érotique, Le XVIIIe siècle*, Éditions Robert Laffont, 2003.

作者不詳, *Fureurs utérines de Marie-Antoinette, femme de Louis XVI, Anthologie érotique, Le XVIIIe siècle*, Éditions Robert Laffont, 2003.

作者不詳 , *L'Ecole des Filles ou la Philosophie des Dames, Œuvres érotique du XVIIe siècle*, L'Enfer de la Bibliothèque Nationale, t. 7, Fayard, 1988.

3. 歴史学関連

CHARTIER（Roger）, *Les origines culturelles de la Révolution française*, Éditions du Seuil, 1990（邦訳、シャルチエ著、松浦義弘訳『フランス革命の文化的起源』岩波書店、1999）.

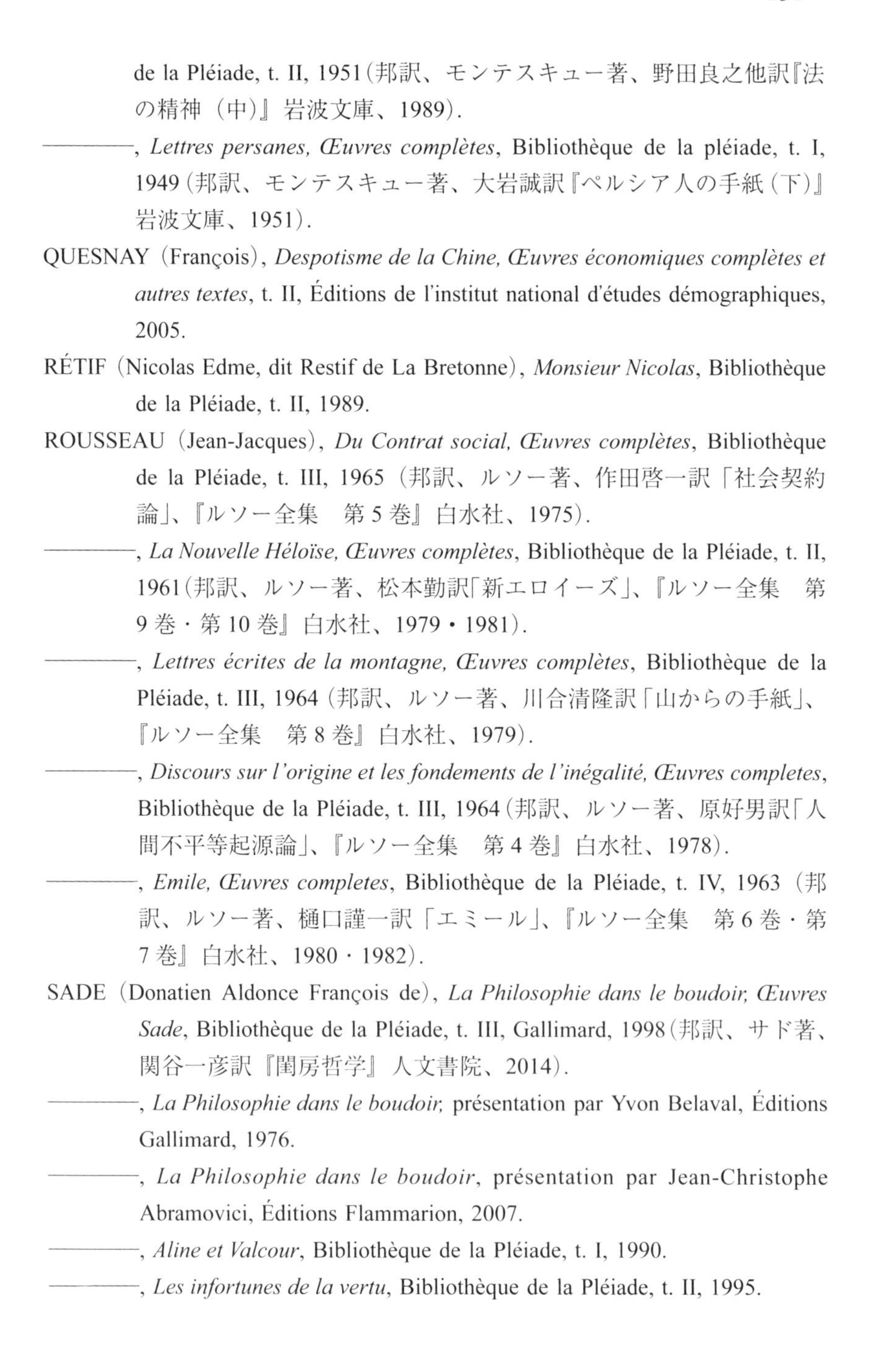

de la Pléiade, t. II, 1951（邦訳、モンテスキュー著、野田良之他訳『法の精神（中）』岩波文庫、1989）.

————, *Lettres persanes, Œuvres complètes*, Bibliothèque de la pléiade, t. I, 1949（邦訳、モンテスキュー著、大岩誠訳『ペルシア人の手紙（下）』岩波文庫、1951）.

QUESNAY（François）, *Despotisme de la Chine, Œuvres économiques complètes et autres textes*, t. II, Éditions de l'institut national d'études démographiques, 2005.

RÉTIF（Nicolas Edme, dit Restif de La Bretonne）, *Monsieur Nicolas*, Bibliothèque de la Pléiade, t. II, 1989.

ROUSSEAU（Jean-Jacques）, *Du Contrat social, Œuvres complètes*, Bibliothèque de la Pléiade, t. III, 1965（邦訳、ルソー著、作田啓一訳「社会契約論」、『ルソー全集　第 5 巻』白水社、1975）.

————, *La Nouvelle Héloïse, Œuvres complètes*, Bibliothèque de la Pléiade, t. II, 1961（邦訳、ルソー著、松本勤訳「新エロイーズ」、『ルソー全集　第 9 巻・第 10 巻』白水社、1979・1981）.

————, *Lettres écrites de la montagne, Œuvres complètes*, Bibliothèque de la Pléiade, t. III, 1964（邦訳、ルソー著、川合清隆訳「山からの手紙」、『ルソー全集　第 8 巻』白水社、1979）.

————, *Discours sur l'origine et les fondements de l'inégalité, Œuvres completes*, Bibliothèque de la Pléiade, t. III, 1964（邦訳、ルソー著、原好男訳「人間不平等起源論」、『ルソー全集　第 4 巻』白水社、1978）.

————, *Emile, Œuvres completes*, Bibliothèque de la Pléiade, t. IV, 1963（邦訳、ルソー著、樋口謹一訳「エミール」、『ルソー全集　第 6 巻・第 7 巻』白水社、1980・1982）.

SADE（Donatien Aldonce François de）, *La Philosophie dans le boudoir, Œuvres Sade*, Bibliothèque de la Pléiade, t. III, Gallimard, 1998（邦訳、サド著、関谷一彦訳『閨房哲学』人文書院、2014）.

————, *La Philosophie dans le boudoir,* présentation par Yvon Belaval, Éditions Gallimard, 1976.

————, *La Philosophie dans le boudoir*, présentation par Jean-Christophe Abramovici, Éditions Flammarion, 2007.

————, *Aline et Valcour*, Bibliothèque de la Pléiade, t. I, 1990.

————, *Les infortunes de la vertu*, Bibliothèque de la Pléiade, t. II, 1995.

Œuvres philosophiques, t. II, Éditions Alive, 1999.
————, *Le Bon Sens, Œuvres philosophiques*, t. III, Éditions Alive, 2001.
————, *Le Système social*, Fayard, 1994.
DÉMEUNIER（Jean-Nicolas）, *L'Esprit des usages et des coutumes des différents peuples*, t. I et t. II, Éditions Jean-Michel Place, 1988.
DIDEROT（Denis）, *Œuvres complètes de Diderot*, t. XXIII, DPV, Hermann, 1981（邦訳、ディドロ著、王寺賢太／田口卓臣訳『運命論者ジャックとその主人』白水社、2006）.
————, *Œuvres complètes*, t. XII, DPV, Hermann, 1989（邦訳、ディドロ著、本田喜代治／平岡昇訳『ラモーの甥』岩波文庫、1965 および中川久定訳『ブーガンヴィル航海記補遺』、『世界の名著　35』中央公論社、1980）.
————, *Œuvres complètes*, t. XVII, DPV, Hermann, 1987（邦訳、ディドロ著、杉捷夫訳「ダランベールの夢」、『ディドロ著作集　哲学 I 』法政大学出版局、1976）.
————, *Œuvres complètes de Diderot*, t. III, DPV, Hermann, 1978（邦訳、ディドロ著、新庄嘉章訳『お喋りな宝石』大雅洞、1951）.
————, *Les Bijoux indiscrets*, Édition Jacques Rustin, Gallimard, 1981.
HELVÉTIUS（Claude-Adrien）, *De l'esprit, Œuvres complètes*, t. 1, Chez Mme Ve Lepetit, 1818.
HOBBES（Thomas）, *De Cive*, Oxford University Press, 1984（邦訳、ホッブス著、伊藤宏之／渡部秀和訳『哲学原論／自然法および国家法の原理』柏書房、2012）.
LA METTRIE（Julien Jean Offray de）, *Œuvres philosophiques*, t. I, Fayard, 1789（邦訳、ラ・メトリ著、杉捷夫訳『人間機械論』岩波文庫、1957）.
LACLOS（Pierre Ambroise Choderlos de）, *Les Liaisons dangereuses*, Bibliothèque de la Pléiade, 2011（邦訳、ラクロ著、竹村猛訳『危険な関係』角川文庫、2004）.
LATOUCHE（Jean-Charles Gervaise de）, *Histoire de dom B***, Portier des chartreux, Romanciers libertins du XVIIIe siècle*, Bibliothèque de la Pléiade, t. I, 2000.
MALEBRANCHE（Nicolas）, *Traité de morale, Œuvres Malebranche*, Bibliothèque de la Pléiade, t. II, 1992.
MONTESQUIEU（Charles Louis de Secondat）, *De l'esprit des lois*, Bibliothèque

Bibliographie

1. リベルタン文学作品集（年代順）

L'Enfer de la Bibliothèque Nationale, t. 1-7, Fayard, 1984-1988.

Romans libertins du XVIIIe siècle, par Raymond Trousson, Éditions Robert Laffont, 1993.

Romanciers libertins du XVIIIe siècle, Bibliothèque de la Pléiade t. I, 2000.

Anthologie érotique, par Maurice Lever, Robert Laffont, 2003.

Romanciers libertins du XVIIIe siècle, Bibliothèque de la Pléiade t. II, 2005.

Contes immoraux du XVIIIe siècle, par Nicolas Veysman, Robert Laffont, 2009.

Les grands classiques de la littérature libertine, Éditions Garnier, 2010.

2. 本書で参照した作品

BOUGAINVILLE（Louis-Antoine de）, *Voyage autour du monde*, Éditions Gallimard, 1982（邦訳、ブーガンヴィル著、山本淳一訳『世界周航記、17・18 世紀大旅行記叢書 2』岩波書店、1990）.

BUFFON（Georges-Louis Leclerc de）, *Histoire naturelle, Œuvres Buffon*, Bibliothèque de la Pléiade, 2007.

———, *Des Epoques de la nature, Œuvres Buffon*, Bibliothèque de la Pléiade, 2007（邦訳、ビュフォン著、菅谷暁訳『自然の諸時期』法政大学出版局、1994）.

CHORIER（Nicolas）, *L'Académie des dames, Œuvres érotique du XVIIe siècle*, L'Enfer de la Bibliothèque Nationale, t. 7, Fayard, 1988.

CRÉBILLON（Claude-Prosper Jolyot de, dit Crébillon fils）, *Le Sopha, Romanciers libertins du XVIIIe siècle*, Bibliothèque de la Pléiade, t. I, 2000（邦訳、クレビヨン・フィス著、伊吹武彦訳『ソファ』世界文学社、1949）.

D'HOLBACH（Paul Thiry）, *Système de la Nature, Œuvres philosophiques*, t. II, Éditions Alive, 1999.

———, *Histoire critique de Jésus-Christ ou Analyse raisonnée des Évangiles*,

ラ

索　引

ア

カ

サ

タ

【著者略歴】

関谷　一彦（せきたに・かずひこ）

関西学院大学教授。

専門は18世紀フランス文学、リベルタン文学。共著書『危機を読む——モンテーニュからバルトまで』（白水社）、*Lire Sade*（L'Harmattan）、*L'Invention de la catastrophe au XVIIIe Siècle*（*Droz*）、『共同研究　ポルノグラフィー』（平凡社）、論文は「ディドロにおけるエクリチュールのエロティスム」、「性を通してみた日本とフランス——ルソーの『エミール』の位置」、「18世紀フランスのエロティックな版画と日本の春画」、「翻訳のむつかしさ——サドの『閨房哲学』を訳して」など、翻訳には『人間の領域——迷宮の岐路』（法政大学出版局）、『愛の行為』（彩流社）、『女哲学者テレーズ』（人文書院）、『閨房哲学』（人文書院）がある。

関西学院大学研究叢書　第206編

リベルタン文学とフランス革命
リベルタン文学はフランス革命に影響を与えたか？

2019年3月31日初版第一刷発行

著　者　関谷一彦

発行者　田村和彦
発行所　関西学院大学出版会
所在地　〒662-0891
兵庫県西宮市上ケ原一番町1-155
電　話　0798-53-7002

印　刷　大和出版印刷株式会社

©2019 Kazuhiko Sekitani
Printed in Japan by Kwansei Gakuin University Press
ISBN 978-4-86283-279-5
乱丁・落丁本はお取り替えいたします。
本書の全部または一部を無断で複写・複製することを禁じます。

理 コトワリ

KOTOWARI
No.75
2025

五〇〇点刊行記念

関西学院大学出版会の総刊行数が五〇〇点となりました。
草創期とこれまでの歩みを歴代理事長が綴ります。

関西学院大学出版会
KWANSEI GAKUIN UNIVERSITY PRESS

未来の教育を語ろう

關谷（せきや）武司（たけし）　関西学院大学教授

著者は現在六四歳になります。思えば、自身が大学に入学した頃に、パーソナル・コンピューター（ＰＣ）というものが世に現れ、最初はソフトウェアもほとんどなく、研究室にあるただの箱のような扱いでした。それが、毎年毎年数倍の革新的な能力アップを遂げ、あっという間に、ＰＣなくしては、研究だけでなく、あらゆるオフィス業務が考えられない状況が出現しました。その後のインターネットの充実は、さらに便利な社会をもたらし、近年はクラウドやバーチャルという空間まで生み出しました。そして、数年前から、ついに人工知能（ＡＩ）の実用化が始まり、人間の能力を超える存在にならんとしつつあります。ここまでの激的な変化が、わずか人間一代の時間軸の中で起こってきたわけです。

もはや、それまでの仕事の進め方は完全に時代遅れとなり、昨年まであった業務ポストがなくなり、人間の役割が問い直されるまでに至りました。この影響は、すでに学びの場、学校や大学にも及んでいます。

これまで生徒に対してスマホートフォンの使用を制限していた中学や高等学校では、タブレットが導入され、ＡＩを使う生徒の姿に教師が戸惑う光景が見られるようになりました。教室で、ＡＩなどの先進科学技術を利用しながら、子どもたちに、何を、どのように学ばせるべきなのか。これは避けて通れない目の前のことで、教育者はいま、その解を求められています。しかし、学校現場は日々の業務に忙殺されており、立ち止まって現状を見直し、高い視点に立って将来を見据えて考える、そんな時間的余裕などはとてもありません。ただただ、「これでいいわけはない」「今後に向けてどのような教育があるべきか」

未来の教育を語ろう
關谷武司 著
関西学院大学出版会

など、焦燥感だけが募る毎日。

この書籍は、そのような状況にたまりかねた著者が、仲間うちの教育関係者に訴えかけて円卓会議を開いた、そのときに話された内容を記録したものです。まずは、僭越ながら著者が基調講演をおこない、続いて小学校から高等学校までの現場の先生方、そして教育委員会の指導主事の先生方にグループ討議をしていただきました。それぞれの教育現場における課題や懸念、今後やるべき取り組みやアイデアの提示を自由に話し合い、互いに共有しました。そして、それを受けて、大学の異なるご専門の先生方から、大学としていかなる変革が必要となるか、コメントを頂戴しました。実に有益なご示唆をいただくことができました。

では、私たちはどのような一歩を歩み出すべきなのでしょうか。社会の変化は非常に早い。

そこで、小学校から高等学校までの学校教育に多大な影響を及ぼしている大学教育に着目しました。それはまた、輩出する卒業生を通して社会に対しても大きな影響を及ぼす存在です。

一九七〇年にＯＥＣＤの教育調査団から、まるでレジャーランドの如くという評価を受けてから半世紀以上が経ちました。もはや、このまま変わらずにはいられない大学教育に関して、大胆かつ具体的に、これからの日本に求められる理想としての大学の姿を提示してみました。遠いぼんやりした次世紀の大学ではなく、シンギュラリティが到来しているかもしれない、二〇五〇年を具体的にイメージしたとき、どういう教育理念で、どのようなカリキュラムを、どのような教授法で実施するのか。いま現在の制約をすべて取り払い、自らが主体的に動ける人材を生み出すために、妥協を廃して考えた具体的なアイデアを提示する。この奇抜な挑戦をやってみました。

このような大学がもし本当に出現したなら、社会にどのようなインパクトを及ぼすでしょうか。消滅しつつある、けれど本来は資源豊かな地方に設立されたら、どれほどの効果を生み出すでしょうか。その影響が共鳴しだせば、日本全体の教育を変えていくことにもつながるのではないでしょうか。

そんな希望を乗せて、この書籍を世に出させていただきました。批判も含め、大いに議論が弾む、その礎となることを願っています。

500点目の新刊
未来の教育を語ろう
關谷 武司［編著］
A5判／一九四頁
二五三〇円（税込）
超テクノロジー時代の到来を目前にして現在の日本の教育システムをいかに改革するべきか「教育者」たちからの提言。

関西学院大学出版会の誕生と私

荻野（おぎの）　昌弘（まさひろ）
関西学院理事長

　一九九五年は、阪神・淡路大震災が起こった年である。関西学院大学も、教職員・学生の犠牲者が出て、授業も一時中断した。この年の秋、大学生協書籍部の谷川恭生さん、岡見精夫さんと神戸三田キャンパスを見学しに行った。新しいキャンパスに総合政策学部が創設されたのは、震災が起こった一九九五年の四月のことである。震災という不幸にもかかわらず、神戸三田キャンパスの新入生は、活き活きとしているように見えた。

　その後、三田市ということで、三田屋でステーキを食べた。その時に、私が、そろそろ、単著を出版したいと話して、具体的な出版社名も挙げたところ、谷川さんがそれよりもいい出版社があると切り出した。それは、関西学院大学生活協同組合出版会のことで、たしかに蔵内数太著作集全五巻を出版している。生協の出版会を基に、本格的な大学出版会を作っていけばいいという話だった。

　震災は数多くの建築物を倒壊させた。それは、不幸なできごとであったが、そこから新たな再建、復興計画が生まれる。何か新しいものを生み出したいという気運が生まれてくる。私は、谷川さんの新たな出版会創設計画に大きな魅力を感じ、積極的にそれを推進したいという気持ちになった。

　そこで、まず、出版会設立に賛同する教員を各学部から集め、設立準備有志の会を作った。岡本仁宏（法）、田和正孝（文）、田村和彦（経＝当時）、広瀬憲三（商）、浅野考平（理＝当時）の各先生が参加し、委員会がまず設立された。また、経済学部の山本栄一先生から、おりに触れ、アドバイスをもらうことになった。

　出版会を設立するうえで決めなければならないのは、まずその法人格をどのようにするかだが、これは、財団法人を目指す任意団体にすることにした。そして、何よりの懸案事項は、出版資金をどのように調達するかという点だった。あるときに、たしか当時、学院常任理事だった、私と同じ社会学部の高坂健次先生から山口恭平常務に会いにいけばいいと言われ、単身、常務の執務室に伺った。山口常務に出版会設立計画をお話し、資金を融通してもらいたい旨お願いした。山口さんは、社会学部の事務長を経験されており、そのときが一番楽しかったという話をされ、その後に、一言「出版会設立の件、承りました」と言われた。事実上、出版会の設立が決まった瞬間だった。

その後、書籍の取次会社と交渉するため、何度か東京に足を運んだ。そのとき、谷川さんと共に同行していたのが、今日まで、出版会の運営を担ってきた田中直哉さんである。東京出張の折には、よく酒を飲む機会があったが、取次会社の紹介で、高齢の女性が、一人で自宅の応接間で営むカラオケバーで、バラのリキュールを飲んだのが、印象に残っている。

取次会社との契約を無事済ませ、社会学部教授の宮原浩二郎編集長の下、編集委員会が発足し、震災から三年後の一九九八年に、最初の出版物が刊行された。

ところで、当初の私の単著を出版したいという目的はどうなったのか。出版会設立準備の傍ら、執筆にも勤しみ、第一回の刊行物の一冊に『資本主義と他者』を含めることがかなった。新たな出版会で刊行したにもかかわらず、書評紙にも取り上げられ、また、読売新聞が、出版記念シンポジウムに関する記事を書いてくれた。当時大学院生で、その後研究者になった方々から私の本を読んだという話を聞くことがあるので、それなりの反響を得ることができたのではないか。書店で『資本主義と他者』を手にとり、読了後すぐに連絡をくれたのが、当時大阪大学大学院の院生だった、山泰幸人間福祉学部長である。また、いち早く、論文に引用してくれたのが、今井信雄社会学部教授（当時、神戸大学の院生）で、今井論文は後に、日本社会学会奨励賞を受賞する。出版会の立ち上げが、新たなつながりを生み出していることは、私にとって大きな喜びであり、出版会が、今後も知的ネットワークを築いていくことを期待したい。

『資本主義と他者』1998年

資本主義を可能にしたものは？　他者の表象をめぐる闘争から生まれる、新たな社会秩序の形成を、近世思想、文学、美術等の資料をもとに分析する

草創期をふり返って

宮原浩二郎（みやはら こうじろう）
関西学院大学名誉教授

関西学院大学出版会の刊行書が累計で五〇〇点に到達した。ホームページで確認すると、設立当初の一〇年間は毎年一〇点前後、その後は毎年二〇点前後のペースで刊行実績を積み重ねてきたことがわかる。あらためて今回の「五〇〇」という大台達成を喜びたい。

草創期の出版企画や運営体制づくりに関わった初代編集長として当時をふり返ると、何よりもまず出版会立ち上げの実務を担った谷川恭生氏の面影が浮かんでくる。当時の谷川さんは関学生協書籍部の「マスター」として、関学内外の多くの大学教員や研究者を知的ネットワークに巻き込みながら、学術書を中心に本の編集、出版、流通、販売の仕組みや課題を深く研究し、全国の書店や出版社、取次会社に多彩な人脈を築いていた。谷川さんに連れられて、東京の大手取次会社を訪問した帰りの新幹線で、ウィスキーのミニボトルをあけながら夢中で語り合い、気がつくともう新大阪に着いていたのをなつかしく思い出す。

数年後に病を得た谷川さんが実際に手にとることができた新刊書は当初の五〇点ほどだったはずである。今や格段に充実した刊行書のラインアップに喜び、深く安堵してくれているにちがいない。それはまた、谷川さんの知識経験や文化遺伝子を引き継いだ、田中直哉氏はじめ事務局・編集スタッフによる献身と創意工夫の賜物でもあるのだから。

草創期の出版会はまず著者を学内の教員・研究者に求め「関学の」学術発信拠点としての定着を図る一方、学外の大学教員・研究者にも広く開かれた形を目指していた。そのためすでに初期の新刊書のなかに関学教員の著作に混じって学外の大学教員・研究者による著作も見受けられる。その後も「学内を中心としながら、学外の著者にも広く開かれている」という当初の方針は今日まで維持され、それが刊行書籍の増加や多様性の確保にも少なからず貢献してきたように思う。

他方、新刊学術書の専門分野別の構成はこの三〇年弱の間に大きく変わってきている。たとえば出版会初期の五年間と最近五年間の新刊書の「ジャンル」を見比べていくと、現在では当初よりも全体的に幅広く多様化していることがわかる。「社会・環境・復興」(災害復興研究を含むユニークな「ジャンル」)や「経済・経営」は現在まで依然として多いが、いずれも新刊書全体に占める比重は低下し、「法律・政治」「福祉」「宗教・キリスト教」「関西学院」「エッセイその他」にくわえて、当初は見られなかった「言語」や「自然科学」のような新たな「ジャンル」が加わっている。何よりも目立つ近年の傾向は、「哲学・思想」や「文学・芸術」のシェアが顕著に低下する一方、「教育・心理」や「国際」、「地理・歴史」のシェアが大きく上昇していることである。

こうした「ジャンル」構成の変化には、この間の関西学院大学の学部増設(人間福祉、国際、教育の新学部、理系の学部増設など)がそのまま反映されている面がある。ただ、その背景には関学だけではなく日本の大学の研究教育をめぐる状況の変化もあるにちがいない。思い返せば、関西学院大学出版会の源流の一つに、かつて谷川さんが関学生協書籍部で編集していた書評誌『みくわんせい』(一九八八—九二年)がある。それは当時の「ポストモダニズム」の雰囲気に感応し、最新の哲学書や思想書の魅力を伝えることを通して、専門の研究者や大学院生だけでなく広く読書好きの一般学生の期待に応えようとする試みでもあった。出版会草創期の新刊書にみる「哲学・思想」や「文学・芸術」のシェアの大きさとその近年の低下には、そうした一般学生・読者ニーズの変化という背景もあるように思う。

関西学院大学出版会も着実に「歴史」を刻んできたことにあらためて気づかされる。これから二、三十年後、刊行書「一〇〇〇点」達成の頃には、どんな「ジャンル」構成になっているだろうか、今から想像するのも楽しみである。

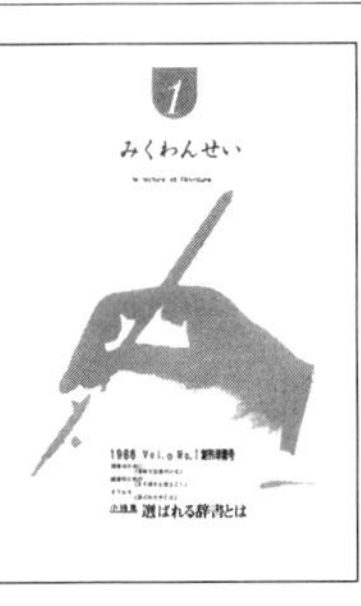

『みくわんせい』
創刊準備号、1986年

この書評誌を介して集った人たちによって関西学院大学出版会が設立された

関西学院大学出版会への私信

田中（たなか） きく代（よ）
関西学院大学名誉教授

私は出版会設立時の発起人ではありませんでしたが、初代理事長の荻野昌弘さん、初代編集長の宮原浩二郎さんから設立のお話をいただいて、気持ちが高まりワクワクしたことを覚えています。発起人の方々の熱い思いに感銘を受けてのことで、「田中さん、研究発進の出版部局を持たないと大学と言えないよね」という誘いに、もちろん「そうよね!!」と即答しました。皆さんの良い本をつくりたいという理想も高く、何度も会合がもたれました。ことに『理』の責任者であった生協の書籍におられた谷川恭生さんのご尽力は並々ならないものであったと感謝しております。谷川さんを除けば、皆さん本屋さんの出版にはさほど経験がなく、苦労も多かったのですが、苦労よりも新しいものを生み出すことに嬉々としていたように思います。

私は、設立から今日まで、理事として編集委員として関わらせていただき、一時期には理事長の要職に就くことにもなりましたが、荻野さん、宮原さん、山本栄一先生、田村和彦さん、大東和重さん、前川裕さん、田中直哉さん、戸坂美果さんと、指を折りながら思い返し、多くの編集部の方々のおかげで、やってくることができたと実感しています。五〇〇冊記念を機に、まずは感謝を申し上げ、いくつか関西学院大学出版会の「いいとこ」を宣伝しておきたいと思います。

「関学出版会の『いいとこ』は何?」と聞かれると、本がとても「温かい」と答えます。出版会の出版目録を見ていると、それぞれの本が出来上がった時の記憶が蘇ってきますが、どの本も微笑んでいます。教員と編集担当者が率先して一致協力して運営に関わっていることが、妥協しないで良い本をつくろうとすることからくる真剣な取り組みとなっているのです。出版会の本は丁寧につくられ皆さんの心が込められているのです。

また、本をつくる喜びも付け加えておきます。毎月の編集委員会では、新しい企画にいつもドキドキしています。私事ですが、私は歴史学の研究者の道を歩んできましたが、同時にどこかでいつか本屋さんをやりたいという気持ちがあったことは否定できません。関学出版会では、自らの本をつくる時など特にそうですが、企画から装丁まですべてに自分で直接に関わることができるのですよ。こんな嬉しいことがありますか。

皆でつくるということでは、夏の拡大編集委員会の合宿も思い出されます。毎夏、有馬温泉の「小宿とうじ」で実施されてきましたが、そこでは編集方針について議論するだけではなく、毎回「私の本棚」「思い出の本」「旅に持っていく本」などなどの議題が提示されました。自分の好きな本を本好きの他者に「押しつけ？」、本好きの他者から「押しつけられる？」楽しみを得る機会が持てたことも私の財産となりました。夕食後には皆で集まって、学生時代のように深夜まで喧々諤々の時間を過ごしてきたことも楽しい思い出です。今後もずっと続けていけたらと思っています。

記念事業としては、設立二〇周年の一連の企画がありましたが、記念シンポジウム「いま、ことばを立ち上げること」では、田村さんのご尽力で、「ことばの立ち上げ」に関わられた諸氏にお話しいただき、本づくりの大切さを再確認することができました。今でも「投壜通信」という「ことば」がビンビン響いてきます。文字化される「ことば」に内包される心、誰かに届けたい「ことば」のことを、本づくりの人間は忘れてはいけないと実感したものです。

インターネットが広がり、本を読まない人が増えている現状で、今後の出版界も変革を求められていくでしょうが、大学出版会としては、学生に「ことば」を伝える義務があります。ネット化を余儀なくされ「ことば」を伝えるにも印刷物ではなくなることも増えるでしょう。だが、学生に学びの「知」を長く蓄積し生涯の糧としていただくには、やはり「本棚の本」が大切だと思います。出版会の役割は重いですね。

『いま、ことばを立ち上げること』
K.G.りぶれっとNo. 50、2019年

2018年に開催した関西学院大学出版会設立20周年記念シンポジウムの講演録

ふたつの追悼集

田村（たむら）　和彦（かずひこ）
関西学院大学名誉教授

荻野昌弘さんの原稿で、一九九五年の阪神淡路の震災が出版会誕生の一つのきっかけだったことを思い出した。今から三〇年前になる。ぼく自身は一九九〇年に関西学院大学に移籍して間もなくだった。震災との直接のつながりは思いつかないが、新たな出発に向けての思いが大学に満ちていたことは確かである。

ぼく自身と出版会とのかかわりは、当時関学生協書籍部にいた谷川恭生さんに直接声をかけられたことから始まる。谷川さんの関西学院大学出版会発足にかけた情熱については、本誌で他の方々も触れているとおりである。残念ながら、出版会がどうやら軌道に乗り始めた二〇〇四年にわずか四九歳で急逝した谷川さんには、翌年に当出版会が出した追悼文集『時（カイロス）の絆』に学内外の多くの方々が思いを寄せている。出版会についていえば、前身には発足の十年近く前から谷川さんが発行していた書評誌『みくわんせい』があったことも忘れえない。『みくわんせい』のバックナンバーの書影は前記追悼集に収録されている。出版会を立ちあげて以来発行されてきたこの小冊子『理』にしても、最初は彼が構想する大学発の総合雑誌の前身となるべきものだったと記憶している。「理」を「ことわり」と読むことにこだわったのも彼である。谷川さんのアイデアは尽きることなく広がり、何度かの出版会主催のシンポジウムも行われた。そんななか、出版会が発足してからもいつもは外野のにぎわわせ役を決めこんでいたぼくに、谷川さんから研究室に突然電話が入り、「編集長になりませんか」という依頼があった。なんとも闇雲な頼みで、答えあぐねているうちにいつの間にやら引き受けることになってしまった。その後編集長として十数年、その後は出版会理事長として谷川さんが蒔いた種から育った出版会の活動を、不十分ながら引き継いできた。

関学出版会を語るうえでもう一人忘れえないのが山本栄一氏で

ある。山本さんは阪神淡路の震災の折、ちょうど経済学部の学部長で、ぼく自身もそこに所属していた。学部運営にかかわる面倒なやり取りに辟易していたぼくだが、震災の直後に山本さんが学部活性化のために経済学部の教員のための紀要刊行費を削って、代わりに学部生を巻きこんで情報発信と活動報告を行う経済学部広報誌『エコノフォーラム』を公刊するアイデアを出したときには、それに全面的に乗り、編集役まで買って出た。それをきっかけに学部行政以外のつき合いが深まるなかで、なんとも型破りで自由闊達な山本さんの人柄にほれ込むことになった。

発足間もない関学出版会についても、学部の枠を越えて、教員ばかりか事務職にまで関学随一の広い人脈を持つ山本さんの「拡散力」と「交渉力」が大いに頼みになった。一九九九年に関学出版会の二代目の理事長に就かれた山本さんは、毎月の編集会議にも、当時千刈のセミナーハウスで行なわれていた夏の合宿にも必ず出席なさった。堅苦しい会議の場は山本さんの一見脈絡のないおしゃべりをきっかけに、どんな話題に対しても、誰に対しても開かれた、くつろいだ自由な議論の場になった。本の編集・出版という作業は、著者だけでなく、編集者・校閲者も巻きこんで、まったくの門外漢や未来の読者までを想定した、実に楽しい仕事になった。山本さんは二〇〇八年の定年後も引き続き出版会理事長を引き受けてくださったが、二〇一一年に七一歳で亡くなられた。没後、関学出版会は上方落語が大好きだった山本さんを偲んで『賑わいの交点』という追悼文集を発刊している。

出版会発足二八年、刊行点数五〇〇点を記念するにあたって特にお二人の名前を挙げるのは、お二人のたぐいまれな個性とアイデアが今なお引き継がれていると感じるからである。二つの追悼集のタイトルをつけたのは実はぼくだった。いま、それを久しぶりに紐解いていると関西学院大学出版会の草創期の熱気と、それを継続させた人的交流の広さと暖かさとが伝わってくる。

時（カイロス）の絆
谷川恭生追悼文集

『時（カイロス）の絆』
谷川恭生追悼文集、
2005年（私家版）

21名の追悼寄稿文と、谷川氏の講義ノート・『みくわんせい』の軌跡を収録

『賑わいの交点』
山本栄一先生追悼文集、
2012年（私家版）

39名の追悼寄稿文と、山本先生の著作目録・年譜・俳句など

連載

スワヒリ詩人列伝

第8回　政権の御用詩人、マティアス・ムニャンパラの矛盾

小野田風子

スワヒリ語詩、それは東アフリカ海岸地方の風土とイスラム的伝統に強く結びついた世界である。そのなかで、内陸部出身のキリスト教徒として初めてシャーバン・ロバート（本連載第2回〔『理』59号〕参照）に次ぐ大詩人として認められたのが、今回の詩人、マティアス・ムニャンパラ（Mathias Mnyampala, 1917-1969）である。

ムニャンパラは一九一七年、タンガニーカ（後のタンザニア）中央部のドドマで、ゴゴ民族の牛飼いの家庭に生まれる。幼いころから家畜の世話をしつつ、カトリック教会で読み書きを身につけた。政府系の学校で法律を学び、一九三六年から亡くなるまで教師や税務署員、判事など様々な職に就きながら文筆活動を行った。これまでに詩集やゴゴの民族誌、民話など十八点の著作が出版されている（Kyamba 2016）。

詩人としてのムニャンパラの最も重要な功績とされているのは、「ンゴンジェラ」（ngonjera）注1という詩形式の発明である。独立後のタンザニアは、初代大統領ジュリウス・ニエレレの強い指導力の下、社会主義を標榜し、「ウジャマー」（Ujamaa）と呼ばれる独自の社会主義政策を推進した。ニエレレは当時のスワヒリ語詩人たちに政策の普及への協力を要請し、詩人たちはＵＫＵＴＡ（Usanifu wa Kiswahili na Ushairi Tanzania）という文学団体を結成した。ＵＫＵＴＡの代表として政権の御用詩人を引き受けたムニャンパラが、非識字の人々に社会主義の理念を伝えるのに最適な形式として創り出したのが、ンゴンジェラである。これは、詩の中の二人以上の登場人物が政治的なトピックについて議論を交わすという質疑応答形式の詩である。ムニャンパラがまとめた詩集『ＵＫＵＴＡのンゴンジェラ』（*Ngonjera za Ukuta I & II*, 1971, 1972）はタンザニア中の成人教育の場で正式な出版前から活用され、地元紙には類似の詩が多数掲載された。

ムニャンパラの詩はすべて韻と音節数の規則を完璧に守った定型詩である。ンゴンジェラ以外の詩では、言葉の選択に細心の注意が払われ、表現の洗練が追求されている。詩の内容は良い生き方を諭す教訓的なものや、物事の性質や本質を解説するものが目立つ。詩のタイトルも、「世の中」「団結」「嫉妬」「死」など一語が多く、詩の形式で書かれた辞書のようでさえある。美徳や悪徳、無力さといった人間に共通する性質を扱う一方、差別や植民地主義への明確な非難も見られ、人類の平等や普遍性について

書いた詩人と大まかに評価できよう。

一方、ムニャンパラのンゴンジェラは、それ以外の詩と比べて深みや洗練に欠けると言われる。ムニャンパラは「庶民の良心」であることを放棄し、「政権の拡声器」に成り下がったとも批判されている（Ndulute 1985: 154）。知識人が無知な者を啓蒙するというンゴンジェラの基本的な性質上、確かにそこには、人間や物事の単純化や、善悪の決めつけ、庶民の軽視が見られる。人間の共通性や普遍性に焦点を当てるヒューマニズムも失われている。表現の推敲の跡もあまり見られず、政権のスローガンをただ詩の形式に当てはめただけのようである。以下より、ムニャンパラのンゴンジェラが収められている『UKUTAのンゴンジェラI』と、一般的な詩が収められている『ムニャンパラ詩集』（*Diwani ya Mnyampala*, 1965）、そして『詩の教え』（*Waadhi wa Ushairi*, 1965）から、実際にいくつか詩を見てみよう。

『UKUTAのンゴンジェラI』内の「愚かさは我らが敵」では、「愚か者」が以下のように発言する。「みんな私をバカだと言う　学のない奴と／私が通るとみんなであざけり　友達でさえ私を笑う／悪口ばかり浴びせられ　言葉数さえ減ってきた／さあ、確かなことを教えてくれ　私のどこがバカなんだ?」それに対し、「助言者」は、「君は本当にバカだな　そう言われるのももっともだ／だって君は無知だ　教育されていないのだから／君は幼子、背負われた子どもだ／教育を欠いているからこそ　君はバカなのだ」と切り捨てる。その後のやり取りが続けられ、最後には「愚か者」が、「やっと理解した　私の欠陥を／勉強に邁進し　愚かさから抜け出そう／そして味わおう　読書の楽しみを／確かに私は　バカだったのだ」と改心する（Mnyampala 1970: 14-15）。

一方、『詩の教え』内の詩「愚か者こそが教師である」では、「愚か者」についての認識に大きな違いがある。詩人は、「愚か者はこし器のようなもの　知覚を清めることができる／愚か者こそが、賢者を教える教師なのである」（Mnyampala 1965b: 55）と、ンゴンジェラとは異なる思慮深さを見せる。また、上記のンゴンジェラに見られる教育至上主義は、『詩の教え』内の別の詩「高貴さ」とも矛盾する。

たとえば人の服装や金の装身具／あるいは大学教育や宗教の知識に驚かされることはあっても／それが人に高貴さをもたらすわけではない　そういったものに惑わされるな／服は高貴さとは無縁だ　高貴さとは信心なのだ

高貴さとは信心である　読書習慣とは関係ない／スルタンであることや、ローマ人やアラブ人であることでもない／それは心の中にある信心　慈悲深き神を知ること／騒乱は高貴さには似合わない　高貴さとは信心なのだ（Mnyampala 1965b: 24）

同様の矛盾は、社会主義政策の根幹であったウジャマー村についての詩にも見出せる。一九六〇年代末から七〇年代にかけて、平等と農業の効率化を目的として、人工的な村における集団農業の実施が試みられた。『UKUTAのンゴンジェラ』内の詩「ウジャマー村」では、政治家が定職のない都市の若者に、村に移住し農業に精を出すよう諭す。若者は「彼らが言うのだ　私たちは町を出ないといけないと／ウジャマー村というが　何の利益があるんだ?」と疑問を投げかけ、「この私がどんな利益を上げられるだろう?／体には力はなく　何も収穫することなどできない」、「なぜ一緒に暮らさないといけないのか　どういう義務なのか?／せっかくの成果を無駄にして　もっと貧しくなるだろう」と移住政策の有効性を疑問視し、「私はここの馴染みだ　私の人生は町にある／私はここで丸々肥えて　いつも喜びの中にある／もし村に住んだなら　骨と皮だけになってしまう」と懸念する。それに対し政治家は、「町を出ることは重要だ　共に村へ移住しよう／恩恵を共に得て　勝者の人生を歩もう」、「みんなで一緒に住むことは　国にとって大変意義のあること／例えば橋を作って　洪水を防ぐことができる／一緒に耕すのも有益だ　経済的成果を上げられる」とお決まりのスローガンを並べるだけである。にもかかわらず若者は最終的に、「鋭い言葉で　説得してくれてありがとう／怠け癖を捨て　鍬の柄を握ろう／そして雑草を抜いて　村に参加しよう／ウジャマー村には　確かに利益がある」と心変わりをするのである（Mnyampala 1970: 38-39）。

　この詩は、その書かれた目的とは裏腹に、若者の懸念の妥当性と、政治家の理想主義の非現実性とを強く印象づける。以下の詩を書いたときのムニャンパラ自身も、この印象に賛同してくれるはずである。『ムニャンパラ詩集』内の詩「農民の苦労」では、農業の困難さが写実的かつ切実につづられる。

はるか昔から　農業には困難がつきもの／まずは原野を開墾し　枯草を山ほど燃やす／草にまみれ　一日中働きづめだ／農民の苦労には　忍耐が不可欠

忍耐こそが不可欠　心変わりは許されぬ／毎日夜明け前に目を覚まし／すぐに手に取るのは鍬　あるいは鍬の残骸／農民の苦労には　忍耐が不可欠

森を耕しキビを植え　草原を耕しモロコシを植え／たとえ一段落しても　いびきをかいて眠るなかれ／動物が畑にやってきて　作物を食い荒らす／農民の苦労には　忍耐が不可欠（三連略）

いつ休めるのか　いつこの辛苦が終わるのか／イノシシやサルに　怯えて暮らす苦しみが?／収穫の稼ぎを得る前から　疑念が膨らむばかり／農民の苦労には　忍耐が不可欠

キビがよく実ると　私はひたすら無事を祈る／すべての枝が花をつける時　私の疑いは晴れていく／そして鳥たちが舞い

降りて　私のキビを狙い打ち／農民の苦労には　忍耐が不可欠（一連略）
農民は衰弱し　憐れみを掻き立てる／その顔はやせ衰え　見る影もない／すべての困難は終わり、農民はついに収穫する　みずからの終焉を／農民の苦労には　忍耐が不可欠
(Mnyampala 1965a: 53-54)

ウジャマー村への移住政策は遅々として進まず、一九七〇年代に入ると武力を用いた強制移住が始まる。しかしムニャンパラはタンザニア政治が暴力性を帯びる前、一九六九年に亡くなった。『詩の教え』内の「政治」という詩には、「国民に無理強いするのは、政府のやることではない」という一節がある (Mnyampala 1965b: 5)。ムニャンパラがもう少し長く生き、社会主義政策の失敗を目の当たりにしていたなら、「政権の拡声器」か「庶民の良心」か、どちらの役割を守っただろうか。

ムニャンパラは、時の政権であれ、身近なコミュニティであれ、そこから期待された役割を忠実に演じきった詩人と言えるだろう。そのような詩人を前にしたとき、われわれはつい、詩人自身の思いはどこにあるのかと問いたくなる。しかしスワヒリ語詩において重要なのは個人の思いではなく、詩がその時代や社会において良い影響を与え得るかどうかである。社会情勢が変われば詩の内容も変わる。よって本稿のように、詩人の主張が一貫していないことを指摘するのは野暮なのだろう。

社会主義政策は失敗に終わったが、ンゴンジェラは現在でも教育的娯楽として広く親しまれている。特に教育現場では、子どもたちが保護者等の前で教育的成果を発表するための形式として重宝されている。自由詩の詩人ケジラハビ（本連載第6回〔『理』71号〕参照）は、ムニャンパラの功績を以下のように称えた。「都会の人も田舎の人もあなたの前に腰を下ろす／そしてあなたは彼らを楽しませ、一人一人の聴衆を／ンゴンジェラの詩人へと変えた！」(Kezilahabi 1974: 40)。

（大阪大学　おのだ・ふうこ）

注1　ゴゴ語で「一緒に行くこと」を意味するという(Kyamba 2022: 135)。

参考文献

Kezilahabi, E. (1974) *Kichomi*, Heineman Educational Books.
Kyamba, Anna N. (2022) "Mchango wa Mathias Mnyampala katika Maendeleo ya Ushairi wa Kiswahili", *Kioo cha Lugha* 20(1): 130-149.
Kyamba, Anna Nicholaus (2016) "Muundo wa Mashairi katika *Diwani ya Mnyampala* (1965) na Nafasi Yake katika Kuibua Maudhui" *Kioo cha Lugha* Juz. 14: 94-109.
Mnyampala, Mathias (1965a) *Diwani ya Mnyampala*, Kenya Literature Bureau.
——— (1965b) *Waadhi wa Ushairi*, East African Literature Bureau.
——— (1970) *Ngonjera za UKUTA Kitabu cha Kwanza*, Oxford University Press.
Ndulute, C. L. (1985) "Politics in a Poetic Garb: The Literary Fortunes of Mathias Mnyampala", *Kiswahili* Vol. 52 (1-2): 143-162.

【4～7月の新刊】

『未来の教育を語ろう』
關谷 武司［編著］
A5判 一九四頁 二五三〇円

【近刊】 ＊タイトルは仮題

『宅建業法に基づく重要事項説明Q&A 100』
弁護士法人 村上・新村法律事務所［監修］

『教会暦によるキリスト教入門』
前川 裕［著］

『ローマ・ギリシア世界・東方』
ファーガス・ミラー古代史論集
ファーガス・ミラー［著］
藤井 崇／増永理考［監訳］

『学生たちは挑戦する』
開発途上国におけるユースボランティアの20年
KGりぶれっと60
村田 俊一［編著］
関西学院大学国際連携機構［編］

【好評既刊】

『ポスト「社会」の時代』
社会の市場化と個人の企業化のゆくえ
田中 耕一［著］
A5判 一八六頁 二七五〇円

『カントと啓蒙の時代』
河村 克俊［著］
A5判 二二六頁 四九五〇円

『学生の自律性を育てる授業』
自己評価を活かした教授法の開発
岩田 貴帆［著］
A5判 二〇〇頁 四四〇〇円

『破壊の社会学』
社会の再生のために
荻野 昌弘／足立 重和／山 泰幸［編著］
A5判 五六八頁 九二四〇円

『基礎演習ハンドブック 第三版』
さぁ、大学での学びをはじめよう！
KGりぶれっと59
関西学院大学総合政策学部［編］
A5判 一四〇頁 一三二〇円

※価格はすべて税込表示です。

好評既刊

絵本で読み解く 保育内容 言葉

齋木 喜美子［編著］

絵本を各章の核として構成したテキスト。児童文化についての知識を深め、将来質の高い保育を立案・実践するための基礎を学ぶ。

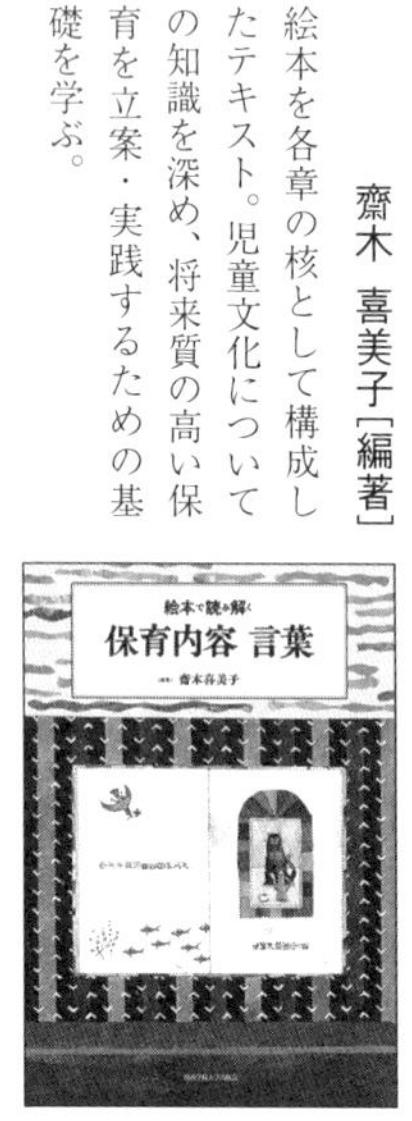

B5判 214頁 2420円（税込）

スタッフ通信

弊会の刊行点数が五百点に到達した。九七年の設立から二八年かかったことになる。設立当初はまさかこんな日が来るとは思っていなかった。ちなみに東京大学出版会の五百点目は一九六二年（設立一一年目）、京都大学学術出版会は二〇〇九年（二〇年目）、名古屋大学出版会は二〇〇四年（二三年目）とのこと。特集に執筆いただいた草創期からの教員理事長をはじめ、歴代編集長・編集委員の方々、そしてこれまで支えていただいたすべての皆様に感謝申し上げるとともに、つぎの千点にむけてバトンを渡してゆければと思う。（田）

コトワリ No. 75 2025年7月発行
〈非売品・ご自由にお持ちください〉

知の創造空間から発信する
関西学院大学出版会
〒662-0891 兵庫県西宮市上ケ原一番町1-155
電話0798-53-7002 FAX0798-53-5870
http://www.kgup.jp/ mail kwansei-up@kgup.jp